U0684589

当代中国文学书库

寸草心语

廖伦建 ◎ 著

中国文联出版社

图书在版编目（CIP）数据

寸草心语 / 廖伦建著 . -- 北京：中国文联出版社，
2023.1

ISBN 978 - 7 - 5190 - 5027 - 6

Ⅰ.①寸… Ⅱ.①廖… Ⅲ.①散文集—中国—当代
Ⅳ.①I267

中国版本图书馆 CIP 数据核字（2022）第 250539 号

著　　者　廖伦建
责任编辑　李　民　周　欣
责任校对　李海慧
装帧设计　中联华文

出版发行　中国文联出版社有限公司
地　　址　北京市朝阳区农展馆南里 10 号　　　邮编　100125
电　　话　010 - 85923025（发行部）　　　85923091（总编室）
经　　销　全国新华书店等
印　　刷　三河市华东印刷有限公司

开　　本　710 毫米×1000 毫米　　1/16
印　　张　16.5
字　　数　304 千字
版　　次　2023 年 8 月第 1 版第 1 次印刷
定　　价　78.00 元

版权所有　　侵权必究

如有印装质量问题，请与本社发行部联系调换

目 录
CONTENTS

香城琐事

潜山铭

"山不在高,有圣则名"。潜山的名气不在于山高,不在于山险。潜山之名得力于圣人,得力于人民。不毛之山藏宝石,野水荒岭有才俊。1800 年前,潜山曾是天师炼丹之地。《舆地纪胜》载,"潜山,在咸宁市南。上有坛,旧传抱朴子葛玄炼丹于此。葛玄何许人也?道教四大天师之一,道家之至,尊为仙翁。"相传不老之丹未成,丹灶倾淦水,始有温泉。有潜山八景之"丹灶晴岚"和叠水湾温泉为证。900 年前,宋朝出了位"四朝元老、连中三元、两婆宰相女"的冯京。儒学桂冠,千年难遇。冯京就读于潜山寺中,山上留下了圣学者的足迹,有书台夜色、狗井松涛等景点供景仰。潜山集南北 400 多个树种于一山,汇 200 种奇花异草于一园。桂花品种园、竹类品种园、树种品种园,是潜山林海中的精品,凝结着咸宁市林木种苗管理站、咸宁市潜山试验林场等创业者的智慧和汗水。人民是最伟大的圣人,有了人民才有了我们可观可赏可叹的万花喷馨,千株攒簇,百鸟和鸣。

"水不在深,有泉则名"。潜山的名气得力于水,更得力于泉。以三十六人泉和鸣水泉为源头的淦水,从潜山东南流向东北,如彩带婀娜多姿,似琴弦余音袅袅,给潜山带来多少灵秀、多少温馨。楚天瑶池温泉、国际酒店温泉、长印温泉、汉商温泉、三江森林温泉、叠水湾温泉、碧桂园凤凰温泉、月亮湾温泉等巧嵌于潜山之麓,如颗颗璀璨的明珠、似处处缥缈的仙境,为潜山绽放魅力、增添神奇。仁者乐山、智者乐水。水为山添秀,山为水增色。兼具山水之美的潜山,自然是仁者与智者的云集之处。慕泉而来、慕山而来,你抬眼一望,太多黑发黄肤的仁者在山上寻找文魁们的足迹与灵感;你回头一顾,众多的金发碧眼们在汤池里吮吸桂花的芬芳遐想飘然而至的月中嫦娥。

"寺不在多,有佛则名"。潜山的名气与道相关,与佛有缘。西晋末年,医学家、炼丹家葛洪,前往广东罗浮山炼丹途径咸宁结庐于潜山,汲淦河之汤水,设坛炼丹于潜山之腰。后人称其炼丹处为"葛仙崖",成为当地道徒弘法的道场。潜山寺始建于唐代开元年间,至明朝有九重十三殿和露天观音。潜山寺历经沧桑,时毁时兴。2011 年始,在原址潜山寺礼佛区重建的,包括天王殿、大雄宝殿、钟楼、鼓楼、僧堂、观音广场、云梯等项目。高大的露天佛像矗立于青山翠岭中,善男信女笃信虔诚,朝拜者络绎不绝。佛不可笃信,超越生死,太不现实;断尽烦苦,何为快乐? 佛不可不信,行善积德,功莫大焉;平安是福,知足常乐。于是,晨钟暮鼓强身健体登山去,四时八节拜佛修星下凡来。

山不在高,有圣则名。水不在深,有泉则名。寺不在多,有佛则名。斯是潜山,华中闻名。圣人传古今,千年无二人;名泉誉中外,济世又经邦;古寺佑善民,百里敬如神;竹枝舞霓裳,月夜飘桂馨。人民云:不名不行!

鸟声新透绿窗纱

这是一个绿肥红瘦的夏初，一场透雨过后，天放晴了。得空到小院里去观赏观赏花草。没曾想到，这次有个惊喜的发现：院中那株月季花的浓叶处有个鸟巢。

得知这个消息的第二人当然是我的妻子。她很兴奋："当真的?"于是放下没洗完的菜，也来看新奇。鸟巢做得很精致也很结实，像个开了顶的椰果。

正当我和妻子鉴赏鸟儿的杰作、惊叹鸟儿的神秘时，院外石榴树上传来了鸟儿"叽咕"的叫声，这是鸟巢的主人回来了，我们便自觉地退到了房内。不一会儿，一对画眉鸟飞进了小院，飞进了鸟巢。它们的嘴巴都含着小草，大约它们还要修饰修饰那已十分讲究的新房。

这种鸟儿，我们并不陌生。它的确是一种如燕子般亲近人的鸟，个头也如燕子般大小。我们家属区花园内的石榴树、桂花树上它们都筑过巢。只是我不明白，这对鸟儿，它们为何选择了我家这常有人进出的小院，它为何不把巢筑在院外那茂密的石榴树上？这糊涂的鸟儿！

说实话，我家小院论布置比不上邻居家，不及他们做了水泥地面，花草都种在颇有讲究的花盆里。我家只是靠住房铺了五六行红砖，前面还留下 2 尺来宽、9 米长的沙土地。也许是"无心插柳柳成荫"吧，在那一线沙土地上种的花草，尽管没有施肥，也绝不比种在讲究花盆里的花草差。就说那株月季吧，栽下去时是 1 尺来高的一根新枝，十来年过去了，它每月都伸出新枝，如果不是及时修剪怕已霸占了半个小院，下半部的枝条已显得粗壮遒劲；它每月都会吐出羞涩的新蕾，绽放出富贵的紫红色花朵。或许鸟儿是相中了我家小院的叶茂花香，你想想躺在那花丛中繁衍后代该有多少诗情画意！

我们忍不住一天几次去观察鸟巢。或许是鸟儿有高深的道行吧；也或许是鸟儿已经把我们当成了朋友，能对我们视而不见。5 月 20 日，我们惊喜地发现鸟巢里有了一个鸟蛋,3 天后鸟巢里的鸟蛋增加到 3 个。这以后,要想看到鸟巢里有多少鸟蛋就不容易了,因为那只个头相对小些的鸟儿乎步不离地守在鸟巢里。它在履行一个准妈妈的责任呢。

茶余饭后,全家人又多了一个话题,添了新的快乐。每天清晨我们被鸟儿婉转的歌声唤醒,应该是那只公鸟在唱爱情的赞歌吧!

一天又一天,天气晴朗,鸟儿在巢里过得很踏实。可是江南的这个季节,下雨是最常见的事。这不,突然下了大到暴雨,还刮了三到四级的东南风,这可让巢中的鸟儿怎么过?不由得让我们替鸟儿担心了。从窗户往外看,雨势并无变小的迹象,风倒一阵紧一阵,院外花园中那些石榴树的枝条,在雨和风的夹击下,已低下高贵的头,有的甚至已亲吻着地面。我突然意识到,如果鸟巢建在石榴树枝上,此刻怕早已倾巢颠覆了。再看院中的月季树,在风雨中依然昂首挺立,母鸟在风雨中安稳地匍匐在巢中。这株月季树,因我担心在风雨中摇晃花儿更容易飘落,曾用胶绳把主要枝条固定在院墙上。鸟儿难道事先早已侦察到这一情况?我不由得赞叹:这聪明的鸟儿!

两个星期后,母鸟离开鸟巢觅食时,我们惊喜地发现,巢中的 3 只鸟蛋变为 3 只毛茸茸的小鸟。如果你轻轻地晃动一下月季树,3 只小鸟便会伸长脖子、张开大嘴,朝天喳喳叫着,以为是它们的父母来喂食呢,尽管它们的眼睛还没有睁开。我们留心观察,每 20 分钟左右,小鸟的父母都要各来喂一次食。最初几天,是些小昆虫,后来我们发现连那些黄豆般大小的石榴花蕾也是小鸟的美味佳肴。

大约又过了两个星期,一个十分晴朗的中午。讲台上"言耕"了一个上午的我,回家后,照例首先到小院去观赏鸟儿。还未推开门,就听见院里鸟儿喳喳叫个不停,比往日热闹多了。我轻轻地推开门,只见小鸟的父母站在小院的墙头上,一边拍着翅膀,一边呼唤着。我忽然明白了,小鸟长大了,它们要离开这个摇篮到广阔的天地里飞翔了。一只小鸟已经跳出鸟巢,站在月季树的枝头,另外两只也在巢中振动着翅膀。枝头上的那只小鸟终于拍动翅膀飞到了院墙上。在它的带动下,巢中的两只小鸟先后跳上月季枝头。鸟儿到底都有飞的天赋,10 分钟后,它们都从月季枝头飞到了院墙上,又从墙头飞到了院外的石榴树上……

飞吧,小鸟。祝你们越飞越高,越飞越远!

只是,你们还会回来看看这个摇篮吗?

附记:2004 年元旦,我们全家搬进了新居,那个鸟儿筑巢的小院易了主人。2004 年夏,小院的新主人电话告诉我,月季树上又建了新的鸟巢,而且有了四只新的小雏鸟。

关关雎鸠　在窗筑巢

这是我搬进新居的第一个夏天。

新居位于楼东的第五层,东面的饭厅开了个宽敞的窗户。早上,这栋楼房的第一缕阳光便会洒进我的饭厅。我曾对老伴笑曰:"日出东南隅,照我廖氏楼。"这么充足的阳光,是造物主无尽的宝藏。我们便在窗里搭了个花架,养了些花草。一边品茶,一边欣赏这生机盎然的"绿岛",或含苞欲放,或花团锦簇,蜂飞蝶舞,倒真为生活添了些许诗意。

那一天,我正在观赏那盆又冒出几支新笋来的台湾竹,突然发现旁边那菊花盆中多了几根枯枝和野草。可别误会,这可不是菊花的枯枝,更不是菊花的残叶。这地方小朋友也不可能……难道是鸟儿的作品?

没错。我们用餐的时候,窗台上飞来了1只鸟儿,应该说是1只大鸟,翅膀展开的幅度有1尺左右,接着又飞来1只。它们的嘴中各衔着一根枯枝,鸟儿将枯枝架在菊花盆上,一不小心,有一根枯枝摇摇晃晃地坠到楼下去了。有意思,这对鸟儿要将它们的"洞房"筑在我们新居的窗台上!我疑惑这是一种什么鸟? 老伴说:"那不是鸽子么。""鸽子?"我将信将疑,瞧这鸟的外形,比鸽子稍小,颜色又与常见的鸽子不同,这倒与我小时候在老家见到的斑鸠一模一样。对,它就是斑鸠。只是"关关雎鸠,在河之洲"。这种远离人群的鸟,什么时候变得与人这般亲近了呢? 楼下就有一片樟树林,为何不把巢筑在那些高大乔木的枝杈上?

说真的,我对斑鸠筑巢的艺术不敢恭维。不要说与蜜蜂这样高明的建筑师相比,就是与燕子、喜鹊的窝巢也相差甚远。只把几根枯枝狼藉般摆在菊花盆上,再衔来一些枯草填在其中,这个巢算不得坚固、算不得温暖、更谈不上美观。可不,你再往楼下看,掉在地上的枯枝比架在花盆中的都要多好几倍哩! 还能说什么呢,这对斑鸠已经够努力了。

巢筑得尽管不像我们印象中的鸟窝,但鸟儿却等不及了,就在这巢中下了两个鸟蛋。从此,就由那只下蛋的斑鸠担负起孵化的任务。斑鸠做窝的技艺虽然十足的笨,但履行母亲的天职却半点都不逊色。那只母鸟每天除了离窝去饮水觅食片刻之外,其余时间都稳稳地守住自己的家园,寸步不离。你就是站在窗前咫尺之内观赏它,它也决不飞去;饭厅内发出任何声响,它也并不惊惧。这是盛夏时节,气温多在 36℃ 左右,窗台上中午的温度不会低于 40℃,但鸟儿决不飞到樟树林中去歇凉。遇到雷阵雨,不用说它又变成落汤鸡了。这位斑鸠母亲一天天消瘦,色泽光亮的羽毛也暗淡了许多。

我们除了担心这只鸟妈妈能否坚持下去之外,也为那盆菊花担忧。菊花虽说是耐旱抗热之花,但在这炎夏的高温下,一两天尚可,三五天不浇水那可得伤筋动骨,瞧那叶儿已经蔫了。没别的办法,只有浇水。幸亏斑鸠的巢只占了花盆的左半部分,为浇水提供了空间。第一次在鸟巢旁浇水时,鸟儿突然伸出它的翅膀用力地拍打了一下我的手。我吃了一惊,这是向我示威,还是向我表示友好的握手呢? 还好,鸟儿并没有离巢。我尽量小心地把水浇在菊花盆的右半边,让水慢慢地渗进根部去。因为我知道,既要保住这盆菊花,又万万不可将凉水浸泡了鸟蛋,那可是两只快要来到世间的小生命啊!

很好。两个星期后,小鸟出世了,两只。小斑鸠闭着眼,个头小小的,稀疏而黑不溜秋的羽毛,当真谈不上可爱。斑鸠妈妈在多数情况下,把小鸟藏在翅膀下,只在少数情况下,才让小鸟伸出头来透透气。

一个星期后,鸟妈妈离开了鸟巢,只是每天飞到窗台上来看望几次,深情地呼唤几声。小鸟的变化很快,它们的个子一天天长大,翅膀上长出了粗壮的黄灰色羽毛,直至长到个子和它们的父母相当,羽毛的色泽与它们的父母一样。

让我们全家奇怪的是,这两只小鸟待在菊花盆里从来都不吵不闹,也很少运动。我们正担心呢,鸟儿的巢没遮没挡的,如果稍不留神,不会飞的小鸟就有可能掉到五楼下的水泥地上,那不惨乎?

让我们一家人更奇怪的是,这对小鸟从出生起,我们就没有见过它们的父母喂过食。我们在窗台上放了些米粒和玉米等食物,也未见鸟儿啄食过。惊奇的是小鸟不仅安然无恙,而且生长速度惊人。如果真是这样,那鸟蛋的营养价值绝不可小觑。

又过了一个星期。那天中午,我们发现两只小斑鸠鸟离开了那个它们作为摇篮的菊花盆,飞到了那棵茶树的花盆中,真没想到,原来小鸟这样快就会飞了。端详着这对小鸟,想到它们的父母或许就在楼下的樟树林吧。我忽然有了些异样的想法,斑鸠鸟是很聪明的,它知道自己筑巢的技术很笨,在树枝上无法固定那简易的窝,更无法保障鸟蛋的安全,而把巢筑在花盆里那就万无一失了。那简易的巢虽然谈不上温暖,但这不正好是盛夏吗? 那几根枯枝把鸟窝支得比花盆略高一些,这就避免了鸟蛋被雨水浸泡。小鸟长出羽毛了,母亲便不再呵护它们,这是鼓励鞭策它们,要靠自己的翅膀快快地飞起来,快快自己去觅食。这样的教子之道,我们人类是否有些启发呢?

下午,再去观察这对小鸟时,它们已经不辞而别了。

是啊,天高任鸟飞,窗台前这个小小的花架怎么能抵挡得住蓝天对你们的诱惑啊!

走进香城人家

走进香城人家,香城风景如画。金桂高贵、银桂圣洁、丹桂红火,兰花、茶花、荷花,繁花似锦;楠竹高大挺拔、雷竹清奇典雅、水竹玲珑隽秀,香樟、香枫、香檀,林海无边;竹浮桥一平如水、石拱桥一弯新月,斜拉桥一帆风顺,仙人桥、白霓桥、贺胜桥,千帆竞发。让你沐浴春天里的和风,让你依偎冬日里的暖阳。

走进香城人家,香城音乐似水。管乐器、弦乐器、键盘乐器、打击乐器、电声乐器,清新流畅、激昂高越,让你一听钟情;"爵士乐""的士高",慢摇、快舞,优美典雅、婉转怡情,激荡你的灵魂;《温泉河》《江南桂花香》《大道通山》《家住簰洲湾》,绕梁三日、意犹未尽,通向你的梦境。音乐为你而生,音乐只为你生。

走进香城人家,香城故事如歌。钱六姐巾帼女杰,十岁通古今,谈吐诙谐,吟诗作对,出口成章;冯状元两娶宰相女,三魁天下无,举进士不拜相,将罢官反重任、评判乱发粮草,神宗梦见冯京,千古传佳话。赤壁大战名中外,草船借箭巧用兵,群英会借刀杀人,苦肉计中见忠诚,借东风神机妙算⋯⋯今日你为事外客,明日君做事中人。

走进香城人家,品一杯茶、呷一盅酒、听一支曲、赏一幅画,感受黑夜的烛光,仰望朗空的明月;像亲切的问候,像甜蜜的微笑;像母亲的轻抚,像初恋的深吻;像久别重逢的狂热拥抱,像依依惜别的怅然回望⋯⋯香城故事多,充满喜和乐,看有百幅画,听有千支歌,谈的谈、说的说,请您来做客!

"文明果"熟了

　　"一条小河潺潺流过,一方热土一片秀色",歌词唱的是曾获"中国人居环境范例奖"的咸宁市城区温泉河。我们一群人算是泡在幸福中了,每天乘校车四趟经过温泉河金桂桥(老二桥)至银桂桥(新二桥)这段河堤,对这一带的景色可谓如数家珍。

　　初冬时节,娇艳的花儿养在深闺人难识,但这一段河堤却依旧春意盎然。以乡土树种金桂、银桂、丹桂、香樟等为主色调的两岸香树,在寒霜的洗礼下显得更碧了。那间植于河堤的鸡爪槭和枫香树绽放的烈焰一天比一天红,非要 PK 出一个输赢来。最让人欣羡的是河堤上有几株银杏树,在阳光下黄得透亮,那是多少上等的金子堆砌起来的啊!从潜山山麓流下的河水淌过彩虹般的温泉桥和金桂桥,车过银桂桥,车里的你仿佛置身于琼楼玉宇之中。

　　但我更惊艳于银桂桥上的那棵果树,有桂花的叶片、梅花的枝条,枝条上挂着一个个金黄色的小灯笼,它分明就是一棵橘树,是咸宁土生土长的橘树。当我们在校车上首次发现这株果实累累的橘树时,不是口馋,而是怀疑它的真实。为啥?因为它位于这人流如织的桥头,白天有过路的行人、上学的学生、观景的游客发现它,晚上有散步的市民、跳舞的居民发现它,它何有存在的空间?假橘树我们在商店酒楼、景区景点都见过的,几乎可以乱真。但是这棵橘树从春到秋多少双眼睛都看不出假的蛛丝马迹,再说在这佳木如林的绿带有必要伪造这样一株不起眼的橘树吗?要不,橘树是真的,橘子是假的,是哪位好心人"嫁接"上去的?

　　在一个风和日丽的周六上午,我索性徒步来到银桂桥头,专门去拜访这棵橘树。眼前的它与我在校车上所见的橘树毫无二致,磊磊落落地立在花圃中,金风中碧叶微微地颤动,金黄色的橘子像瞪着铜铃的眼珠打量我这好奇的客人。它不会是假的,那"眼睛"倒刺得我心里发虚。我打量着周围的环境,居然没有任何关于"爱护一花一果,争做文明市民"的温馨提示,或"喷洒药物,请勿食用"之类的警告。想到偶尔在媒体上看到的某下水道窨井盖被"挪用",某大道路灯成了"靶子"这类新闻,我注目眼前的橘树,实在让我有山重水复到柳暗花明的感觉。

我得称这棵树为"文明树",它成熟的不是普通的橘子,它成熟的是再健壮的橘树和最适宜的阳光、土壤、水分、肥料都无法成熟的"文明果"。当然,能见到这种"文明树""文明果",首先得有文明城、文明人。虽然我们见到的仅是一株树上的为数不多的"文明果",但在这"文明果"的背后,是千千万万的市民、游客的文明行为,是咸宁市委市政府多年来一直常抓不懈的文明成果,是传统道德与现代文明嫁接在咸宁绽放的艳丽之花。

咸宁的"文明果"熟了!

"二十四桥"今何在

　　"青山隐隐水迢迢,秋尽江南草未凋。二十四桥明月夜,玉人何处教吹箫。"杜牧的诗句流传了一千多年,可谓妇孺皆知。诗因桥而咏出,桥因诗而闻名。扬州的二十四桥,一说为二十四座桥。据沈括《梦溪笔谈·补笔谈》,唐时扬州城内水道纵横,有茶园桥、大明桥、九曲桥、下马桥、作坊桥、洗马桥、南桥、阿师桥、周家桥、小市桥、广济桥、新桥、开明桥、顾家桥、通泗桥、太平桥、利园桥、万岁桥、青园桥、参佐桥、山光桥等24座桥。一说有一座桥名叫二十四桥,"是桥因古之二十四美人吹箫于此,故名",持后说者众多。历史上的二十四桥早已颓圮于荒烟衰草,现今扬州市经过规划,在瘦西湖西修长桥、筑亭台,重修了二十四桥景点,为古城扬州增添了新的风韵。扬州古代的二十四座桥已为美丽的梦幻,咸宁今天的二十四座桥则巍然屹立于城区,妆饰着这座年轻的城市——美丽的香城泉都。

　　咸宁素有"千桥之乡"的美称。我市的桥或古代或现代,既有拱桥,也有平桥、廊桥,有石桥,也有木桥、竹桥、铁桥。咸宁市政府按照"尊重历史,尊重群众意愿,尊重习惯,执行政策,方便群众,体现规划,便于管理,保持特色,尽量稳定"的原则,于2010年、2013年、2015年对城区的24座桥梁进行了命名,使这些桥显天地之灵气,同山水融为一体,给咸宁增添无限的神韵。

　　这些桥梁的名称,彰显出咸宁的人文、自然地理特征,增强了我市的知名度和吸引力。

　　咸宁"香城泉都"特色得到彰显。潜山脚下的原一号桥、二号桥、老二号桥、三号桥,因修建于20世纪60年代至80年代,为了方便当时军事管理的需要,用军事用语1号、2号、3号区分,在当时也方便了市民的记忆。但不符合现代桥梁命名的规定,缺少文化底蕴与咸宁特色,只能视为这些桥梁的乳名。现在有了它们的大名与字号了,一号桥命名为"温泉桥",因为它位于温泉路,而且附近也有温泉资源,是一个地标性的名字。二号桥、老二号桥叫"银桂桥""金桂桥",是为了突出咸宁"桂花之乡"的特色,以桂花品种命名的桥梁,具有地域性。三号桥命名为"双鹤桥",因为这里经常有成群的白鹤飞来飞去。从一九五医院处淦河连续四座桥梁分别命名为金桂桥→银桂桥→桂花桥(待建)→丹桂桥,另有桂香桥、金桂西桥,共同构成桂花系列,突出咸宁的"香城"特色;温泉桥、小泉桥突出咸宁的"泉都"特色。

咸宁的"崇龙文化"得到突出。市区内有六座带有"龙"字的桥梁,有与龙住处相关的龙潭桥、龙潭新桥,有与龙的色彩相关的青龙桥,有与龙的姿态相关的盘龙桥,有与龙的数量相关的双龙桥,有与龙的腾跃相关的兴龙桥。咸宁不愧是蛟龙戏水、蟠龙踞虎、二龙戏珠、龙兴凤翥之宝地。其实,这是咸宁的先民受江湖水患、干旱酷热之苦,敬畏自然、崇拜神力,于是创造了上天入地、呼风唤雨的龙。龙潭桥是咸宁城区最早的桥梁,大约建于1866—1882年。咸宁盛产茶叶、苎麻,自古就有茶马古道,其中一条经普兴街过小龙潭至咸宁县城,出大幕乡茶地铺到通山县城。商贾们为了方便贸易,摆脱过河渡船之苦,便慷慨解囊,加之当地乡绅及乡民纷纷捐资赞助,历经数年,修成此桥。龙潭桥建成之后,当地乡绅曾对捐资者立碑纪念。

咸宁的"生态保护"得到重视。与生态保护相关的应当包括桂花系列与温泉系列等桥梁,这里专讲双鹤桥与丹凤桥。双鹤桥与丹凤桥是咸宁市政府门前淦河上同心桥下游紧挨着的两座桥,是最有灵气的两个桥梁名称。松鹤延年、丹凤朝阳,寓意十分美好;丹(单)双搭配,自成一体。双鹤桥命名的来历,有个真实的故事:这座桥原名三号桥,当时从咸安城区到温泉城区必经此桥,城市主干道要扩建,这座桥也得扩建。设计者想出了既节省资金又不影响交通的办法。在原桥旁再建一座同样的桥,在两座桥中间修一个长长的花台,把两座桥联结成一座桥,这就成了"双合桥"。在设计桥头雕塑时,雕塑家发现河中白鹤双双飞舞,让人见之忘俗。"双鹤,双合,真是天作之合!"便在桥中间花坛的两端各塑造一组双鹤造型。"双鹤桥"由此叫响。要说这一带为何白鹤双双起舞,那可有一个传奇的故事:古时候,有个仙女下凡,到温泉河洗澡。一位青年樵夫到河里挑水,偷偷拿走了她的衣裳。仙女也乐意与樵夫结为夫妻。樵夫与仙女一个打柴卖柴,一个在家烧火做饭操持家务,日子过得倒也美满。一日,知县看见樵夫的妻子长得貌美如仙,趁樵夫不在家,叫衙役们把她抢回了县衙。樵夫回来后见房门大开,只见门前不远处有一根妻子的罗裙带。他拿起罗裙带,罗裙带飘起来领着他追到县衙门前,他把罗裙带往腰上一系,顿时便飞了起来,落在县官的屋顶上,看见县官正在向妻子逼婚。樵夫怒从心头起,用樵斧劈开门,砍死了知县,拉着妻子跑到山洞里过了一夜。衙役们赶到樵夫家,找不到他们,放火烧了樵夫的家。樵夫和仙女一起走出山洞到温泉河边洗脸喝水。他们喝了温泉水后,浑身发痒,不一会儿他们便变成了一对白鹤。任猎人打,渔翁赶,都不飞走,并在温泉河里繁衍后代。

咸宁的"地理特色"得到显示。盘泗洲桥、大洲湖大桥,让人联想到咸宁史上"百湖之市"的称号,更早些则带有古云梦泽的烙印。西河桥告知我们桥在咸安城区之西,西河是淦河的一部分。由于西河与淦河的特殊关系,还留下了一个美妙的传说:咸宁西河边住着一个很有孝心的青年人,名叫吴刚。一年,西河两岸感染了一种怪病,吃什么药都不见效。吴刚的母亲也染上了这种病,吴刚到山上采药,太乙真人告诉他只有桂花汤能治此病,但桂花在月宫,得找嫦娥仙去要。于是他天天背石头垒高台,背了九十九天,高台终于垒成了,可是还是够不着天。吴刚的孝心感动了凤凰山中的金凤凰,它驼着吴刚上了蟾宫。嫦娥见了来自故乡的吴刚,听了他的诉说,于是将桂花撒在西河里,河水成了桂花汤,人们喝了河水,顿时病都好了。玉帝见吴刚有孝心,便将他留在蟾宫看守桂花树,他也成了神仙。人们说西河的水是神仙水,称这条河为金河。后来文人在"金"字边加了三点水,便成淦河了。因为吴刚是从石塔飞上蟾宫的,文人就在石塔的门额题了"直达蟾宫"四个字。这一传说与《酉阳杂俎》中"月桂高五百丈,下有一人常斫之,树创随合。人姓吴名刚,西河人,学仙有过,谪令伐树"正好吻合。

咸宁的"历史记忆"得到加强。永安桥的"永安"与"咸宁"有着密切的联系。咸宁市建制较晚,唐代宗大历三年(768年)置永安镇,即永远安宁之意。928年改永安镇为永安场,954年升永安场为永安县。咸宁这个名称,是宋真宗景德四年(1007年),为避宋太祖永安陵之讳改称,取《易·乾象》"万国咸宁"之意命名。咸宁即大家都安宁,与永(远)安(宁)意思相近。如果说永安桥让后人记住咸宁那段古老的历史,那么虹桥则让人记住现代咸宁的一段光荣历史。1906年,清政府向美国合兴公司借款,修建汉口至广州的粤汉铁路,后收回筑路权,交由湖北、湖南、广东三省分别修筑铁路。1913年,咸宁境内的铁路破土动工;1916年,咸宁西河铁路桥建成,因大型钢铁拱形如彩虹飞起,人们叫它"虹桥"。在北伐战争中,北伐革命军在攻克汀泗桥后,大军便沿铁路北上进攻咸宁城。北洋军阀守军在西河铁路桥头上的碉堡顽抗,北伐革命军多次组织冲锋才攻克咸宁城。无数革命烈士的鲜血染红了铁路桥。为了不忘革命先烈的功勋,人们又叫它为"红桥"。

附:咸宁城区 24 桥名称、地址

桂香桥,桂乡大道跨京广铁路桥

小泉桥,桂乡大道跨 107 国道桥

太乙桥,太乙大道过淦河之桥

西河桥,怀德路过淦河之桥

永安桥,永安大道过淦河之桥

盘龙桥,青龙路连接碧桂路过淦河之桥

盘泗洲桥,碧桂园内碧桂路过淦河之桥

双龙桥,碧桂路与嫦娥大道连接过淦河之桥

大洲湖大桥,位于桂乡大道大洲湖处

兴龙桥,位于咸宁大道与龙泉路相交处东 20 米

龙潭桥,位于淦河中游咸宁大道与龙潭大道交叉路口顺淦河下游 300 米处

希望桥,位于茶花路原老干部活动中心门前十字路口

虹桥,跨淦河桥,距西河桥 300 米处,粤汉铁路钢架桥

同心桥,位于市政府门前

银桂桥(新二号桥),位于农业银行旁

双鹤桥(三号桥),位于禄神酒店旁

温泉桥(一号桥),位于温泉路

丹桂桥,位于咸宁大道中段

金桂桥(老二号桥),位于一九五医院旁

金桂西桥,位于金桂西路

桂花桥,位于桂花路西段

丹凤桥,位于咸宁职业技术学院左前方

龙潭新桥,位于十六潭路向西南延伸处

青龙桥,位于碧桂园

道路街巷见文化

　　"十二五"时期,咸宁交通建设捷报频传:武咸城际铁路在全省率先通车;咸宁长江大桥开工建设;杭瑞高速、大广南高速、咸通高速、咸黄高速、通界高速、武汉城市圈咸宁西段高速、武深高速嘉通段建成通车;高速公路通车密度居全省前列,形成了咸宁市区至武汉及周边县市一小时交通圈。主城区外环全线贯通,高速公路县县畅通,长江港口与武汉融通。成就辉煌,功不胜数。这里将范围从整个市域缩小到咸宁城区,将内涵从交通建设缩小到道路命名,单表城区道路建设的命名文化。

　　城区道路是交通发展的标志。城区交通网络的"四纵四横",分别是长安大道、银泉大道、香城大道、泉都大道,咸宁大道、金桂路、永安大道、107国道。从纵向看,原有的一号路、二号路,更名为银泉大道和长安大道,改建了香城大道(原横温路),新建泉都大道将城区向东南拓展。从横向看,原只有107国道,现拓建了永安大道,新建了咸宁大道和金桂路,结束了温泉城区与咸安城区中间无横向主干道的历史。从城区内环看,由长安大道、咸宁大道、银泉大道、文笔大道交接构成的内环线,原内部互不相通,现在纵线新建了银桂路,且规划与桂花街相接,横线则新增了十六潭路、金桂路、青龙路、煤机大道,并有武咸城际铁路贯通。

　　城区道路是经济发展的缩影。银泉大道、巨宁大道的路名直接选用于企业的名称(湖北银泉纺织股份有限公司、湖北巨宁森工股份有限公司),十六潭路名称选用于咸宁市最大的综合性公园"十六潭公园"。通江大道显示出咸宁通江达海的交通优势,对外开放的姿态。兴发路、兴盛一巷(二巷)、展望一巷(二巷、三巷),寓意为展望企业的未来发达兴旺的美好愿望。站中大道规划为高铁咸宁北站站前广场通往银泉大道的快速通道,是咸宁市首个立体交通城市快速干道,道路设计为上、下两层,双向8车道,其中跨107国道和京广铁路部分设计了高架桥,桥长1000余米,桥宽18米,桥上桥下各4车道。

城区道路显示出咸宁市对教育的高度重视。三元路因宋朝咸宁连中三元状元冯京命名;崇文街因该路起点是温泉实验小学、温泉中学所在地,旨在激励学子崇尚文化科学,鼓励他们努力学习,故名;育才街邻近咸宁高中这一教育机构,体现出为国家培育英才的美好愿望;此外,如文笔大道、书台街、书胜路、书旗路、书雅巷、笔架山巷、希望巷等,无不体现出咸宁浓郁的书香气息和重教尊师的优良传统。

城区道路显示出园林城市特色。以山水泉洞命名的有:文笔大道、潜山路、麦笠山路、环山路、双峰路、淦河大道、泉都大道、温泉路、十六潭路、月亮湾路、滨河东街、滨河西街、河堤北路等;带有植物名称的道路有:桂乡大道、金桂路、银桂路、桂花街、金桂西路、桂花北路、宝竹路、竹山里、竹山巷、竹溪巷、茶园路、茶花路、白茶巷等;带有动物名称的道路有:青龙路、赤龙路、锦龙路、龟山路、凤凰一路、凤凰二路、凤凰西路等。

城区道路显示出咸宁的历史文化。以神话传说命名的道路有:嫦娥大道、太乙大道。内环中的四条主干道有三条显示出咸宁厚重的历史文化,它们是永安大道、咸宁大道、长安大道。旗鼓大道、马柏大道(“马”指马桥)留有三国故事的印记。曹操赤壁兵败后,带领残兵一度迁回到江南,在咸安旗鼓垴一带欲重整旗鼓,准备从陆路再战,竖旌旗于左山,摆战鼓于右山,留下了旗鼓垴的地名;再说刘备率诸葛亮、关羽、张飞等大队人马追杀过来,曹操撤离过河后,命令将河上的便桥拆掉。刘备大军赶到后,张飞带人在当地老百姓的协助下搭起了一座木桥,然后刘备乘马车过河追击,当地老百姓第一次看到马车过河,将此桥取名马桥。贺胜路中的“贺胜”可有一段来历:900多年前元军南下,战火烧到江夏的山坡,村村起火,户户遭难。咸宁人王晔高举义旗,组织附近乡村中的勇士奋起抗击。白天伏击敌兵,晚上扰乱敌营,最终赶走了敌人,王晔等人为纪念胜利将山脚下的石桥改名为“贺胜桥”。无独有偶,1926年,北伐军再次在此攻占贺胜桥。怀德路的路名源于1946年(民国35年)咸宁县城关地区设怀德镇,后来将原县级咸宁市政府门前大街取名怀德路,沿用至今。万年路则让我们想起那段有趣的历史,唐朝时西安城有万年县,后更名咸宁市,又改名为樊川县,后复称咸宁市,历经宋、元、明至清末,1914年撤销咸宁市并入西安市长安区。这可谓陕西有万年、咸宁,湖北有咸宁、万年。是啊,那些含意美好的名称谁不喜爱呢。

“人梯精神”赋

一

十八盘的石梯翻山越岭,让你登泰山小天下;武陵源的电梯飞沟过壑,助您赏风光怡性情……咸宁职业技术学院有一架特殊的梯,传递着科学与文明,传递着博爱与奉献,它是师生用心血构筑的“人梯”,它是职院人用文化书写的“人梯精神”。“人梯精神”作为咸宁职院校园文化的品牌,其内涵十分丰富。它形象地表现了教师的“红烛”精神,教师就是学生渡过书海的舟船,教师就是学生攀上书山的人梯。它形象地表现了教师的“敬业”精神,坚守着一个平凡的岗位,忠于职守、任劳任怨。它形象地表现了师生的“进取”精神,昭示着志上八达岭、勇登十八盘,“欲穷千里目,更上一层楼”。它形象地表现了师生的“团队”精神,每一个梯节都不可或缺,每位园丁都在育人中彰显宝贵的力量。它形象地表现了职教的“贵用”精神,为民所用、为国尽力,这就是人梯精神的根! 这就是人梯精神的魂!

二

人梯精神是这样产生的,人梯的力量在这里光芒四射!

2009年12月6日14时40分,北风刮面。咸宁市淦河双鹤桥水域,寒流滚滚;一个读起来让人发冷的时间,一个听起来充满诗意的地点。

险!冰冷的淦河水面上,耸出一个小孩的脑袋,母亲的一双手正吃力地托举小孩,小孩和大人在下沉、在向河心滑去……水流湍急,水冰刺骨,母子都不习水性,被水冰,是死;被水溺,是死;两条人命,生死一线。

急!正在河边散步的咸宁职院学生王洪、刘康、王力看见这一幕,飞步过去,时间就是生命,王洪、刘康边跑边脱外套蹬掉脚上的鞋子,扎进冰冷的河水中……

喜!一小伙拖着母子奋力向岸边游来,另一小伙在后面推着母子,配合默契。北风刮面,河水刺骨,两小伙子脚已冻僵,体力严重透支……没有命令、没有号召、没有指挥,在场的人自觉行动起来,紧张有序地结成人梯,向河中延伸,协助营救……落水母子平安脱险,救人英雄安然无恙。

王洪等同学寒冬勇救落水母子,受到了教育部和省、市政府的表彰,获得了全国"见义勇为优秀大学生"的光荣称号。新华社、人民日报、中国青年报、中国教育报、中央电视台、中国教育电视台等多家新闻媒体对此进行了宣传报道,在全国引起强烈反响。

榜样的力量是无穷的。搭架这人梯的何止王洪、刘康、王力,仅2012年人梯精神的接力棒就被多人传递:

4月26日,我院退休女干部江桂蓉跳入温泉露天高温池中,身体多处受伤,救起从高处跌下,身受溺水和高温威胁的一位不知姓名的女同志……

6月21日,放暑假在家的我院学生李文涛出门办事时,救起不慎跌入池塘中的三名分别为6岁、3岁、2岁的儿童……

6月28日,我校毕业生邓崴在温泉城区新二号桥处,救起一名坠入河中的年轻女子……

三

人梯精神是一种文化,是一种信念,是一粒种子。在咸宁职院人的精神家园里,这颗种子生根拔节,芬芳四溢,硕果累累:

园林生物教学团队,取得了省级重点专业,省级教学团队,一门省级精品课程,一个省级实训基地,一个国家级实训基地等佳绩。

会计物流教学团队,取得了省级教学团队,省级教改试点专业、省级精品课程,湖北省新兴战略支柱产业人才培养计划项目,中国物流人才培训基地、中央财政支持建设项目等佳绩。

拼搏进取精神在这里闪光,生物工程系杨康同学发明的专利"液压式发动机"荣获2011年"低碳中国十大新技术应用奖"和湖北省2011年大学生优秀科研成果二等奖。

2011年,由会计专业、财务信息管理专业的同学组成的代表队参加湖北省会计信息化知识技能大赛,获决赛第二名;在全国大学生会计信息化技能大赛中获湖北省团体一等奖、全国三等奖的好成绩。2012年,这些同学再次代表湖北省参加全国高校会计技能大赛,荣获团体二等奖;在湖北省首届学生会计技能竞赛中分别夺得团体总分第一名和第二名,占有无可撼动的领先优势……

正是这种知耻后勇、逆流勇进的精神,书写着咸宁职院的新篇章;

正是这种爱岗敬业、默默奉献的精神,改写了咸宁职院的新业绩;

正是这种精诚团结、同舟共济的精神,谱写了咸宁职院的新辉煌!

《校歌》歌词创作的偶然、酣然与"天然"

每一所高校都有它的校歌,每一首校歌都有它的创作者。我有幸成为咸宁职业技术学院校歌歌词的创作者,是偶然、是酣然,亦是"天然"。

偶然之作

《校歌》歌词的创作是偶然的。儿不嫌母丑,母夸儿漂亮。《校歌》是我诗作中的宝贝,生辰却被粗心的某人淡忘了。近查有关资料,大约在 2004 年春夏之交,为庆祝新中国成立 55 周年,咸宁市委宣传部、咸宁市文联举办"唱响咸宁"歌词与歌曲竞赛活动。当时,我在咸宁职院南校区的中专部任教。一个偶然的机会,我从更名不久的《咸宁日报》上得知这一消息。一次偶然的冲动,一个见唱歌就恨无地缝可钻的我,决心为组建不久的咸宁职院创作她的校歌歌词。没有领导的指示,没有学院公文的通知,也没有同事的鼓励,这次《校歌》歌词的创作还真是偶然中的偶然。那一丝冲动也许就叫灵感吧,歌词的创作大约在两天教学的业余时间内完成。我一不做,二不休。再"偶然"一下,就按报纸的通信地址将作品直接邮寄出去了。

后来,学院也发了创作咸宁职院校歌的通知,一些教师也积极参加了校歌歌词创作活动。但这一活动,是在我的"偶然"投稿十多天后才开始。

我对自己投出的豆腐块文章向来都是不计成本,随心投递。向来也是人微言轻、名落孙山居多。然而这一次算是例外,不久便被登在是年 6 月 23 日《咸宁日报》"唱响咸宁"歌词创作选登栏目中,不久又被学院党委审定为《咸宁职业技术学院校歌》,后又得华先宙先生谱曲,使这一段文字能在美妙的音符中跳动。

《咸宁日报》登载的歌词全文如下:

咸宁职业技术学院校歌

巍巍潜山脚下,悠悠淦水河畔

一所历史名校把鄂南职教美誉远扬

万千桃季,四海芬芳

默默耕耘,谱写辉煌

信息、经贸、生物、电子

我们向着高尖的科技冲浪

善于学习,勇于创新

我们的理想插上了翅膀

桂花之乡怀抱,星星竹海身旁

一所新兴职院乘着新世纪春风起航

墨香弥漫,书声琅琅

教学科研,一流质量

成人、成才、创业、立业

我们在广阔的天地翱翔

业精技高,品优德良

我们的青春在拼搏中闪光

我讲《校歌》歌词的创作是偶然,还因为我虽读过一些诗,但不求甚解,胆怯于唱歌,对歌词缺少感性和理性认识。虽在咸宁职院南校区的中专部工作多载,但当时学院高职工作还未真正起步。虽略知校歌创作的重要,但对校歌是办校理念、办校特色的集中体现还一知半解。现在回想起来,如果等我把学校的办学理念、办校特色、歌词写作技巧都一一掌握,然后再来创作校歌,怕早已是挑水的回头——过井(景)了。

酣然之意

《校歌》歌词的创作是酣然的。有三分酒力相助,有三个意念萦绕:

一是要写作咸宁职院的校歌,要有咸宁的地方特色。于是,在歌词中写进了:"巍巍潜山脚下,悠悠淦水河畔,一所历史名校,把鄂南职教美誉远扬"和"桂花之乡怀抱,星星竹海身旁,一所新兴职院,乘着新世纪春风起航"等句子。这几句写出了咸宁职院的地理环境、优美风景、历史悠久和建院伊始,突出了咸宁职院的钟灵毓秀、地灵人杰。自我评价是写得气势可嘉、又很实在,与我写作初稿中"妩媚九宫,灵秀桂乡。啊,咸宁职院,画一般俏靓""伟岸幕阜,奔放长江。啊,咸宁职院,诗一般激昂"相比,虽然《校歌》气势有所不及,但地域的实在性突出了,而且增加了办学的历史说明。就这样平凡的几句话,却占足了当时所知的咸宁地理优势,使咸宁其他企事业单位不可能再用"起兴"的方法重复写这几件景物了。这或许是《校歌》歌词成功的原因之一吧。

二是要写出高职的特色。当时我对此有较清醒的认识,虽然存在着"文不逮意"之处,但二十余年职业教育的实践,暗示我在歌词中介绍专业建设情况,进行创业立业的说明,提出品德与技能的要求。现在想起来,《校歌》中"业精技高,品优德良"的要求与后来校训中"厚德尚能"的要求不谋而合,这许是多年职业教育潜移默化的效果吧。

为了区别于他校的校歌,我投于宣传部的文稿中第二句是"一所历史名校把鄂南黄埔美誉远扬"。句中的"鄂南黄埔"在当年咸宁财校的对外宣传中常常用到,源于学校的校名曾用过"湖北省咸宁地区财贸干部训练班"和"湖北省咸宁地区财贸干部学校",学校培养出的人才许多工作在鄂南财贸战线的重要管理岗位上,享有"鄂南财贸黄埔"之美誉。现在将"鄂南黄埔"改为"鄂南职教",虽只是一词之易,却自感损失颇大,对于咸宁职院来说失去了一块金字招牌,功败垂成、失之交臂。现在,学院积极打造湖北职业教育会计品牌,"鄂南黄埔"当是一个有力的历史佐证。失之易,复之难。真是只有失去才知其珍贵啊!

为了彰显高等教育特色,歌词中用了"我们向着高尖的科技冲浪"一句。这里的"高尖"当然是高端与尖端之意,高端科技与高端技能是吻合的,但"尖端"无疑拔得太高,不符合高职实际,这是笔者认识之差、措辞不当。好在学院在最后审定《校歌》歌词时,将"高尖"改为了"高新"。当时,我虽然没有高校工作的经历,但自认为中高职工作区别最大之处是科研能力。时至今日,笔者仍认为"向着高新的科技冲浪"任务之重要与艰巨。在新一轮高职层次的破茧化蝶中,科研能力当是极重要的实力与筹码。

三是要力争内容丰满,师生同唱。歌词正文分上下两阕,每阕八句,兆八八大发之意。一般歌词多是一咏三叹,虽有二阕三阕但内容大同小异。《校歌》歌词则不同,上下阕内容各有侧重。有心人不难发现,上阕是以教师身份写的,下阕是以学生身份写的。笔者觉得校歌不是专给教师唱的,也不是专给学生唱的,只有师生同唱才是真正的校歌。虽然歌词难记一些,但有助于内容丰满,有助于彰显特色。

"天然"之情

《校歌》歌词的创作是"天然"的。这种"天然"是绿叶对根的祝福,是浪花对大海的歌唱,对于我来说,这是女儿唱给母亲的颂歌。

铁打的校园,流水的学生。毕业生离开母校就像女大当嫁一样,我算是其中的例外之一,一位不出嫁的闺女。

感谢母校,欢迎我这个修地球的站讲台。在烈日亲吻与风雪拥抱的"再教育"达到合格的情况下,从广阔天地走进书声琅琅的学堂,吸吮知识的琼浆,补充心灵的饥渴,体会月光与夜风的抚摸。

感谢母校,宽容我这个不出嫁的闺女长期逗留在摇篮里。三十载不分河东与河西,没有市场的喧哗,没有商海的惊骇,在三尺讲台上安闲地踱步,在墨香的弥漫中陶醉般耕耘,在豆腐块文章的雕琢中自得其乐。

感谢母校,激励我在"人梯"的岗位上收获奉献的快乐。我不知道教师事业是不是太阳底下最灿烂的,但我知道教师是太阳底下最无私的,如泥土品味桃李之芬芳,如大海鉴赏浪花之晶莹,如蓝天赞美雏鹰之勇敢。

我常想:母校对学子之爱,当如太阳普照万物一样;学子对母校之爱,当如众星之拱月一般。为母亲前行的坎坷铺一寸路面,为母亲肩头的重任分一钧重量,是责任,也是荣幸。在组建咸宁职院紧要的日子曾留下灼热的文字,在祝福咸宁职院幸福之时刻应奉献真诚的歌唱。这就是《校歌》创作的"天然"之情,是儿女对母亲赞颂的心声。

欣闻,网络中"天然"指思想简单,做人呆傻。我想,这算是一种境界了。没有比水天一色更悦目,没有比万众一心更有力量,没有比智力障碍者办事更讲信用,没有比思想单纯更加高尚……在咸宁财贸工商管理学校三十周年校庆时,我曾写过一篇短文《把我的心锁在一九七八》,文云"让我的心永存一块处女地,永远那样富有朝气,始终那样充满活力,总是那样纯洁善良,一直那样挚爱真诚……"我傻傻地实践着,恪守当初的诺言。我知道我的话看的人少,但依旧我行我素,欣赏着"天然",珍惜着"处女地",不肯移情别恋。当额头的皱纹一寸寸增长,当两鬓的白发一缕缕增添,我这个当初不出嫁的闺女,注定要成为嫁不出的老剩女了。

我祝贺自己——坚守了人梯的梯节!

四十年前高考时

1977年的初秋注定是我们这代人难忘的季节,那是粉碎"四人帮"后的第一个初秋啊!虽然田野里庄稼的穗粒还没饱满,山冈上果实的颜色尚未橙黄,山村里处处蛰伏的是茅舍,集镇上满目所见的还是萧条,但你看得到人们脸上期盼收获的欣喜,听得到人们渴望摆脱贫困的激动,感受得到人们心中涌动的春潮。

那年9月,社会上传来了恢复高考的消息,这真是饿汉听说天上掉下一个馅饼来,是惊喜更是惊疑,天下有这样的好事?大家都知道,"文化大革命"使高考已中断十余年,不是在实行群众推荐(实际是干部推荐)上大学吗,能凭高考分数定乾坤?真的,我不大敢相信,但却十二分乐意相信。上大学可是我从小的志愿,可高中毕业时,正遇上如火如荼的"革命"高潮,上大学的理想自然只能是竹篮装水。1973年元月,高中毕业后我回到咸宁横沟故乡务农。被称为江南鱼米之乡的咸宁,那时实在还是躺在粮仓里受着饥荒,守在棉花库外挨着严寒。我正为自己的前途一筹莫展之时,难道春风再度玉门关?不久,从报纸、广播传来的消息便证明,恢复高考制度是千真万确的了。我便白天劳动,晚上翻开束之高阁多年的中学教材,书已在老屋五年烟尘的熏陶下变得蜡黄,所幸我那时对书十分怜惜,并无遗失,破损亦不多。只是这握了四年多锄犁结满老茧的手翻开书本,做起习题来到底有些不习惯了,况且白天体力劳动带来的困倦,坐下便有周公入梦。好在日出而作,日落而息的乡村,晚上万籁俱静,倒是适宜读书的好环境。好在那时的高中教材相对简单,没有书山题海的困惑。凭渴望上大学这一理想的支撑,凭对自己中学时代学习基础良好的坚信,我战胜睡神的干扰,挺住秋夜的寒意,终于把高中课本走马观花般回望了一遍。

填报志愿的学校正好是我的母校。我拟填报一所大专学校,负责登记工作的正好是我当年的老师,她看着我消瘦的身材,黑黑的脸庞,很关心地对我说:"你毕业都五年了,一直在农村劳动,料你也没多少时间复习,还是报一所中专学校更有把握。"我认真思考了老师的建议,默然点头。好在那时的中考和高考都是考的高中教材,我也不必另起炉灶复习。

12月的某一天,我和500多位"老三届"至1977届毕业生一块走进了设在横沟高中的考场。窗外是暖暖的冬阳,窗内是紧张得发冷的严肃气氛。是啊,连监考老师都陌生了多年的国家统一考试试卷,何况我们这些多是从田头、车间走进来的考生呢?因陌生而紧张,因希冀而紧张,大家都不抬头、大家都不言语,或冥思苦想,或奋笔疾书。隔一段时间黑板上会传来沙沙的粉笔声,大家便抬头,看一看监考老师提醒的考试剩余时间(那时的考生大多没有手表计时)。每次都能清楚地听到"唉""唉"的叹息声,我不敢旁视,只见前面考生手中的笔似乎动得很少,可没有时间为别人担心,更没有可能在此时互相帮助。我庆幸自己,倒能逢题必答,答得是否全面,答得是否正确,那是顾不得了。

现在很清楚了,1977年的高考试卷与其说是十分容易的,倒不如说是十分艰难的。你让一个放下书本五六年的人去做五六年前考的试卷,不难才怪!正如一个大病初愈的人,你让他去挑一个正常人能挑的百多斤担子,他能够轻松自如吗?我所知道的是,当年第一天考试过后,第二天的考试便有部分考生自动放弃了。不言放弃,必须坚持,我这样提醒自己。样板戏《沙家浜》里郭指导员有句唱词说得精彩:"最后的胜利往往在于再坚持一下的努力之中!"我和许多考生都坚持下来了。

在考试分数尚未公布之前,大多数考生的心情是忐忑不安的。说来也怪,我却很坦然。不为别的,因为我自知那十年寒窗是含辛茹苦过来的,我相信苦寒过后梅花香。从考试后,老师们对试题答案的解说中,我更加增添了把握性,以至于有一种天生我材必有用,舍我其谁的自信心。苦等了一段时间,终于得到通知体检的消息。别的都不说了,只把喜悦藏在心底,恨不能"春风得意车轮疾,一日观尽江城景",因为报考志愿中首选是武汉铁路桥梁学校。

好事多磨。一切并不都能如愿所至,左等右等我都没有等到武汉铁路桥梁学校的录取通知书,后来得知这所学校根本就没有到咸宁招生。大约又等了半个月,我终于得到了咸宁地区财贸学校的录取通知书(这所学校我填报的是第二志愿),并且得知我是那个考场唯一的榜上有名者。那种天高任鸟飞,海阔凭鱼跃的感觉好不畅快。美中不足的是,我走进的是一所中专学校,上大学看来是真的没希望了。

教育的春天到了!春天、春天……一个又一个,40个春天过去了,乡音无改鬓毛衰。弹指一挥间,大地换新颜。回首中专毕业后,我以优异的成绩留校任教。

今天我成了一所高校的堂堂正正的教师。这可是我当年参加中考时不敢奢想的。

坐在高等教育的殿堂里,回顾四十年我国高等教育的发展,真叫人思绪万千,夜不能寐。1977 年首次恢复高考时招收 27 万大学生,录取率为 3.4%,而 2015 年全国高校招收 700 万大学生,录取率近 75%,这可是天翻地覆,日新月异的变化啊。"春种一粒粟,秋收万颗籽",我想代表天下的桃李道一声:感谢改革开放的总设计师为教育的春天播下了希望的种子,让我们能够在春天的园地快乐地耕耘,快乐地收获!

咸宁教育学院概貌

咸宁职院不是"专心"读书的地方

"巍巍潜山脚下,幽幽淦水河畔。一所新兴职院乘着新世纪春风起航……"激昂的歌声在咸宁职业技术学院的上空回响。

鸟瞰咸宁职院:高阔的行政大楼,像巨大的彩屏映衬淦河;美丽的西礨山,似多情的西施暗送秋波;楼宇亭台,列着队、排成行,错落着、起伏着;桂竹松樟,拉着手、抱成团,滴着翠、溢着香……

这里不是一所学校,是一座花园。

春天:迎春花、山茶花、杜鹃花、月季、玉兰、牡丹……在路旁相迎,在花圃绽放,一拨比一拨开得多,一拨比一拨开得艳。那没开花的也不遑多让,雨后的春笋,立在地球想上天,比谁都窜得快、长得高;水中的小荷,张开蒙眬的双眼,窥视着世界,戏着水,舞着裙……我和春天有个约会:到樱花路观花去,到依依堤赏柳去。悄悄地摘朵花,藏进衣袖,让彩蝶儿绕着我飞;轻轻地拉着手,留张影照,记得那是同桌的你……

春天的景色太迷人,令人不能专心读书。

夏天:金玉山上一片片红云,那是挂满了小灯笼的石榴。不用动手摘、动口吃的,望梅止渴、赏榴生津,细看那红得透亮的色彩、摸摸那饱胀得要爆裂的果实,想象那玉粒般的籽粒,甜甜的,酸酸的……金玉山下一片片彩霞,那是凌波池里的荷花在怒放。羞涩地遮着少女的红云,爽朗地展示人面荷花,可近观不可亵玩,可意会不可言传。池上的人赏着水中的花,水中的花赏着池上的人。我和夏天有个约会:到凌波池赏月去,到淡泊桥纳凉去。悄悄地摘颗莲蓬,"低头弄莲子,莲子清如水";举杯可乐邀明月,指点江山,留一夕浪漫的诗话……

夏天的景色太诱人,令人不能专心读书。

秋天:桂园里一树树桂花开了,黄得像金、白得像银、红得像火。一排桂树就是一条银河,不,开的花比银河的星还要多、还要灿;一树桂花就是一只香囊,不,比香囊的香还要浓、还要纯;树下洒着香,路上飘着香,空气里弥漫着香,伸出手,轻轻一抓就能捏个香团。深秋时节,西罂山上几株野柿树醉了,沁香园一排红枫燃烧着,像奥运的火炬那样精神、那样热烈,让人振奋,令人遐想……我和秋天有个约会:到桂园中赏桂,上西罂山去品柿。轻轻地摇一摇桂树,下阵香雨,洗一回别致的香澡;数遍每一树柿叶,摘一个小柿,何等欣喜!

秋天的景色太馋人,令人不能专心读书。

冬天:鹅毛翻飞,银装素裹。踏雪寻梅去啊!去看一看,是北风吹还是春风来,是雪花落还是梨花开?去评一评,是梅白还是雪白,是雪香还是梅香?是去堆雪人还是打雪仗,是去滑雪还是溜冰?……我和冬天有个约定:去西罂山听松去,让青松赐给我坚定;去溢翠坡观竹去,让翠竹给我虚心;去文华广场赏雪去,塑个慈祥的圣诞老人,送给灾区儿童美好的前程!

冬天的景色太动人,令人不能专心读书。

这里不能专心读书,哪里还能?近朱者赤,近墨者黑;蓬生麻中,不扶而直。樟竹松柏季季常青,兰榴桂梅月月争艳;花圃草地飘香溢翠,书亭画廊欢声笑语;小桥流水生机盎然,假山盆景千姿百态……良辰美景、诗情画意,是同学们爱学校、爱生活、爱学习的基础和动力。优美环境陶冶情操,文明氛围潜移默化,收到了十分理想的育人效果。

"纸上得来终觉浅,绝知此事要躬行"。为培养高素质技能型专门人才,咸宁职院强化实践教学,加大校内外实训基地建设。近年来,学院斥资5000万元,建设了设备先进的数控、电子、生物、物流、会计、语音等实验室;在省内外建立实习基地200余个,加强了与企业、行业、社会的联系,使学生与就业岗位做到零距离接触,切实提高学生的职业技能。

计算机中心济济一堂,用鼠标点击心中的理想;数控实验室内全神贯注,用巧手操作未来的辉煌;试车场上胸有成竹,用心灵把握明天的航向;艺术创作室内淡妆浓抹,为了我们的生活更美、更甜、更靓。

青山碧水、欢歌笑语,这群姑娘不在旅游观光,而是在操练导游的业务;清风送爽、群芳飘香,这群小伙子不在攀花折枝,而是要与生物终生结伴。

——"工学结合、校企合作"是咸宁职院的人才培养模式;订单培养、任务驱动是咸宁职院的改革举措。不错,这里不许同学们关在教室里"专心"读书。

咸宁职院人深谙职业教育的精髓,大力开展素质教育,培养学生的学习能力、沟通能力、创造能力。近年来,学院学生在全国、全省职业技能大赛中捧杯夺冠:2004年、2005年、2007年在全国数学建模大赛中荣获湖北赛区一等奖;2005年、

2006 年在全国 IT&AT 教育工程就业技能大赛中荣获多个组织奖、一等奖、二等奖、三等奖;2005 年、2006 年荣获湖北省导游大赛二等奖,咸宁市一、二、三等奖;2006 年获湖北省高职高专英语口语大赛三等奖;等等。

你听,小伙子用激昂的歌声唱出幸福的憧憬;你看,姑娘们用优美的舞姿一展青春的风采。这边,挥毫舞墨、腾蛟起风,展示书画的魅力;那边,雄辩滔滔、据理力争,演说真理的光辉。

亭亭玉立如荷花映水,口齿伶俐能出口成章。这可不是唐伯虎在点秋香,是咸宁市政府在选择自己的形象大使。重素质教育、重艺术修养、重形体塑造,使咸宁职院在咸宁形象大使选拔赛中顺利夺冠。

——提高学生的综合素质,让学生全面发展;发挥学生的特长爱好,是咸宁职院的办学特色之一。不错,这里不许同学们关在教室里"专心"读书。

育人为本、德育为先,立德树人是办学的宗旨。咸宁职院加强思想政治教育,把社会主义核心价值体系融入人才培养的全过程;高度重视学生的职业道德教育和法制教育,重视学生的诚信品质、敬业精神和责任意识教育,培养德智体美劳全面发展的社会主义建设者和接班人。培养出了在荆楚大地上被誉为"潘星兰式"英雄的钟美意,被誉为"感动咸宁"十大新闻人物的范国文等品学兼优的好学生。

军训场上,步调一致、口号洪亮,用炎炎的酷日考验铁打的纪律,用挥洒的汗水浇铸拼搏的精神。

鲜艳的校旗下,一张张灿烂的脸庞,在福利院、在汽车站、在人民广场……用晶莹的汗水洁净生活的环境,用真诚的爱心呵护文明的花朵。

宽阔的运动场上,一面面彩旗飞扬,看谁跳得更高,看谁掷得更远,看谁跑得更快,用奖牌来证明谁的技艺更高,用积分来显示谁的团队更强……

——让学生成才是学校的责任,让学生成人更是学校的责任。为学生服务,让家长称心;为社会服务,办人民满意的大学,是咸宁职院人矢志不渝追求的目标。不错,这里不许同学们关在教室里"专心"读书。

都说咸宁山清水秀、藏珍纳宝,这里是中华桂花之乡、楠竹之乡、茶叶之乡、温泉之乡;都说咸宁历史悠久、地灵人杰,亘古的历史长河中有一朵浪花,秀丽的南鄂大地上有一枝奇葩——咸宁职业技术学院。

让我们鉴赏你的英姿,让我们品味你的芳香。

香城管见

用"11路"丈量城市绿色

迈开双腿，自驾"11路"，亲自步行于咱们的城市。做一个不肯长大的人，行走在城市的胸膛上，感受依偎母亲怀抱的温暖和幸福。做一个脚踏实地的人，行走在城市的年轮上，体会细觑城市成长的靓丽和欣喜。用心走路，每一步都是对城市的一个亲吻；用爱走路，每一步都是对城市的一句问好。

清晨，背着你的公文包甩开双臂奔向工作岗位。户外的空气格外清爽与洁净，没有比清净的空气更好的生命能源了，咱们大家都来享用吧！迈开咱们的双腿，不用担心交通拥堵，公汽晚点；不用担心小车愈多，车位难寻；不用担心汽油涨价，老婆埋怨；不用担心公车私用，违规违纪。你可以感受吹面不寒杨柳风，你可以感受沾衣留香桂花雨，你可以感受草木摇落露为霜，你可以感受飞雪剪作连天花……

傍晚，携着你的爱人攀登在潜山的木栈道上。潜山国家森林公园绿色深浓、一碧万顷，没有比绿色更养颜、更养神了，你且与那归巢的鸟儿痴情地分享吧！"泉涌波摇天上瑶池偷淡水，桂奔竹卷人间仙境数潜山"，中国楹联长廊这一传统文化精华让你解悟到人间仙境何在，人间仙人是何。你不必抱怨工作的繁忙，不必畏惧创业的艰难，不必唏嘘人生的坎坷；你可以与金桂一道分享"桂花成实向秋荣"，你可与翠竹一道分享"虚心高节雪霜中"，你可与青松一道分享"雪霜多后始青葱"……

周末，牵着你的小孩漫步到"十六潭公园"。那一潭潭碧水是城市明澈的眼珠，没有比眼睛更深情、更关爱的了，你且与潭中的游鱼一块享受这天伦之乐吧！十六潭，潭连潭，潭如碧似玉；三十春，春接春，春春添色增光。十六潭公园是咸宁绿化、美化、亮化、彩化的缩影，寄托着咸宁人对"小康、生态、宜居、健康、和谐"的不懈追求。在这里你可以寻觅"民众乐园、植物乐土、百鸟乐归"的感受。在这里少年人没有死啃书本的烦恼，有亲近自然的快乐，可以去湖中乘舟欢歌戏水，可以去摩天轮上惊心动魄;小伙子没有夜不成寐的痛苦,有沉浸热恋的甜蜜,爱情长廊让你:一见钟情—两情相悦—缘定三生—天长地久。老年人甩脱沉沉暮气,显现壮心不已,您可以去"茶香流韵"品茗,可以去"香梅迎客"叙旧,也可以去"花神送福"祈福,去"常香蝶恋"追梦……

节日,伴着你的父母徜徉在淦河观赏带。一条小河潺潺流过,一朵浪花一个传说,一泓温泉一段欢乐。没有比温泉更柔情、更蜜意的了,你且伴着这欢腾的河水载歌载舞吧!一川水波连波,波波如歌如泣;两岸山桥望桥,桥似诗似画。淦河,城市的母亲河;温泉,咸宁的大名片。没沐浴咸宁温泉的人,算不得到过这座城市;没读懂淦河的人,算不得了解这座城市。听你的父母讲一讲淦河的故事:你会了解淦河两岸原是一片荒山、农田,你还会知道半个世纪前温泉城区无一座能通汽车的桥,河岸多处可见百年以上的杨柳依依,月亮湾一带有数处可沐浴的露天温泉……传统的乡村发展为现代生态城市,正在打造我国中部绿心,世界生态名城……城市的过去值得我们记忆,城市的今天值得我们呵护,城市的未来值得我们拼搏!

迈开双腿,别再上班非小车不娶,下班非小车不嫁,别让"11路"的引擎生锈,"中部"脂山再起;为了咸宁更多的蓝天白云,让咱们心平气和地散步;为了鄂南永久的山清水秀,让咱们步态安然地徜徉。因为,我们感悟步行不仅追求到达、追求环保,还享受着健康、享受着快乐。没人笑你穷得买不起小车,但有人笑你富得迈不动双腿;回归到幼儿的学步吧,那是最纯洁、最实在的脚步。

咸宁城市形象语应征

一

香城泉都名天下　赤壁九宫传古今

说明:"香城泉都"是现代咸宁的亮丽名片,它既是咸宁天赋的地理与物产特征,也是咸宁的后发优势,是咸宁深入实施绿色崛起,打造中国中部绿心、国际生态城市的主要亮点、形象标志。"赤壁九宫"是咸宁历史传诵至今最有影响、流传最广的两处史事圣地,既是咸宁最具有旅游价值的景点,又是咸宁人文价值的经典。

二

千年赤壁　二乔故园　百里天香　全域温泉

说明:一句以发生在咸宁的赤壁之战突出咸宁历史悠久;二句以大乔、小乔的故事彰显咸宁人文特色;三四句写咸宁坚持绿色经济发展,突出"香城泉都"的物产特征,"天香"既指桂香,亦泛指茶叶香、油茶香、竹香、荷香等。

三

百里天香　全域温泉　绿甲华中　聚能竞先

说明:一二句写咸宁物产特征,彰显咸宁"香城泉都"魅力。三四句写咸宁打造中国中部绿心、国际生态城市,"聚能竞先"既指咸宁汇聚水能、风能、生物能、核能等,是当之无愧的能源宝库,又指咸宁聚贤人能人,蓄势而发,竞进争先。

咸宁城市质量精神应征

一

厚绿载香　远至迩安

说明:"厚绿载香"句式仿自"厚德载物"。厚德载物出自《周易·坤》:"君子以厚德载物。"意为只有积累深厚的功德才能承受拥有丰富的物质和精神财富。仿句"厚绿载香",紧扣咸宁实施绿色崛起,提升"香城泉都"品牌,建设国家生态保护与建设示范区、国家旅游业改革创新先行区、打造中国中部"绿心"和国际生态城市的发展战略;"厚绿"就是要广植绿、久植绿、优植绿,"载香"就是要处处弥香、季季弥香、人人护香。从厚绿载香衍生到香城泉都,衍生到全面系统持续的绿色发展。强调有绿才有香,有绿要留香,绿色发展要有质有效。

"远至迩安"出自《左传·襄公二十四年》:"恕思以明德,则令名载而行之,是以远至迩安。"全句大意是:用"恕"的思想来显示美德,那么好的声誉就会载着美德传播推行,因此远者来归附,近者安居乐业。形容政治清明,国家大治。原句描述的是德的效果,此处表达的是绿色发展的效果。人与自然和谐相处,人与人和谐相处,安全感、归属感、幸福感应运而生。人心思定、人心思治、人心思齐、人心思进,这正与"万国咸宁"之意不谋而合。

二

尚绿尚香　更善更美

说明:"尚绿尚香","尚"从八从向,积累加高之意;这里用作尊崇、注重之义。"绿"与"香"代表绿色发展。尚绿尚香,即注重绿色发展、立定绿色发展、支持绿色发展,优先绿色发展。尚绿尚香,是咸宁打造香城泉都、中国中部"绿心"、国际生态城市的一个形象缩写。

"更善更美",是咸宁人对城市发展质量的追求目标。没有最美,只有更美;没有最高质量,只有更高质量。敢于否定"至善至美",而追求"更善更美",是咸宁人在提升质量理念与能力上的自觉自信。"更善更美"包含着已经很优很美,但仍需要而且可以不断创新、不断提高,更上一层楼。

三

质出庶物　万国咸宁

说明:"首出庶物,万国咸宁",出自《周易》之第一卦"乾卦"。原意强调的是:圣人通过自己美好的德行达到天下大治、万国安宁。这里易其一字,为现代咸宁所用,成为"质出庶物,万国咸宁"。强调的是有了质量才有数量、才有效益,提质方可增效。一个有优良产品质量、有优良工作质量、有优良生活质量的城市,也自然能远至迩安、万国咸宁了。

四

绿色品格　诚信至上　服务真诚

说明:"绿色"是咸宁的最大优势,是香城泉都质量文化的基本内涵。绿色产品是消费者认可的健康、环保、生态产品;绿色质量是市民认可的安全感、归属感、幸福感;绿色城市是社会认可的生机勃勃、香气弥漫、爱心深远。"绿色品格"不仅指产品的绿色品质优、绿色品级高、科技创新快,而且指城市的绿色发展理念、市民的绿色行为形成了优良的品性品行。绿色品质指的是产品质量的绿色,绿色品格既指产品质量的绿色,又指城市人、城市精神中的绿色秉性、绿色定力。

"诚信"是社会主义核心价值观的要素之一,是产品质量、服务质量、管理质量的核心要素。诚信即诚实守信,它强调诚实劳动、艰苦创业,信守承诺、一诺千金,诚恳待人、开诚布公;不瞒上欺下、不弄虚作假、不口是心非。"诚信至上"是质量之本,是做人之本,是天下第一品牌。

服务人民是共产党人的一贯宗旨,服务消费者是生产经营者的一贯宗旨。"真诚服务"就是要坚持全过程服务、全方位服务、全身心服务,服务要口到、人到、技到、心到。

咸宁开拓"一江一山"解读

"一江一山"是咸宁地理空间的基本概况(东南是幕阜山,西北是长江),是咸宁最大的发展基础。

一、咸宁为什么要"开拓一江一山"

首先,开拓"一江一山"是咸宁最大的创新发展。

创新发展的最大方面是发展方向与发展大局方面的创新。多年来,咸宁从"山上再造一个咸宁""山区城镇化"到"幕阜山连片特困地区扶贫开发",都是守望家园式发展,都离不开一个"山"字;我们忽略了咸宁三个县与山有缘,三个县与江有缘的实际,给人们留下山区咸宁的印象。近年来,我市城市发展规划中提到"临江抱湖",这是一个跨越式的进步,是咸宁人亲近长江的表现。开拓"一江一山"是"临江抱湖"在数与质上的发展。

正确地认识长江,才能亲近长江,感恩长江。沿江发展是咸宁发展的短腿,这与岳阳市、九江市呈鲜明的对比。武汉人对长江十分敬重,咸宁人对长江十分"敬畏",基本上是侧重于"畏"。提到长江,老百姓想到的多数是1954年的大洪水、1998年的大洪水……事实上,近年来我们不仅饮用了长江水,而且依托长江资源融入了武汉新港,建设了咸嘉临港新城,紫山湖科技生态新城,特别是嘉鱼与赤壁两座长江大桥的批准兴建,长江带给咸宁的福祉将愈益增大。

其次,开拓"一江一山"是咸宁最大的协调发展。

"一方水土养一方人",只靠土(只靠山)是养不富咸宁人的,必须水土结合,也就是长江与幕阜山结合,靠山吃山、靠水吃水,咸宁才能如期全面建成小康社会。

"一江一山"是咸宁融入"一带一路"的主要支撑。没有长江,咸宁融入海上丝绸之路就只能望洋兴叹,有了长江我们就顺风顺水;没有山上的绿色产业,如砖茶等,咸宁在丝绸之路经济带就失去了友好的使者。"一江一山"是咸宁的对内发展平台,"一带一路"是咸宁的对外开放平台,双轮驱动,必须协调。

最后,开拓"一江一山"是咸宁最大的绿色发展。

"山上再造一个咸宁"是绿色发展,沿江崛起一个咸宁也是绿色发展。长江黄金水道是中国东西部最大的绿色通道,也应成为咸宁最大的绿色发展通道。

世界上领先发展的国家与地区,都是沿海洋、沿江河地带,中国沿海地区改革开放以后的巨变也印证了这一普遍规律。咸宁的区位优势与交通优势还利用得不够,没有重视沿江发展就是区位优势利用不够;重视公路与铁路交通,没有重视水路交通就是交通优势利用不够。实际上沿江地带地势平坦,也是发展通用航空产业的首选地带。咸宁也有后发优势,有更多期待。

二、咸宁怎样开拓"一江一山"

先谈沿江发展,沿江开拓。

第一,沿江开拓就是物流业、交通业开拓。

让黄金水道流出黄金——推进沿江港口码头建设。一要利用武汉新港建设平台,以嘉鱼县港区建设为重点,以潘家湾 5000 吨级码头为突破口,发挥其深水码头优势,将工业与港口结合起来,减少物流成本,做大临港经济。二要借力长江经济带,深化长江中游城市群合作,加快对接大武汉、服务大武汉;依托武汉新港的整体优势,突出特色,提升效益。

让高速、城铁跑出高效——加大沿线绿色产业建设。壮大产业、发展经济促进物流人流。先有物后有物的流动,先有人后有人的流动,然后有财源的滚滚而来。如果经济发展相对滞后、人才工作环境不优,则交通的便捷只是带来人才的流出,商品的流入。沿江三县必须建好"百里绿色走廊""百里工业走廊""百里新型城镇带";发展百亿茶产业、百亿竹产业、百亿桂花产业。要在桂花苗木、桂花旅游的基础上,加大桂花饮食、养生功能的开发。百亿桂花产业建成之日,方是"中国香城"实至名归之时。

第二,沿江开拓就是城镇化、农业现代化开拓。

加快建设"畅物流、兴工业"的咸嘉临港新城。充分发挥新城临江临港深水岸线,武汉城市圈外环高速、武深高速穿境而过,江南机场(原山坡机场)毗邻而居的区位优势,加快咸嘉新城物流园建设,把新城建成通达物流新城;支持嘉鱼临江千亿产业发展,落实产业为龙头、企业家老大的政策,沿江多多发展如金盛兰类的大型高新科技企业,把咸嘉新城建设为一座工业化新城。

加快建设聚人气、兴农业的紫山湖生态科技新城。一是坚持依站兴城。依托武咸城际铁路贺胜桥站,加快站前商贸文化区建设,将新城建成武汉市民周末休闲和度假的目的地。二是坚持生态兴城。把新城建设为宜居、宜业、宜游的武汉卫星城镇,坚持生态发展,突出湖光山色,加快现代化农场、牧场、林场、茶园等重点项目建设,把新城建设为现代农业化示范区。以生态保宜居,以文化聚人气,实现建设期末常住人口 10 万人的目标。

在加快两座新城建设的基础上,最终实现,赤壁市区—嘉鱼县城—咸嘉新城—咸宁城区—紫山湖新城连成一线,届时咸宁沿江城镇带蓝图绘就。

第三,沿江开拓就是工业园、高新区开拓。

赤壁要加快建设华中地区现代物流基地、中国绿色生态产业展览交易基地;嘉鱼要坚定"千亿沿江走廊"的主攻方向,沿江打造县域经济新的增长极;咸安要以打造区域性商贸物流中心为目标,突破性发展现代物流业。在此基础上,咸安、嘉鱼、赤壁联手打造国家级高新技术开发区。

沿山开拓发展也谈三点:

第一,沿山开拓就是要主攻精准扶贫。

咸宁 38 万贫困人口,主要集中在沿山三县。咸宁实施发展生产脱贫一批、发展教育脱贫一批、易地搬迁脱贫一批、生态补偿脱贫一批、社会保障兜底一批等精准扶贫脱贫工程。咸宁贫困人口中 20 万是有劳动力的人口,发展生产、发展教育无疑是最持久、最有效益的扶贫。例如崇阳、咸安通过发展竹产业来扶贫,通城通山通过发展油茶产业脱贫,既是精准扶贫,又是发展绿色产业,我们何乐而不为。鼓励和支持有条件的贫困县提前"摘帽"。实现三年脱贫,再用两年奔小康。

第二,沿山开拓就是要主打绿色产业。

支持和推动通城打造回归创业先行区、通平修合作示范区和鄂湘赣区域边贸中心。支持和推动崇阳建设特色资源绿色开发、产业融合发展和新型城镇化示范区。支持和推动通山抢抓内陆核电发展、绿色资源开发机遇,打造幕阜山区绿色经济发展示范区、全国生态旅游示范县。要充分珍惜利用国家地理标志保护产品这一机会,有效保护开发通城两头乌猪、通山乌骨山羊、崇阳野桂花蜜、崇阳雷竹笋,借鉴崇阳小麻花做成大产业的经验,使其做大做强。

第三,沿山开拓就是要做强旅游产业。

咸宁不仅是全国首批旅游标准化城市,也是国家级旅游业改革创新先行区,国家级风景名胜区(九宫山)、国家级文物保护单位(闯王陵),另有国家级自然保护区(森林公园)及国家地质公园(隐水洞)正在评审中,这些旅游资源有的是独一无二,不可多得的。要利用幕阜山旅游扶贫公路,将一洞(隐水洞)、二山(九宫山、黄龙山)、三湖(富水湖、云中湖、青山湖)连成一线,连缀起沿线的其他旅游景点,率先在沿山县实现全域旅游化。

我相信:咸宁的"融入一带一路,开拓一江一山"深入实施、颇见成效之日,就是咸宁全面建成小康社会的水到渠成、实至名归之时。

咸宁融入"一带一路"解读

《中共咸宁市委关于制定咸宁市国民经济和社会发展第十三个五年规划的建议》中指出："融入'一带一路',开拓'一江一山',深入实施绿色崛起战略……"这一战略高屋建瓴,与时俱进,是咸宁开拓创新的重大决策,也是实事求是的科学决策。

咸宁融入"一带一路"的可行性

"一带一路"是丝绸之路经济带和 21 世纪海上丝绸之路的简称,以绿色为品质的咸宁,发展绿色产业,用绿色产品融入"一带一路"是现代咸宁的当务之急,也是长久之计。

"一带一路"离咸宁很远:中国的核心区北在新疆、南在福建,目的地中心在欧洲与非洲。"一带一路"离咸宁也很近:咸宁的茶叶曾经是这条丝路上的畅销商品,今天的咸宁有更多的优质绿色产品走向世界;万里长江就在家门口,为咸宁融入海上丝绸之路创造了良好条件;咸宁是新疆(内陆北部代表)、福建(沿海省份代表)连接线的中心,依托内陆开放型经济高地,融入"一带一路"大有作为;中国"一带一路"城市旅游联盟,湖北是其中之一,咸宁怎可错失良机;在"互联网+"时代,咸宁融入"一带一路"经济发展,不仅可以搭"便车",而且也可以乘"快车"。

咸宁融入"一带一路"的必要性

融入"一带一路"是建成鄂南强市、枢纽城市的重要动力。电视上宣传咸宁小巧灵秀,我们不以咸宁"小"而自卑,但也不可以"小"而高傲,要以融入"一带一路"的远大胸襟,走出去、引进来,把我们的发展平台从鄂南一隅拓展到欧亚大陆,努力把咸宁做大做强。

融入"一带一路"是深入实施咸宁绿色发展的广阔平台。咸宁最大的优势是绿色,咸宁的后发优势是绿色。"一带一路"为咸宁深入实施绿色崛起开辟了更广阔的市场,咸宁绿色产能的相对过剩(百亿竹产业、茶产业、油茶产业,千亿旅游产业),绿色产品价值的相对过低,可以在这一市场求得更大的公约数,进而倒逼咸宁绿色科技加快发展,绿色产品质量不断提升。

融入"一带一路"是咸宁开放发展的必由之路。咸宁融入"一带一路"开放发展,目前的最佳使者是茶叶,最佳路径是万里茶道,最佳区域是俄罗斯、蒙古。但这仅仅是突破口,是起跑线,"一带一路"倡议是全面性、长期性的战略,需要数十年乃至百年才可以实现,它赐予咸宁的发展机遇,有万里茶道、三国文化、香城泉都,有我们正在打造的国际生态城市……咸宁可依托"一带一路"从东亚走向中亚、西亚,走向欧洲、非洲。

咸宁融入"一带一路"的实践性

依托"万里茶道",增强融入"一带一路"的发展定力。咸宁是"万里茶道"的源头之一,咸宁砖茶是丝绸之路经济带北线,通往俄罗斯、蒙古的重要商品,我们有理由增强融入"一带一路"的自信力与定力。砖茶的意义源于它的饮用功效,又超出它的饮用功效。要把万里茶道的"源头"做成砖茶示范性生产基地、开放发展的出口基地、茶叶生产的科研基地、"一带一路"的友谊基地、万里茶道的文化基地,并由茶叶拓展到其他咸宁特产。

依托"一江一山",增强融入"一带一路"的发展实力。仅仅依托砖茶这一绿色使者,还不足以把绿色做大做强。要把咸宁绿色"后发"优势做成"厚发"优势,要有序做大做强咸宁的百亿茶叶产业、百亿油茶产业、百亿竹产业,还要做强苎麻产业、桂花产业、千亿农产品加工产业。要把咸宁著名的绿色产品——桂花、向阳湖莲子、珍湖莲藕、嘉鱼鱼丸、南川蜜橘、崇阳野桂花蜜等特色优质产品,弘扬光大,做成品牌,畅销"一带一路"。

依托"一圈一群",增强"一带一路"发展张力。仅仅依托咸宁区域"一江一山"绿色实力还不够,要主动融入武汉城市圈中法合作平台,加强与法国、匈牙利、哈萨克斯坦等欧亚国家的合作;积极参与长江中游城市群与伏尔加河流域合作,加强与俄罗斯及中亚各国的全面合作,多路径、多平台推动茶叶、温泉、清洁能源、环保低碳等绿色产业领域的多边合作,立体式提升咸宁在"一带一路"中的发展平台。

依托创新驱动,增强融入"一带一路"的科技动力。全面理解绿色产业的发展,在电子信息技术、生物与新医药技术、新材料技术、高技术服务业上有选择地进行突破,特别是利用电子信息技术,实现沿江县与沿山县、城市空间与农村空间在"一带一路"中广有作为;大力引进新型节能、节材、节水产业,提升咸宁的科技动力,打造绿色招商品牌,实现"走出去"与"引进来"、引资与引智的共赢。

依托丝路文化,增强融入"一带一路"的人心凝聚力。全面理解"一带一路"倡议,构建政治互信、经济融合、文化包容的利益共同体,咸宁在"一带一路"友好往来源远流长,丝路精神渗透咸宁元素。加快旅游与"一带一路"融合发展,将生态文化旅游、三国文化旅游、温泉养生旅游套餐发展,使温泉文化、嫦娥文化、状元文化、钱六姐文化、茶文化、桂文化成为"一带一路"的友好使者。

如果我们把开拓"一江一山"的对内发展,比喻为两条腿走路,把融入"一带一路"比喻两只腾飞的翅膀,我相信具有后发优势的咸宁,一定能跑起来、飞起来!

嘉鱼长江公路大桥建设意义

2016年2月23日,嘉鱼长江公路大桥正式开工,这标志着咸宁将结束拥有128千米长江岸线,却没有过江大桥的历史,填补了"千桥之乡"没有长江大桥的空白,圆了咸宁人民在长江上架桥的千年梦想。有了这座桥,咸宁的区位优势与交通优势将得到极大放大。

嘉鱼长江公路大桥建设的作用是多方面的:

交通上的叠加作用,可以说是"一通变三通":大桥不仅方便了嘉鱼与洪湖的交通,使大江两岸群众的往来变得便捷,而且这座大桥是武汉城市圈外环高速的控制性工程,大桥的修通,使武汉城市圈外环8座城市得以便捷贯通。这不仅连接了城市圈外环高速公路,而且打开了江汉平原与幕阜山便捷通道。不仅实现了江汉平原与幕阜山的牵手,而且通过外环高速公路的连接线,使我国中部高速公路网变得更加畅通。

物流上的辐射作用,可以说是"一多变三多":多一座桥,人流多了、物流多了、财富多了。嘉鱼长江公路大桥是咸宁沿江发展的标志工程,咸宁沿江发展因有了这座桥,而显得更有魅力,也是咸宁构建区域性物流中心的标志工程,有了这座桥香城泉都咸宁的物产与江汉平原的物产可以真正实现错位发展。大桥恰逢"十三五"开局之年正式动工,给咸宁的经济发展带来巨大动力,咸宁如期建成小康社会底气更足了,志气更高了。

旅游与文化意义,咸宁旅游多了一个景点,两条旅游线路。一个景点指大桥本身是亮丽的旅游景点,目前世界上最大跨径非对称、混合梁、斜拉索大桥。咸宁也因此多了一个世界之最。两条旅游线路指,三国旅游线路:武赤壁、文赤壁、荆州古城线路;才子佳人线路:屈原、宋玉、苏东坡为代表的才子—小乔、嫦娥为代表的佳人旅游线路。

嘉鱼长江公路大桥,姓"嘉",是咸宁人民申报并获批建设的长江大桥,说明了咸宁政府与人民正在努力干大事,也能干成大事。同时说明了湖北省和国家对咸宁的信任与支持。

推进咸宁全面开放、五化协同发展

推进咸宁全面开放发展

推进咸宁全面开放发展,融入"一带一路",开拓"一江一山",打造"一带一路"内陆节点城市和长江中游城市群枢纽城市和幕阜山绿色崛起示范区,是咸宁创新发展、实干争先的战略选择。

理解这一战略,要在"全面""融入""开拓"上创新发展理念,领会精神实质。"全面"开放发展,既要有开放发展的胆识,更要有开放发展的能力,既要对外开放好,又要对内合作好;融入"一带一路",指经济的发展与一带一路密不可分,实现对外开放的和谐共赢发展;开拓"一江一山",要将沿长江、沿幕阜山发展的优势拓大掘深,将发展中的不足补齐更新,实现山上造一个咸宁,沿江崛起一个咸宁。

落实这一战略,打造"二城一区",要把目标与措施定位在"节点""枢纽""示范"的标准上。"丝绸"只是丝绸之路经济带的代表商品,咸宁是茶马古道的源头之一,是这条经济带不可缺少的经济之源,咸宁陆路可通欧洲,水路可远达非洲,建成内陆节点城市,有地利天时之便。咸宁是长江中游城市群的中心,兼有无与伦比的陆路与水路交通优势,建成长江中游枢纽城市当仁不让。咸宁荣获首批国家级生态保护与建设示范区、国家森林城市,首批国家旅游业改革创新先行区等,建成幕阜山绿色崛起示范区义不容辞。

坚持咸宁五化协同共进

坚持五化协同共进。协调推进新型工业化、信息化、城镇化、农业现代化和绿色化,提高城乡统筹发展水平。咸宁是工业化程度偏低的城市,要利用好发展新型工业化的特殊优势,打好鄂南强市基础;发展信息化实现经济的弯道超越发展,促进管理现代化;推进城镇化实现全面建成小康、社会文明进步;加快农业现代化,提高城乡统筹发展水平,当务之急是培育新型农民;坚持绿色化发展,增强咸宁的发展后劲,实现社会与自然的和谐。五化同步、一体发展,工业化肩负重任,信息化提供能量,城镇化建设好平台,农业现代化打好基础,绿色化做好保障。

坚持产业融合共进。以工业发展带动农业、服务业现代化,推进产业价值链由中低端迈向中高端,推动产业结构优化升级。发展农产品加工业,把弱势的第一产业做成强产业,在咸宁不仅有必要,而且有可能,竹产业、茶产业、油茶产业的发展便是例证。况且咸宁发展乡村旅游,桂花之乡、楠竹之乡、茶叶之乡旅游有广阔的天地,对拉动第三产业发展是有力的支撑。不仅要重视高新技术企业的建设,而且要重视高新技术农业的建设。工业化带动农业现代化,农业现代化支撑工业化;城镇化带动产业化,产业化支撑城镇化;"五化"的共融发展之时,也是"五个咸宁"的实现之时。

建立改善民生工作的长效机制

建立健全及时反馈民声的信息机制。及时了解和掌握群众的需求和愿望,畅通信访渠道,运用现代信息技术,通过党政领导、有关部门的调查,建立快捷的民情收集机制。

健全和落实大力改善民生的政策措施。制定有关办法措施,做到民生工作"有据抓",如根据政府工作报告的要求,建立健全廉租房制度,改进和规范经济适用房制度等;健全民生工作机构,做到民生工作"有人抓",建立市、县(区)、镇、村、组一体化的改善民生工作网络,级级抓、时时抓、处处抓;增大投入力度,做到民生工作"有钱抓",把为民办实事的有关投入纳入财政预算,并根据经济发展和财政增长的状况逐年增加。

健全和落实督促改善民生的法规制度。从制度层面上进行统筹谋划,制定重大民生工程规划,建立健全民情反映收集机制、财政投入保障机制、工作落实督导考评机制等,用切切实实的制度和措施来保障改善民生工作的长久性、持续性、深入性,老百姓就会早受益、多受益、长受益。

以绿色发展促进转型升级

绿色发展,是新常态下我国促进经济转型升级的必由之路。首先,要更新理念,牢固树立"绿色经济、循环经济、低碳经济是未来发展的根本方向"的理念,把经济发展的着力点转移到绿色发展、创新驱动、以人为本的轨道上来;实际工作中把科技创新、制度创新、改革开放作为新常态下推进转型发展的根本动力。其次,要牢固树立"绿水青山就是金山银山"的理念,在谋划发展中注重算大账、算生态账、算长远账,实现经济利益发展最大化,升华香城泉都城市品牌,加快建设中国中部"绿心"和国际生态城市,建成国家生态保护和建设示范区。

咸宁享有桂花之乡、楠竹之乡、茶叶之乡等美誉,可以充分利用这些响当当的绿色招牌,建立健全各行各业的创新与绿色机制,既宣传"绿色"名片,也卖"绿色"产品,用名片效益拉动经济效益。咸宁在武汉新港建设方面,充分利用绿色城市、宜居宜业的魅力,吸引更多的开发投资,打造媲美九江、岳阳的知名中三角城市。

通过宣传、示范与引导,使绿色发展成为全市人民的共识,使绿色经济成为我市对外的"金名片"和发展的"聚宝盆",着力把咸宁打造成"望得见山、看得见水、记得住乡愁"的现代绿色森林城市。

用"和"文化守望咸宁人民的精神家园

中国共产党的十八大报告指出:"文化是民族的血脉,是人民的精神家园。全面建成小康社会,实现中华民族伟大复兴,必须推动社会主义文化大发展大繁荣,兴起社会主义文化建设新高潮,提高国家文化软实力,发挥文化引领风尚、教育人民、服务社会、推动发展的作用。"咸宁文化丰富多彩,积淀深厚。要问咸宁市民咸宁有无文化,答案是肯定的;要问市民咸宁文化是什么,十之八九都会摇头。明确咸宁文化的核心与内涵,提高咸宁文化的软实力,用文化引领咸宁的社会风尚,推动咸宁"实现绿色崛起,建设鄂南强市,打造'香城泉都',构建'中三角'重要枢纽城市"显得十分必要。

咸宁文化现状掠影——多姿而黯淡

说咸宁是文化之乡名不虚传:中国诗词之乡——赤壁,中国民间艺术(提琴戏)之乡——崇阳,中国嫦娥文化之乡——咸安;曹吴激战于赤壁,闯王转折于九宫,北伐铁军大捷汀泗桥,抗日将士勇战天岳关,"两娶宰相女,三魁天下无"的状元冯京风流千古;6000京城文化名人汇集向阳湖,群贤毕至、大家云集,深厚文化底蕴史上罕见。

说咸宁没文化也不冤枉:咸宁的文化可以说五彩缤纷,也可说杂乱无章。桂文化、竹文化、茶文化、苎麻文化、温泉文化……赤壁文化、九宫山文化、北伐文化、向阳湖文化、千桥文化、嫦娥文化、苗瑶文化……咸宁善于发现文化,但不善于提炼文化,不善于经营文化,就像一个初中生学习了语文、数学、外语、政治、历史、地理、物理、化学一样,没一样学出能力,没一样能成为立身之本。梧鼠五技而穷,值得反思。

咸宁文化不足探因——散发无聚焦

众说纷纭,莫衷一是。有人说咸宁文化是"绿"文化(山青、水绿、天蓝),有人说咸宁文化是"秀"文化(山清水秀、小家闺秀),有人说咸宁文化是"担当"文化(北伐"铁军精神"、当代咸宁人负重争先精神),有人说咸宁文化是"包容"文化(吴尾楚头、瑶汉共处)……智者乐水,仁者乐山。谁都说得对,谁都有依据。但似乎谁都说得不全面,谁都说得没特色。

群龙无首,散兵游勇。说咸宁文化是"绿"文化,但似乎咸宁的山特色不足,咸宁的水也特色不足;说咸宁文化是"秀"文化,天下小巧玲珑的地方多的是;而仅以北伐"铁军精神"就说咸宁文化是"担当"文化,似乎证据太单薄;仅瑶汉共处就说咸宁文化是"包容"文化,无疑也显得底气不足;因古代某县官对污吏日窃一钱当斩之事,说咸宁文化是"廉洁"文化似乎也有些牵强……

开掘不深,浅尝辄止。咸宁桂香、竹翠、天蓝、水碧、泉温、洞奇……说说、看看,感觉都不错,但要说这就是咸宁文化,难免有些肤浅;咸宁有著名的赤壁大战、汀泗桥战役,还有那"深挖洞"年代的131工程,都属战争文化,但咸宁的战争文化有何特色,少有专家概括,更少宣传;通山有著名的九宫山(一山藏两教),通城有著名的药姑山(一山居两族),咸安有著名的潜山(连中三元名天下)……但要道出其深刻内涵,知晓的人太少;通山有隐水洞、咸安有太乙洞、赤壁有玄素洞……有待开发的溶洞不止一二,也只是让人看奇石怪岩而已,没想到开掘与之相关的文化。

重视不够,宣传不力。像开发温泉旅游一样,得到政府如此重视,速度之快、规模之大、效益之好,在咸宁少见、在湖北也少见。像城外先生这样"八年造湖",做出了一个向阳湖文化品牌;像"嫦娥老人"刘四凤穷毕生精力,飞出了一个"嫦娥文化之乡"的坚韧者,又有几何? 实在可歌可泣! 可惜更多的是,其他类咸宁文化大多因为属"软实力"而"软抓"。即使开了四届国际温泉文化旅游节,"温泉文化"又有多少人能道出个所以然来,如此类推,莫不如是。

咸宁文化建设己见——合力出精品

地域文化品牌提炼原则。地域文化品牌的提炼,大体要遵循如下原则:一是文化品牌要反映地域的地理特点,要与地域的地貌、物产等有一定的联系,一方水土养一方人,同样一方水土培植一方文化;二是要反映地域的历史文化发展脉络,一个地域的核心文化不是靠一时一事提炼出来的,应有它深远的文化发展脉络,源远方可流长;三是要契合地域现实发展的目标,任何精神文化建设都是与物质文化建设相得益彰的,地域文化既是历史的传承,更是现代的创新,没有时代发展的需要,文化发展就要受挫折,文化就没有生机与活力;四是要有一定的知名度、美誉度,文化传承既靠文史记载,也靠口耳相传,没有知名度、美誉度,就没有影响力,既不可能在当时传到家喻户晓,也不可能用文字传到千秋万代。

咸宁文化合力出精品之必要。前面已经讲到咸宁文化"多彩而黯淡""散发无聚焦",说咸宁没文化,是说咸宁没文化精品,所以我们要合掌成拳、合抱成团,打造咸宁文化品牌、打造咸宁文化精品。咸宁多彩的文化能不能合成拳、怎样把咸宁的散发文化抱成团,是我们当前需要加紧探索的文化建设重点。

咸宁"和"文化提炼的依据性:

咸宁地域特点彰显"和"文化。咸宁是"桂花之乡",桂文化中彰显出富美、谦和与团圆;咸宁是"楠竹之乡",竹文化中彰显出伴居、谦逊与平安;咸宁是"茶叶之乡",茶文化中彰显出敬让、和睦与清廉;咸宁是"千桥之乡",桥文化中彰显出交往、安全与忠诚;咸宁是"温泉之乡",温泉文化中彰显出温和、友好与喜庆,而这些特色都与"和谐"相吻合。

咸宁历史沿革体现"和"文化。一是"咸宁"的名称是"和文化"的名片,咸宁一词出于《周易》:"首出庶物,万国咸宁",无论是永安镇、永安场、永安县,咸宁县、咸宁市,其含义都不离永远安宁、天下安宁之旨。正如"孝文化"理所当然成为孝感市文化名片,"感恩文化"顺理成章成为恩施州文化名片,"和文化"亦应水到渠成为咸宁市文化名片。二是咸宁史实、名人铸造"和文化"辉煌:咸宁古代文化受吴越影响较深,同时楚文化也涉入其中,这种"和而不同"构成了咸宁民间文化的丰厚资源。三是咸宁历史上的战争体现"和文化"元素:赤壁大战胜利源于"天时、地利、人和"的统一,汀泗桥战役胜利源于国共合作,共产党人的身先士卒,工农群众的支援。这些史事都与"和谐"相吻合。

咸宁现实发展需要"和"文化。党的十八大把科学发展观作为党的指导思想之一,和谐发展是科学发展应有之义;咸宁作为武汉城市圈"两型社会"建设试验区支点城市之一,需要人与人的和谐、人与自然的和谐;咸宁"实现绿色崛起""打造香城泉都"需要人与自然的和谐;"建设鄂南强市""构建中三角重要枢纽城市",需要人与人的和谐。

"和"文化具有很强的知名度、美誉度。我们的世界追求和平发展,我们的民族追求国泰民安,我们的家庭崇尚"家和万事兴",我们与一切可以团结的人倡导

"以和为贵",与一切愿意共同创业的人倡导"和气生财",与一切有共同理想的人倡导"和衷共济"……

总而言之,咸宁打造"和"文化品牌,历史有渊源、地理有特色、现实有需要、品牌有美誉,顺天时、得地利、有人和,"和"文化是咸宁文化发展的主脉是不争的事实,作为咸宁人民精神食粮应是上佳的选择。

桂文化

人与花心各自香

南宋女诗人朱淑真的《桂花》自有另一番韵味:

> 弹压西风擅众芳,十分秋色为伊忙。
> 一枝淡贮书窗下,人与花心各自香。

朱淑真号幽栖居士,南宋女诗人,是唐宋以来留存作品最丰盛的女作家之一。品味她的这首桂花诗,要注意桂花意象的"独大"与"细微",表现手法的"拟人"与"拟物"。

"独大"与"细微"兼备。诗的一二句写桂花驾驭西风独揽了百花的芳香,无边秋色都在为桂花增色添彩。桂花是何等的霸气、何等的魅力,肆虐的西风要听从她的呼唤,芸芸草木自觉为她奔忙。这霸气来自她的凌寒傲骨,一花独放;这魅力源于她的谦让众花,不与争春。桂花又是"细微"的,她不像牡丹、荷花硕大与浓艳,她细小而藏于叶底,人们往往未见其花,先闻其香,循香寻花,才发现其美,"一枝淡贮书窗下",正是这一特色的形象写照。

"拟人"与"拟物"相融。桂花是花亦是人,她驾驭西风、统领草木,像英武的将帅;她藏于窗下、窥探主人,似多情的少女。诗人是人亦是花,有花容月貌,能妙笔生花。"人与花心各自香",此时,窗外的是桂花亦是诗人,窗内的是诗人亦是桂花。桂香熏染了诗人,诗人浓郁了桂香。

首联描写桂花凛然傲霜的气魄和沁人心脾的芳香,尾联写人恋秋色,花香醉人,物我相融,令人神往的情景。作者从桂花不畏西风,领衔于众芳处着笔,以女性特有的细腻笔法,不写全树,只取一枝,在桂花的风骨中看到了人的品格。选材细小而含意隽永。桂花最具特色处是她幽雅的清香。诗人抓住这一特点,写其花则言"一枝淡贮",写其香则说人心与花心俱香,构思奇妙,夸张得体。诗妙之一:花香醉人,醉懂花之人,醉高雅之人;诗妙之二:浓醉之后,人心花心各自香,一样的香;诗妙之三:是因为桂香熏染了诗人,还是诗人衬托了花香? 实在令人回味;诗妙之四:桂花的朴素、高洁、雅致,人的疏淡、优雅、谦逊融为一体。

　　"一枝淡贮书窗下,人与花心各自香。"这里是借"桂花"来抒发诗人的理想追求、襟怀和志趣。桂花以香取胜,独有的香气令闻者顿觉心智清明。诗人希冀自己能有桂香般飘逸、淡雅的心性与品格。桂花的形象,无疑是富于才情的女诗人之自我写照。这与李清照的《鹧鸪天·桂花》"暗淡轻黄体性柔,情疏迹远只香留"有异曲同工之妙。

天香华滋应攀缘

桂花,又名木樨、岩桂,以其浓能远溢、清可绝尘,堪称花中一绝。汉代时,桂以多生于岩岭间、凌风霜而不凋被视为隐士的象征。从唐代起,桂和众多的神话传说相连,"蟾宫折桂"为桂又增添了一个新的意象。科举求仕之人盼折桂登科,失意求隐之人则视桂为同道,出世与入世之矛盾在桂上得到了完美的统一,印证了儒家"穷则独善其身,达则兼济天下"的处世哲学。咏桂诗到宋代达到了鼎盛,欧阳修、苏东坡、李清照、陆游、杨万里、朱熹等均有佳作。

朱熹是个生性喜好山水的人,探幽访胜、观赏山水、吟咏风物是其人生极为重要的内容。朱熹作《咏岩桂》二首,其一云:

> 亭亭岩下桂,岁晚独芬芳。
>
> 叶密千层绿,花开万点黄。
>
> 天香生净想,云影护仙妆。
>
> 谁识王孙意,空吟招隐章。

此诗开篇赞美岩桂在百花凋零季节凌风霜而盛开,在"千层"浓绿中,"万点"金黄色的桂花,装点着寂寞的山谷,点染着凄凉的寒秋。这丽质天成、芳香四溢、顽强不屈的香树是天上月宫之物,引来了白云与之相伴,更引得隐士为它疯狂。朱熹也为它而折服,劝导招隐者无须发出"王孙兮归来,山中兮不可以久留"的呼唤。能与岩桂为友,生命自然不虚,这是隐士的真正志趣。汉淮南小山悲叹屈原归隐,作《招隐士》,言桂生在深山险岭之中,长在虎豹禽兽争斗咆哮之处,不是王孙可以久留之地,劝屈原快些回来。由此诗可知,当时朱熹正在隐居,朝廷中有人劝他回朝,被他拒绝了。

再读朱熹的《咏岩桂》(其二):

露浥黄金蕊,风生碧玉枝。

千林向摇落,此树独华滋。

木末难同调,篱边不并时。

攀缘香满袖,叹息共心期。

这是一首借景抒情,托物言志的咏桂诗。鉴赏此诗要注重岩桂的劲洁意象,体味诗人的物我合一。

特定环境中的劲洁意象。品读前四句,我们看到:岩桂生长在乱石丛草的山上,寒露滋润着金黄的花蕊,西风磨炼出碧绿的枝叶,"疾风知劲草""此树独华滋",在漫山遍野草木枯黄之际,岩桂卓然独立寒秋,点染山峦的意象令人肃然起敬。

比较鉴别下的志趣相投。感悟五六句,屈原《湘君》有"采薜荔兮水中,搴芙蓉兮木末"句,芙蓉即荷花,这里朱熹以木末借指荷花。陶渊明《饮酒》诗有"采菊东篱下,悠然见南山","篱边"后成了菊花的别称。诗人强调:荷花(木末)虽然高洁,但显得娇贵;菊花(篱边)虽然傲霜,但不够挺拔;只有岩桂丽质天成、芳香四溢、顽强不屈,与诗人的志趣相融,令诗人赞叹。

攀缘叹息为求真知己。咀嚼七八句,诗人因喜爱、仰慕,故而"攀援","叹息"起于赞叹、赞美之情,进而渴望与之成为知己。这两个细节表现了诗人以物喻己,愿像桂树一样芬芳、高洁,暗示了诗人孤傲高洁的情怀和对崇高人格的追求。诗人视岩桂为知己,决意朝着岩桂之处攀缘而上。

朱熹《咏岩桂》诗,文字明洁秀雅,诗境静谧优美。此诗虽然也有两联对仗,但不是都用在中间,而是用在首联和颈联,属于对仗中的变格,评论家称之为"偷春格","如梅花偷春色而先开也"。它为此诗一特色,增添了《咏岩桂》的魅力。

正是天花更着香

桂花树之花形小蕊薄,稍一触摸便纷纷飘落。花期亦不长,一场秋风秋雨,便黄花遍地,可用弱不禁风形容之。但桂花树不惧严寒酷暑,四季常青,不择土壤肥瘠,荒山石岭亦郁郁苍苍。就连弱小的桂花也在酷暑中孕育,在寒露中绽放。倘若环境适宜,还能花开二度。更不用说,那不惧严寒的四季桂了。

请看宋代谢逸的《咏岩桂》:

> 轻薄西风未办霜,夜揉黄雪作秋光。
>
> 摧残六出犹余四,正是天花更着香。

谢逸,字无逸,是北宋文学家,江西诗派代表人物。这首《咏岩桂》活像现代的一则小品,画出了西风小丑般的形象,赞美了桂花的愈磨愈坚,愈摧愈香。

西风轻薄好疯狂。诗的前三句巧用拟人的手法,写无知狂妄的西风婆婆未按时备办"霜降"之事,生怕天公责怪,夜幕中残暴地将陈年老雪揉碎,撒向人间当作霜花。这些无辜的雪花好不痛苦,六个花瓣摧残为四个。此诗至此勾勒了西风无知与残忍的形象。

桂花磨难更芬芳。在"黄雪"折去两个花瓣的同时,诗人巧妙地为我们杜撰了一则金桂来历的传说,桂花是由"黄雪"破茧成蝶的一只金凤凰,西风弄巧成拙,为人间送来了遍地芬芳的桂花。正是西风的摧残成就了桂花的坚强,正是冰雪的融铸成就了桂花的浓香。可不是:不经一番寒彻骨,争得桂花扑鼻香。此诗把四瓣的桂花写成是西风摧残六瓣雪花所致,可谓奇思妙想!南宋诗人杨万里酷爱此诗,觉得"摧残"二字有煞风景,遂把"摧"改为"吹",又把"正是"改作"匹似",作为他的作品收在《全宋词》里。杨万里的《凝露堂木樨》诗中也有"雪花四出剪鹅黄,金屑千麸糁露囊"的诗句,可供参照。

薛砺若《宋词通论》认为,谢逸为花间派唯一的传统人物。同时和后来的此派词人，都不足望其项背。他既具"花间"之浓艳，复得晏、欧之婉柔；他的最高作品，即列在当时第一流作家中亦毫无逊色。其婉约处不亚于少游矣。词中如"鹧鸪唤起南窗睡""人散后，一钩新月天如水"等句，清新蕴藉，婉秀多姿，即置在小山、淮海集中，亦为上乘之选。

据《苕溪渔隐丛话》引述《复斋漫录》："元祐中，临川谢无逸过黄州关山杏花村馆驿，遇湖北王某，江苏诸某，浙江单某，福建张某等秀才。四人知其来自临川，戏以'曹植七步成诗，诸君七步为词'相谑。逸行五步，词成，挥毫疾书《江城子》一阙于壁：'杏花村馆酒旗风，水溶溶，飏残红，野渡舟横，杨柳绿荫浓。望断江南山色远，人不见，草连空。夕阳楼外晚烟笼，粉香融，淡眉峰，记得年时，相见画屏中。只有关山今夜月，千里外，素光同。'标致依水，情乎俱妙，遂以'五步成词'闻名江南。"

枝枝若占鄂家林

中国封建社会的科举考试,每年秋闱大比刚好在八月,所以人们将科举应试得中者称为"月中折桂"或"蟾宫折桂"。

唐代温庭筠在欣闻朋友及第高中时发出感慨:"犹喜故人先折桂,自怜羁客尚飘蓬。"(《春日将欲东归寄新及第苗绅先辈》)大诗人白居易先考中进士,他的堂弟白敏中后来中了第三名,白居易写诗祝贺说:"折桂一枝先许我,穿杨三叶尽惊人。"在国外亦有类似说法:在古希腊,人们常以月桂树叶编成冠冕,奉献给英雄或诗人,以表示崇敬。后来在英国还有"桂冠诗人"的称号,开始是在大学中授予,到英王詹姆斯一世时,便成为王室御用诗人的专称。有关传说中有:江西庐陵周孟声与其子学颜都是读书人,在当地很有名气。其家在吉水泥石村,院内有棵大桂树,枝叶繁荣,树荫可遮盖二亩地面。元末动乱中房屋被焚毁,树也被烧死,树枝被砍做烧柴,只留下光秃秃的树干。到第二年春,天下安定,老树干竟发出新芽,不几年,便又郁郁葱葱。有人说,此树经火之后,外焦内枯,现发新芽,定是吉兆。当年寇准病故,人们为凭吊他插下的竹枝竟都生笋;田氏兄弟闹分家,其家的荆树无故枯萎,兄弟和好不分,树又复荣,可见周家又将复兴。不久,学颜之子仲方果真考中进士。

另外,人们爱桂赞桂缘于桂花开在八月,不与百花争艳,小小的花蕊藏于叶底,不争娇、不争香,有不慕荣华的君子风度。如李白的《咏桂》:

世人种桃李,皆在金张门。

攀折争捷径,及此春风暄。

一朝天霜下,荣耀难久存。

安知南山桂,绿叶垂芳根。

清阴亦可托,何惜树君园。

此诗的含义是:现在选拔官员,都是官僚子弟优先。都想找门路找捷径,好趁春风得意。诗人认为,桃花李花虽然鲜艳,但很难长久保持艳色荣华。他们不知道南山上的桂花树,常年绿叶垂阴。在桂花的树荫下乘凉,凉爽又芳香,你何不把桂花种植在你的庭院? 此诗通过与桃李趋势媚俗的对比,赞颂秋桂清雅高洁的品性。诗人王绩的《春桂问答》也通过对比的手法,衬托出桂花超凡脱俗、刚劲凛然的美质,其诗采用一问一答的方式,颇具特色,"问春桂,桃李正芬华,年光随处满,何事独无花。春桂答:春华讵能久,风霜摇落时,独秀君知不?"

宋代罗从彦《和延年岩桂》可给我们更多的启迪:

> 几树芬芳檀与沉,枝枝若占郐家林。
> 风摇已认飘残菊,日照浑疑缀散金。
> 仙窟移来成美景,东堂分去结清阴。
> 我今不愿蟾宫折,待到蟾宫向上吟。

这是一首赞美桂花,以桂言志的诗歌。此诗的结构可分为三层:一二句写桂之香;三至六句写桂之美;七八句托物言志,表明诗人的人生态度——不愿步入仕途。诗之巧妙在于咏桂而不见"桂"字(包括桂的同义词也没有),赞桂之香而不见"香"字,不愿做官而不提"官"字。

写桂之香巧妙地运用类比手法来烘托,诗之首句以古代"四大名香"中排在一二位的"檀香""沉香"来描写桂花之芬芳,既不言香之淡雅,也不言香之浓郁,仅此一比,岩桂之香已为百花之首,达到了先声夺人、引人入胜之效果。诗的第二句直写枝枝岩桂都是花中之王,抢占花魁。意义上为直写,笔法上却采用了拟人与用典的手法。"郐家林"这一典故指晋代的郐诜在贤良对策中获得天下第一,郐诜在晋武帝面前自喻为"桂林之一枝,昆山之片玉","蟾宫折桂"这一成语源出于此。

写桂之美,诗中用了主要笔墨。三四句用描写手法赞美金桂的壮丽,微风中远看一树树桂花仿若耐寒的菊瓣在摇曳,艳阳中近看那简直是用黄金装饰的一棵棵宝树。五六句写桂花来历的传说及蟾宫折桂的作用。月宫的桂花在人间绽放无尽的美景,折桂的人才为朝廷建立了卓越的功勋。

诗歌的最后两句托物言志,直言诗人不愿蟾宫折桂,步入仕途,有朝一日,将向朝廷秉明自己的志向。罗从彦筑室山中,潜心著述讲学,朱熹的父亲朱松、老师李侗等皆是其门下。其毕生致力于理学研究,不愿"折桂"的性格,虽然使其错过了进入仕途的机会,却成就了不朽的学术造诣。

骑凤奔月幻亦真

　　杨万里写有《凝露堂木樨》二首,凝露堂是杨万里的一处住所,堂前植有桂花、紫薇等花卉。杨万里是位一流的多产诗人,诗歌中的自然景物之诗占有绝大多数,凝露堂前的这些花卉当然也在描写之列。第一首为:"雪花四出剪鹅黄,金屑千麸糁露囊。看去看来能几大,如何著得许多香。"写的是桂花的形状及其特有的浓郁芳香。大约是香气袭人,感而生梦,于是有了这第二首:

> 梦骑白凤上青宫,径度银河入月宫。
>
> 身在广寒香世界,觉来帘外木樨风。

　　此诗之妙在于将梦境入诗,四句诗有三句写梦境。首句开门见"梦",写梦骑凤凰飞上天。美丽的凤凰驮着他在夜空中飞翔,白色的羽翼在深蓝的天幕上翩翩起舞,构成了一幅绚丽的骑凤"飞天"图。第二句写奔向月宫寻桂香。诗人飞天的目的并非成仙,并非追求长生不老,而是迷恋月宫中的桂花。"径度银河"的"径"字,说明诗人直接奔向月宫的迫切心情。顾不及欣赏太空美景的变幻莫测,也不顾飞渡迢迢银河的千辛万苦,酷恋月桂之情可见一斑。第三句写月宫桂香满世界。"身在广寒香世界",要问月宫的桂花有多香,小小的桂花不仅香透了月宫,而且香漫世界,"天香云外飘"。小小的桂花为何芳香浓郁呢? 诗人在另一首《凝露堂木樨》写道,"看去看来能几大,如何著得许多香。"这真是一个十分风趣好奇的疑问。第四句写堂前桂花圆好梦。一阵金风吹来,夹着桂花的馨香,诱醒了诗人的美梦,骑凤飞天只是一场梦:诗人并没有置身月宫,而是身处凝露堂中;陶醉自己的并非月中之桂,而是凝露堂前的桂花,这可真是好梦成真!

　　品味此诗不能不体味骑凤飞天的意境,好梦成真的技巧。

　　其一:我们常说,日有所思,夜有所梦。杨万里梦见月宫中的桂树,反映出诗人对月中桂花之痴迷。这在他的另几首咏桂诗中也有反映。如《月桂》诗云:"不是人间种,疑从月里来。广寒香一点,吹得满山开。"《诚斋步月二首》(其一):"先生散发步庭中,孤月行天露满空。已入广寒宫里去,如何别觅广寒宫。"古今爱桂赞桂的人很多,但如杨万里这样,数次梦入月宫,不能不令人钦佩。

其二:飞天奔月,是中华民族一个远古的梦想。但一般人不过想想而已、谈谈而已。但像杨万里这样,把这一梦想构思得那样完美,既不用偷吃灵药,也不用身长羽翼,而是骑在凤凰身上,飞上蓝天,渡过银河,直奔月宫……是何等奇幻与美妙,不能不令人佩服。

关于这首小诗仅 28 个字,杨万里为何在两个韵脚上用了同一个"宫"字,写为"青宫""月宫",有人将"青宫"改为"青空",因为"宫""空"同属于"东韵",青空比青宫更合诗意。杨万里一生写诗 2 万多首,存诗作 4200 余首,每日都有一或二首新诗问世,或为疏忽所致,或为他的"诚斋体"注重抓住瞬间事物所致。

碧海青天夜夜心

芬芳的天香,美丽的嫦娥,旷久以来给人间无限浪漫的遐思与痴恋。人们敬她爱她怜她念她,少有谴责之语,多生关切之情。

唐五代·和凝《柳枝》其三云:"不是昔年攀桂树,岂能月里索嫦娥。"此诗句原意写的是"蟾宫折桂",金榜题名,但借用了桂花树、月宫、嫦娥等意象,可见三者关系之密切。

有关桂花与嫦娥的古诗,含义不尽相同。

一是表达嫦娥在月宫中的快乐。唐·毛文锡《月宫春》写道:"水晶宫里桂花开,神仙探几回。红芳金蕊绣重台,低倾玛瑙杯。玉兔银蟾争守护,嫦娥姹女戏相偎。遥听钧天九奏,玉皇亲看来。"诗中写:月宫里的桂花开了,天上的神仙都纷纷赶来观赏。美丽的丹桂银桂装点着琼台玉宇,神仙们在其中饮着美酒。"玉兔"和"蟾蜍"忙里忙外,嫦娥与其他仙女相互嬉戏。遥听中天奏起极隆重的乐曲,玉帝亲临月宫巡视。

二是表达对嫦娥孤独的关切之情。白居易《东城桂》中写道:"遥知天上桂花孤,试问嫦娥更要无。月宫幸有闲田地,何不中央种两株。"诗歌的大意是:遥知天上月宫中那棵桂花树太孤独了,请问月宫的主人嫦娥仙姝还要不要再种上几株?天宫还种植桂花,则此花的珍贵不言而喻。诗人还给嫦娥提建议:"月宫幸有闲田地,何不中央种两株?"幽默诙谐,诗趣盎然。诗中说的是桂花树孤独,实则指的是嫦娥孤独。

三是写嫦娥折桂撒向人间。唐·皮日休《天竺寺八月十五日夜桂子》云:"玉棵珊珊下月轮,殿前拾得露华新。至今不会天中事,应是嫦娥掷与人。"诗人写零落的桂花瓣,如同一颗颗玉珠从月亮里面撒落下来,我走到大殿前捡起它们,发现花瓣上边还有星星点点刚刚凝结起来的露水。到现在,我还不知道天上到底发生了什么事。这些桂花和桂花上的雨露,应该是广寒宫里的嫦娥撒向人间的。诗中表现出嫦娥对人间的思念与关爱。

四是写嫦娥在月宫中的悲凉。这类诗歌较多，罗隐《咏月》"嫦娥老大应惆怅，倚泣苍苍桂一轮。"李商隐《月夕》写道："草下阴虫叶上霜，朱栏迢递压湖光。兔寒蟾冷桂花白，此夜姮娥应断肠。"诗中写虫鸣歌声不断、朦胧月光如霜，高高的栅栏遮挡了湖畔的风光。月宫中的兔子和蟾蜍都觉得十分寒冷，桂花的花瓣都满是白色，今夜嫦娥的思念应当万分悲伤。人间苍凉，月宫寒冷，佳人独处，诗人对嫦娥别有一番深情体贴。晏殊《中秋月》颇为传情："十轮霜影转庭梧，此夕羁人独向隅。未必素娥无怅恨，玉蟾清冷桂花孤。"自身的寂寞使他以己之情推而揣度月中仙人：广寒宫冷，桂树凄清，嫦娥即使长生不老，也未必就再无怅恨了吧。李商隐在《房君珊瑚散》中写道："不见姮娥影，清秋守月轮。月中闲杵臼，桂子捣成尘。"面对凄冷的景致，深切的哀怨与谁能共？遥望夜中独自清冷的嫦娥，只有她才能与诗人内心的痛苦相契：即使已经闲置不用的杵臼，仍能令人想起嫦娥辛苦捣药的情景，那寂寞的时光和似乎永不变更的岁月，那看似仙宫实则牢笼的环境，又是怎样伴随着青春永驻的嫦娥周而复始地把桂子一次又一次捣碾成尘的呢？

五是写月中嫦娥未嫁的遐想。宋·毛翔《浣溪沙》中写道："绿玉枝头一粟黄，碧纱帐里梦魂香。晓风和月步新凉。吟倚画栏怀李贺，笑持玉斧恨吴刚，素娥不嫁为谁妆？"词中的桂树枝叶碧绿莹润，宛如玉琢而成，金黄的花瓣花蕊俏立枝头，黄绿相映，煞是迷人。看到它，让诗人联想起酣眠于碧纱帐中的香艳佳人。斜倚画栏，想吟诗歌咏桂花却又难以成篇，于是不禁怀念起唐代的桂花诗仙李贺，想起月中的那棵丹桂树，更对那持斧斫桂的吴刚心生恨意。那广寒宫中仙袂飘举的嫦娥，既不嫁人，又为谁而装扮一新呢？末一句尤其问得有趣，嫦娥为何到现在一直没嫁出去，不知道是谁把她留住了？如此亲近之语，嫦娥若知，当存感激。

"嫦娥应悔偷灵药，碧海青天夜夜心"。相信在飞天的一刹那，嫦娥悔意已生。我们所见的奔月图，嫦娥飞入月宫时，总是面向人间，一步一回头，永别故乡、永别爱人，何能舍得？月宫千年，高处不胜寒，但岁岁年年，她由衷地挥洒月色与桂香，化作对人间恒久的祝福，倾泻对亲人不尽的思念。善良的人们啊，让我们共同祈祷，让上天再给她一个神话：遥望月宫闻笑语，俪影双双永团圆。

桂花源旅游断想

　　桂花源风景区位于咸宁市咸安区桂花镇,是咸宁市第四届国际温泉文化旅游节的重点工程。风景区占地面积2.7平方千米,核心区域面积800亩,内有全国最大的古桂群,树龄在50年到100年的桂花树达2000余株,百年以上古桂花树有200余株,是名副其实的桂花之源。

　　桂花源的吸引力源于何,既依靠桂花之香,又不能依赖桂花之香。因为这里是"桂花源",不是"桂香源"。

　　一是把桂香做"长",让花香怡人。有风香十里,无风十里香,是桂花源得天独厚的魅力。但桂花之香既不可旷日持久,何时香也难以由人主宰。故仅仅依赖桂花之香,是难以把桂花源做大做强的。咸宁是"香城",可以将兰花、菊花等香花香草种植在桂花源中,可以种植较多的四季桂,保持桂花源四季飘香。

　　二是把月亮做"圆",让神话怡人。桂花源现有月亮广场、中秋祭月,嫦娥、吴刚塑像等以月亮、嫦娥为主题的景点,它不仅是一个自然公园,也是一个人文公园。应把嫦娥掷桂、蟾宫折桂、后羿鸣弓的故事变为动态旅游项目。嫦娥掷桂项目,让得桂者感受龙凤呈祥的幸运感;蟾宫折桂项目,让折桂者感受拼搏进取的荣誉感;后羿鸣弓项目,让年轻人去感受那种力量之美……如果有关月亮与嫦娥的旅游项目做得较为圆满,不依赖桂花之香也会吸引众多游客。

　　三是把屈原做"平",让明星怡人。屈原,名平,应成为桂花源里最亲近观众的"明星",这也符合先生当年"长太息以掩涕兮,哀民生之多艰"的本意。与其把屈原视作神,敬而远之,不及将他当作平民,与今人同乐。既然我们有理由认定屈原当年流放经过咸宁,并在此留下许多赞美桂花的诗句,我们就应该在屈原亭内与屈原一道喝桂花茶、品桂花酒、吃桂花糕……吟诵屈原的诗句,谁能背下《离骚》者,此次旅游免费。桂花源内不可以没有水泊,水使山更灵秀,水让桂更清香。水泊更是祭月、划龙舟的必备条件……

　　四是把旅游做"方"，让游客自怡。游桂花源不应只是一个平面的赏桂活动，而应是一个以桂为媒的"立方"旅游项目。桂花源二、三期工程的投资较大，有半数项目并不是游客关心的。建议建一个儿童乐园、一个绿色教育基地，让更多的儿童与学生常来常往，增添这里的人气。增建咸宁特产与小吃一条街，体现旅游的游、购、娱、吃等要素。但一定要保护桂花源的生态，保护大自然的这份珍贵恩赐。

　　只有把人文创意与科技创意相结合、文化产业与旅游产业相结合、景区建设与相关功能配套结合，桂花源项目才有望打造成展示城市发展特色、城市发展品牌、城市发展文化、城市发展灵魂的样板工程。

读《桂花吟卷》 品桂花文化

　　湖北省咸宁市是中外闻名的"桂花之乡",在咸宁,桂花是人们心中最圣洁的存在,这里的桂花开得最盛、其色也最美、其香也最浓。由咸宁市诗词楹联学会编著,一群古典诗词的膜拜者、桂花文化的酿造者,诗海钩沉、推敲打磨,由湖北人民出版社 2014 年 12 月推出的《桂花吟卷》,为桂花文化的追求者奉献了一份桂花文化的盛宴。

一、《桂花吟卷》的功能

　　(一)汇集功能。《桂花吟卷》收录古人创作的桂花诗词 77 首(阕),今人创作的桂花诗词 106 首(阕),共 183 首(阕)。一是汇集了古代 1800 多年流传下来的桂花诗词精品,平均每十年才选择一首诗是一部重要的桂花文化资料,方便读者阅读,方便学者研究。二是汇集了当代五湖四海桂花文化爱好者所作桂花诗词精品,是一次地域广阔的桂花文化采风活动,而且是在政府的支持下进行的,意义非同小可。三是汇集了帝王(朱元璋、爱新觉罗·弘历)、宰相(李德裕、张九龄)、文豪、诗人、词家(曹植、柳宗元、苏轼、欧阳修、辛弃疾、陆游、李清照)、书画家、僧人等所作的桂花诗词精品,诗仙李白、诗佛王维、诗魔白居易、诗豪刘禹锡等均有佳作入选。

　　(二)创新功能。《桂花吟卷》收录了今人创作的桂花诗词 106 首(阕),对古代的诗词采用取其精华,古为今用,对古代桂花诗词的形式与内容采用有选择的方式拿来;在当代人创作的桂花诗词上则借用古代诗词形式,赋予全新的时代内容。

　　(三)评鉴功能。《桂花吟卷》的又一特点是诗词与评论文章相结合,许多编者既是作者也是评论家。从作者的角度看,评论他人的诗词是对自己诗词写作理论水平的提高,有助于提高自己的创作水平;对于读者来说,评论文章可以加深读者对原作的理解,仁者见仁、智者见智,可以开阔读者的思路。

二、文化发展史的一次芬芳旅行

(一)诗歌发展史的一次旅行

《桂花吟卷》收录的第一首桂花诗是曹植的《桂之树行》,此诗没有固定的章法、句法,长短随意,整散不拘,平仄自由。在魏晋时期文人与民间创作的诗歌主要是五言诗,曹植自己的诗作也不例外,这首诗是一首杂言诗,唐代以后的人把它叫作古诗、古风,李白有一部分这类著名的诗作,用现代人的话说可以叫准散文诗。

第二首诗为南北朝时范云的桂花诗,此诗对句数、每句的字数、对偶上都有讲究,但在声律上还没有明确要求,正是这种诗歌的创作实践,为唐代格律诗的出现作了充分的准备。

唐代所选用的17首(阕)桂花诗词,只一首为词作,其他都是格律诗,说明唐人写作格律诗已应用自如,而称为"诗余"或"长短句"的词作只在唐代后期才有一定数量的出现。

宋代所选的桂花诗词有41首(阕),其中律诗与词各占50%左右(律诗占20首),说明宋代的律诗同样很繁荣,而词则在当时无论数量还是质量都达到鼎盛。词的兴起,说明了人们对于五言与七言格律诗的写作已不大满意,希望创作出一种句式长短自由,对偶与声律相对自由的新诗体。

元代、明代、清代所选用的桂花诗词都是格律诗,说明了词的发展进入了淡定期。其原因在于,宋人作词时,本无严格的格律限制,词人创作出了很多新的词体。但到了清代,官方对词的写作规定了严格的格律要求,而这些要求又很难找出其规律性的东西来,写词变为了填词,写作难度越来越大。词的发展在一些方面违背了当初改革的初衷。

"五四"以后,新诗的出现,从形式上看应该说是词的形式真正实现了大胆的改革,形式完全服从于内容的需要。现代诗与格律诗同样受到人们的重视,为我们传承和创新发展中华优秀传统文化指引了方向。特别是毛泽东、习近平两位领导人对古代文化的重视,由于现代人文化素质的普遍提升,很多人既是现代诗的作者,也是格律诗的作者,既会写诗也会填词。《桂花吟卷》收录的当代人作品中,律诗57首,词49首。

(二)桂花发展史的一次旅行

首先,我们从古代诗作中看到了一些朝代桂花的发展状况,魏、晋、唐、宋、元、明、清,这些时代都有桂花诗词入选,但它们的数量是不同的。魏晋时期总共只 2 首,唐代 17 首,宋代 41 首,元代 4 首,明代 9 首,清代 4 首。数字可以说明一定的问题,可以看出唐代以前的桂花栽培并不普遍。即使唐宋两代咏桂之作诸多,但所咏之桂许多为山中之桂(岩桂),或为山中移栽之桂(有的诗中还讲了移植之法),《桂花吟卷》中所选之作点明岩桂与移植之桂达 50%。

山中之桂与移植之桂也很稀少,赏桂植桂之人多为达官贵人,或被朝廷所贬到地方的官员。陆游笔下"小山桂枝今所无,一生到处问樵夫。细思不独人间少,月里何曾有两株"与"丹葩绿叶郁团团,消得姮娥种广寒。行尽天涯年八十,至今未遇一枝香"可见当时的桂树多在山上,且很稀少,像丹桂这样的品种就更为少见。"行尽天涯年八十,至今未遇一枝香"应该是一种真实描写。黄庭坚《答许觉之惠桂花椰子茶盂二首》其一也云:"欲知岁晚在何许,唯说山中有桂枝。"

又从柳宗元《自衡阳移桂十余本植零陵所住精舍》的"火耕困烟烬,薪采久摧剥。道旁且不愿,岑岭况悠邈"中看出,桂花虽然受到官员和文人墨客的喜爱,但对普通百姓来讲,尚无惜桂爱桂的认识与习惯。

明清两代,所收咏桂诗词虽少,却收有朱元璋、爱新觉罗·弘历两位皇帝之作,说明桂花得到最高统治者的认可与喜爱。

其次是诗中反映出桂花的种类。提到金桂的最多,有 15 首;丹桂次之,有 6 首;银桂有 1 首;多种桂花有 1 首。

再次是写到桂花树的用途。制成家具,盖房;亦提到饮用,如李峤《咏桂花》中"侠客条为马,仙人叶作舟"。刘禹锡《酬令狐相公使宅别斋初植桂树见怀之作》云:"香随绿酒入金杯"。

(三)桂花特色文化的一次旅行

桂花文化是一种芳香文化。胜过梅花、菊花、兰花、茉莉等多种芳香花卉。邓肃《岩桂》赞其"清芬一日来天阙,世上龙涎不敢香"。吕大亨《咏桂花》赞其"独占三秋压众芳,何夸橘绿与橙黄"。李清照《鹧鸪天》赞道"梅定妒,菊应羞。画栏开处冠中秋"。

桂花文化是一种神奇的传说文化。《桂花吟卷》中古代诗词中收录此类传说的有 26 首,包括玉皇、嫦娥、月宫、吴刚、玉兔、银蟾、西风未办霜、凤凰、龙等意象,绝大部分为月宫与桂花的传说,如杨万里的《咏桂》:"不是人间种,移从月中来。广寒香一点,吹得满山开"和范成大《次韵马少伊木樨》:"月窟飞来露已凉,断无尘格惹蜂黄。纤纤绿裹排金粟,何处能容九里香?"关于桂花与凤凰、龙的传说,有曹植《桂之树行》中"上有栖鸾,下有盘螭"。王绩《古意》中"去来双鸿鹄,栖息两鸳鸯"。

桂花文化是一种高洁文化。其凌霜斗雪，隐居山中，以桂为伴，是君子修德的一种象征。爱新觉罗·弘历《咏桂》中赞其"不似杏桃似松竹，故当香粟放秋朝"。王绩《古意》中赞其"桂树何苍苍，秋来花更芳。自言岁寒性，不知露与霜。幽人重其德，徙植临前堂"。范云《咏桂树》赞道"南中有八树，繁华无四时。不识风霜苦，安知零落期"。

桂花是一种进取文化。蟾宫折桂，表示得了第一名，高中状元。如罗从彦《和延年岩桂》中云："几树芬芳檀与沉，枝枝若占郊家林。"谢宗可《月中桂花》中云："折来何必吴刚斧，还我凌云第一人。"唐孙华《桂》中云："竞说国书方荐士，何人折取郊诜枝。"

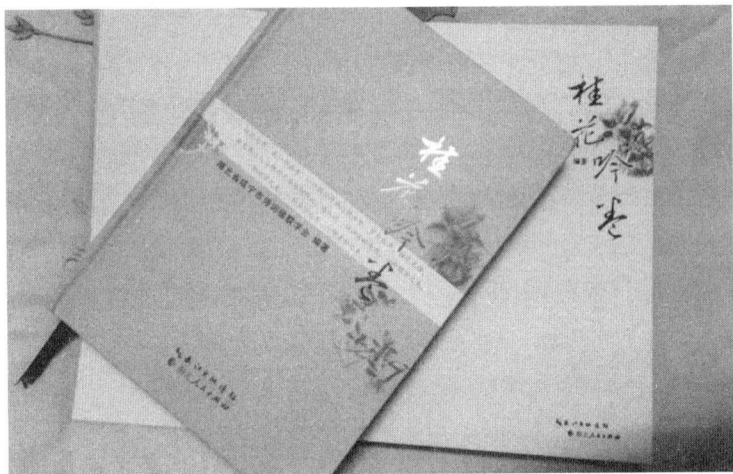

赤壁桂花诗赏析

这里赏析几首被收入《桂花吟卷》中的赤壁籍诗人所作诗词,以飨读者。

孔斌成《咏老桂》:

老干沧桑着虎斑,葱茏长驻纺城山。

寒风岂挫当年勇,苦雨尤增壮岁颜。

褪去大潮难损节,迎来狂浪敢攻关。

暗香仍是应时透,自信清芳寄暮闲。

这是一首赞老桂喻自身的咏物诗。老桂葱茏伟岸、暗香勃发给人留下深刻印象。

前四句用拟人的方法写桂。首联写沧桑岁月在老桂树的躯干上留下虎纹斑痕,它坚守在纺织城的山峦上绿荫如盖。颔联写寒风岂能摧折它青春的活力与勇武,苦雨更增添了老桂树的遒劲与昌盛。"着虎斑""长驻"写出了老桂树的强盛生命力,"当年勇""壮岁颜"写出了老桂树的人格特征。

后四句用拟物的方法写人。颈联由桂树的人格特征顺势转入写人,退出熟悉的职业舞台不损高尚节操,掀开生活崭新的一页敢于挑战。尾联写如老桂树一般暗香不减应时而发,自信奋斗者的暮年充满着芬芳。颈联的"难损节""敢攻关"写人的手法十分明显,比较直露;尾联的"暗香""清芳"用拟物的方法来写人,则更形象含蓄,耐人寻味。

综观全诗,桂中有人、人中有桂、物我相融,表现手法不谓不巧。

邓祖容《踏莎行·桂花》:

孤馆人稀,月明风浅。开窗顿觉天香满。抬头翠叶掩娇羞,千枝万蕊匀如剪。
露涌花心,闲情缱绻。吴刚玉兔时堪伴。前生许是莳花人,天明怕见黄金霰。

这是一首爱桂、赞桂、惜桂之词。不同于其他咏桂词的是,词人别具一格从月夜赏桂这一角度,叙写桂之美、桂之情。

词的上片写在夜深人静、月明风微的晚上,推开窗户,桂香扑面而来充满了书室。抬头细看桂花千枝万叶匀称如剪,丛丛花蕊藏于叶底羞羞答答。"开窗顿觉天香满"写的应是桂花初开、暗香袭来的惊喜,词中用"天香"代替桂花香,顿添一份文雅与情趣。"翠叶掩娇羞"用拟人手法写出了桂花小而不露的闺秀特征。

词的下片采用特写镜头,将目光聚焦到花蕊的露珠上。夜已深,露珠点缀花心,暗香凝晶,让人爱心缠绵。引来吴刚玉兔的顾盼。最后两句写词人的惜花之情,大约前世是种花之人,不忍看那朝阳升起后花蕊上的露珠。

品读此词,月色为桂花映美,露珠为桂蕊添趣,词人为桂花赋情,还有那一丝孤独留给读者去寻味。

王余庆《青玉案·市中之桂》:

金盘绽放香无数,惹飞鸟、皆倾慕。急刹霜风先欲娶,扫空残暑,牵来慈雨,梳洗尤妍妩。

记迁都市繁华路,音聒尘蒙不知所措。盼是行人能惜护。暇时临赏,勿将折附,更勿抠痕侮。

这是一首有爱有怨、有叙有议的桂花词。

上片以赞桂叙桂为主。写金桂如盘绽放无尽的芬芳,引来飞鸟、蜂蝶、人类的爱慕,霜风更是想独占花魁,金屋藏娇。这些桂花树在秋风的助力下,驱走了酷暑,牵来了凉风凉雨。在风雨的洗礼下,桂花显得更加美丽妍媚。一句"急刹霜风先欲娶",用拟人手法将桂花美之魅力渲染到了极致,生动而风趣。"扫空残暑"下三句补充叙写了桂花的绿化、美化环境功能。

下片以劝人护桂为主。写桂花移植城中闹市区后,遭到噪声吵扰、灰尘洗面而不知所措。企盼行人怜香惜玉,爱花护花,不攀不折,更莫要抠痕留言(恋),有损桂花之尊容。

本词的特色在于叙议结合,叙而形象生动,议而情真意切。把惜花与护花相结合,将夸其形美香浓与降暑净尘相统一,另有一番意境。

刘毕新《行香子·咸宁桂花》:

不是花王,胜似花王。喜金风、博采秋阳。应时吐艳,四溢清香。惹月儿瞧,云儿绕,鸟儿翔。

先人植桂,意不寻常。自繁此、溢彩流光。而今香市,远近名扬。慕地之灵,人之杰,泽之长。

这是一首盛赞桂花美丽和大兴桂花产业的"广告词"。

上片写桂花美丽芬芳的吸引力。桂花虽没有获得"花王"的称号,但其声誉超过花王。被赞为"天香云外飘"(唐·宋之问)、"独占三秋压众芳"(宋·吕声之)、"世上龙涎不敢香"(宋·邓肃)、"自是花中第一流"(宋·李清照)等。你看那金桂花,酷爱秋阳,逢秋绽放,芳香四溢。引来月儿窥探、云儿环绕、鸟儿飞翔。

下片写植桂兴桂功德无量。肯定了先人艰辛植桂,泽被子孙,桂花成为咸宁一大美景、一大财库。如今花木市场,桂花声誉名扬天下。人们仰慕咸宁地灵人杰,桂花源远流长。激励今人后世,彰显桂花品牌,造福人类,奔向大同。

此词与古代咏桂词不同的是,在盛赞桂花芳郁的同时拓开一宕,从咸宁植桂历史写到桂花香业的兴旺,使词的内涵上得以丰富,词的主旨得到升华,值得词作者们借鉴。

嘉鱼桂花诗赏析

这里赏析几首被收入《桂花吟卷》中的嘉鱼籍诗人所作诗词,以飨读者。

胡学明《踏莎行·咸宁》:

影翠千山,香飘十里,金雕玉琢容分彼。临风把酒寄深情,不知何处将提起。

信步天街,流连月体,满腔热血倾难已。嫦娥恋桂入蟾宫,可曾试与咸宁比?

这是一首赞美咸宁桂花胜过月宫桂花的词作。

上片写"桂花之乡"咸宁香浓翠溢的盛况。"影翠千山,香飘十里"写桂花绿满山冈,香飘天地,开篇大处着笔,盛况空前。"金雕玉琢容分彼"一句,"金雕玉琢"既可指桂树之花是用金玉雕琢的高贵之花,亦可指桂树花黄叶碧。"容分彼"即不分彼此,非常切合桂树花小丛生、藏于叶底、花叶相映的特点。此句小处观察,细腻入微。上片末句写词人面对桂林,迎着金风,饱寄深情,正欲把酒吟咏,却一时不知从何破题。这里用的是"山重水复"之笔法。

下片主要写嫦娥月中赏桂、流连忘返的状况。"信步天街,流连月体",用素描手法写嫦娥对皎洁月色、浓郁桂香的近于痴迷。"满腔热血倾难已"则直抒胸臆,写嫦娥倾尽热血也表达不尽对月宫桂花的热爱,这是对蟾宫桂花的最高赞美。从"不知何处将提起"到"嫦娥恋桂入蟾宫"似乎信马由缰,离题太远,难免让读者揪心,巧在词人"悬崖勒马","可曾试与咸宁比"这个对嫦娥的设问,不仅回到了话题,而且彰显了主题。对月中桂花赞美的越充分,越能衬托出咸宁桂花的巧夺天工,美妙绝伦。

在写作技巧上,此词除了上下片一二句的对偶工整外,颇值推崇的是词中的衬托手法,正面叙写"桂花之乡"难处太多,巧用月宫桂花衬托,收到了事半功倍之效果。

徐剑峰《一剪梅·香城之花》：

桂满香城八月芳，车道幽黄，人道清香。丹飘絮舞闪霞光，靓丽银妆，美丽金妆。

昔日穷山恶水沧，此处凄凉，彼处荒凉。今朝峻岭胜天堂，水接长江，地接潇湘。

这是一首盛赞"香城"八月桂花竞放的词作。

上片从视觉与嗅觉的角度描写"香城"桂花盛况。首句"桂满香城八月芳"是前三句主题句，也是上片的主题句，还可以说是全词的主题句。一个"满"字写出了"香城"遍地桂花的景象，虽然实际上桂花并非咸宁种植面积最广的树种，但行人举目可见桂花，深吸能闻桂香，名不虚传。"车道幽黄，人道清香"用互文的修辞手法，写出了街道上车辆与行人被笼罩在桂花的幽黄与清香之中。上片后三句从色彩上写出了桂花飘落时的盛况，或许桂花是花中的特例，它在扑落时不见凄凉，反显风采，令人崇敬。

下片用对比手法写出了香城今昔的巨变。由荒僻之所、不毛之地变成香城泉都，人间天堂。桂花之瓣顺江东流，香溢世界；桂花之根深扎江南，香飘天宇。

此词句句押韵，写作难度较大。词中互文、对偶辞格的运用，值得鉴赏。

李嗣标《浣溪沙·赞桂》：

八月泉都桂子馨，苍枝劲叶碧霞沉，丰神绰约自多情。

百里城乡如画境，宾朋四海会咸宁，清词妙曲赞香君。

这是一首赞美桂乡景美人和的词作。

上片写桂花盛开时的香飘神韵。首句"八月泉都桂子馨"，点出了时间、地点和赞美对象的特征。二三两句笔锋一转，不写桂馨，而写桂花树的苍枝劲叶、丰韵神情。"碧霞沉"三字用得巧，"碧"字写出了桂花树叶绿如玉的色泽；"霞"字写出了桂花树的漫山遍野，远望如霞；"沉"字写出了绿色的深重及桂林的空间位置，紧依山峦。词人似乎更青睐桂花树的整体形态，把桂花树赞美为美丽多情的君子。

下片写宾朋相聚香城吟咏桂花。词人写完桂林之美，又写香城泉都之美，再写四海高朋云集于此，似乎与"赞桂"的主题越来越远。但细一想万变不离其宗，没有桂哪来的桂林，没有桂林哪来的香城，没有香城哪来的宾朋云集。末句九九归一，"清词妙曲赞香君"，又回到桂花之"香"，且与首句"桂子馨"相呼应。

吕宗柏《桂》：

> 争奇斗艳压群芳，敢与寒霜较短长。
>
> 雅洁如梅生傲骨，清芬似菊醉重阳。
>
> 风翻密叶千层浪，露润琼枝万点黄。
>
> 待到秋风潇洒日，满天香气沁心房。

这是一首盛赞桂花雅、傲、清、芬的律诗。

首联写桂花不惧寒霜在深秋绽放，胜过万紫千红的众多春花。颔联写桂花具有梅花雅洁的品德与坚贞的傲骨，具有菊花的清新与芬芳。颈联写桂林在秋风中摇曳枝叶翻起千层绿浪，露珠滋润着桂枝绽放出万点金黄。此三联从不同的角度写出了桂花的坚强、高尚与美艳，首联用议论的方式赞美桂花的骨气，临寒而开，独树一帜，显然对于赏花的人而言这是远远不够的。颔联用比较的手法补写了桂花雅洁与芬芳之德行，使桂花的形象进一步完美。颈联用描写的手法写桂花的形态，碧叶琼枝，繁花万点。至此，桂花的色、态、神之美全部展示于读者眼前。尾联写桂花的深情厚谊，借着金风把甜香弥漫于天地，沁人心脾，好不惬意。

诗中对仗精粹，形美意切。暗用了一些拟人手法，如桂之争奇斗胜、梅之傲骨、风之潇洒等，值得品味。

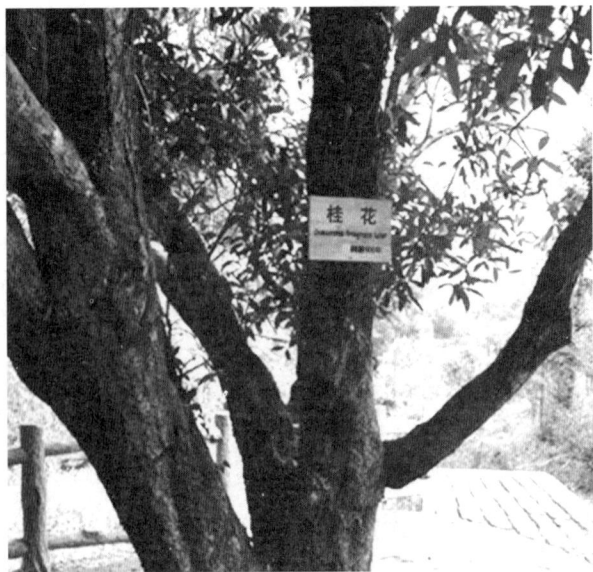

竹文化

竹乡咸宁赋

江汉平原之东,幕阜崇山之西,渺渺洞庭之北,翩翩黄鹤之南;丘陵遍布,山峦众多;雨水适时,气候温和;光照时间长,土壤呈酸性。鄂南,适宜楠竹生长,因竹而绿而美;咸宁,著名中华竹乡,依竹而富而名。

楠竹:盛产于我国,钟情于咸宁,星星、大幕、随阳、陆水、九宫、金沙、洪下,处处竹海遍布。竹筷、竹筛、竹箕、竹筐、竹枕、竹床、竹梯,村村竹具可见。村后一片竹林,窗前一丛慈竹;春日一盘香笋,夏日一把凉扇;墙上一张弓箭,池畔一曲笛声。咬定青山不放松,任尔东西南北风,因咏竹而家喻户晓;粉身碎骨浑不怕,一枝一叶献人间,非咏竹有竹骨竹风。食竹、寝竹、行竹、衣竹、书竹,一日不可无此君;画竹、写竹、唱竹、舞竹、雕竹,万世难书竹之情。

咸宁人爱竹、植竹、护竹,用竹美化古老家园;咸宁人懂竹、伐竹、用竹,借竹打造现代城乡。竹林造氧能力相当于一般树林的 20 倍,保水土、净空气、美环境,有极强的生态功能;楠竹成长速度快于普通乔木百倍,生长快、材质好、用途广,是极佳的再生资源。以竹代木、以竹代钢、以竹代丝,产品坚硬耐用,竹科技成果日益广泛推广;用竹装饰、用竹娱乐、用竹雕刻,工艺产品精巧美观,竹传统艺术不断深度开发。星星竹海成为湖北著名旅游景区、联合国林业考察基地,迎来多批外国专家政要考察。竹文化节办成国家重要竹业盛会、全世界竹藤研讨活动,掀起持续国内生态文明建设。

经济新常态,咸宁新发展,绿色崛起定力更足;鄂南大竹海,旅游添活力,质效兼进步伐更稳。鄂南竹博馆,介绍古代楠竹在人民生活、生产、书艺上广泛应用;咸宁水立方[1],展示现代楠竹在当今世界、中国、咸宁的资源开发。深翻垦复、压青覆盖、号竹钩梢、自动喷灌等植竹技术快速发展;加工利用、科研推广、市场营销、政策支持等发展体系基本形成。全方位、零障碍、高效率真诚服务,大招商、招大商;加盟网、连锁店、直销站创新模式,快发展、发展快。百亿竹业——竹业集团、组大建强，深度加工、延长产业，研发新产品、争创新品牌；千秋盛事——竹海旅游、借仙托佛[2]，精品线路、特色景点，弘扬好传统、塑造好形象。

竹乡咸宁，处处可见竹的绿色；

鄂南竹乡，事事可寻竹之精神。

注释：

[1]咸宁竹博物馆外形酷似水立方。

[2]鄂南大竹海旅游包含嫦娥湖、潜山古寺、太乙观等著名景点。

竹　品

　　人有人品，文有文品，竹有竹品。

　　竹的品性是绿的专一。绿色的叶、绿色的枝、绿色的躯干，这比松柏桂樟之绿是有过之而无不及。竹对绿是那样地情有独钟，对象征生命和希望色彩的追求是那样地执着。竹对绿的爱，让你感受着忠贞，让你体会着坚定。

　　竹的品性是奋发有为。"更容一夜抽千尺，别却池园数寸泥。"（唐·李贺）只待春雷第一声，竹之幼芽便抖擞筋骨，冲破冻土，钻出石缝，拨开荆棘勃然向上，在风雨中高昂着头，在蓝天下展示着英姿。春笋的雨后勃发，教你懂得青春年少，正是拼搏之时，当机遇降临之际你应该全力以赴。

　　竹的品性是坚韧不拔。庭前院后，有主人的呵护它神采飞扬；荒坡野岭任风吹雨打它亦生机勃勃。"咬定青山不放松，立根原在破岩中。千磨万击还坚劲，任尔东西南北风。"（清·郑板桥）不择地势，不嫌贫瘠，不惧寒暑。丽日和风中，它舒心赏目，冰封雪压下，它笑傲江湖。"凌冬不改青坚节，冒雪何妨色更苍。"（宋·朱淑贞）竹的坚韧不拔，让你懂得在挫折中应坚强，在困苦中应乐观。

　　竹的品性是无私奉献。竹在它的一生中，不断赐给人类绿色、阴凉和清新的空气。从它刚来到世上，就有一部分成为人们可口的佳肴——鲜笋，竹成年被砍伐后，躯干可加工成多种竹制品，竹桠能扎扫帚，加工中所剩的细料可用于造纸，竹蔸是根雕的极好原料……竹的全身都造福于人类。粉身碎骨浑不怕，要留清香在人间。竹的无私奉献，让人类懂得什么是有一分热发一分光，什么是鞠躬尽瘁。

　　竹的品性是虚心高节。"高节人相重，虚心世所知。"（唐·张九龄）竹的空心最易让人联想到它的虚心，竹的笔直有节，则让人想到它的节操。竹，不像枫类树木随着季节的更替而变换叶的色彩，更无须鲜花的色彩和芬芳来点缀渲染它的美丽。"我自不开花，免撩蜂与蝶"（清·郑板桥），竹以其质朴的绿色赢得世人的青睐。"新竹高于旧竹枝，全凭老干为扶持"（清·郑板桥），母竹用它高大坚韧的身躯呵护着幼笋,挡住狂风暴雨对幼笋的侵扰,让人看到一位具有无私博大之爱的母亲形象。

竹有春草的青翠,有松柏的坚贞,有梧桐的高洁,有荷叶的虚心,更有桃李之默默奉献。

竹,无愧为自然界中的君子;

竹的品性,无愧为君子的品性。

竹与爱情

"斑竹一枝千滴泪",舜帝为民除害而逝,湘妃望九嶷山而恸哭,泪洒竹林而留下斑竹。这一感人的爱情故事流传千古。在竹乡鄂南也有一则优美的爱情故事。

鄂南山区自古盛产楠竹,竹海深处有个姓祝的村落。村子虽小,方圆百里却无人不知无人不晓。传说在北宋年间,村里出了位姓祝的员外,员外府有位颜貌堪称羞花闭月的千金小姐,名祝韵。祝韵 18 岁时,员外宣布女儿到了谈婚论嫁的时候。消息一传开,那些官宦人家、富家弟子闻风而至,门庭若市。然而,祝韵是位有主见的小姐,她眼中的白马王子,绝非酒囊饭袋的富家公子,也不是衣冠楚楚的风流少年。她企盼着有一位有真才实学、有真情实意,既配得上她的容貌,更配得上她才华的出色少年与她相伴一生。所以,她决定来一场特殊的联对征婚。

那是一个明媚的春季,祝家庄四围的竹林被春雨洗礼得更为青翠,万千竹笋破土而出,显出无限生机。庄前那块草坪中央矗立着一处二层楼高的赛台。赛台着实简易,两支竹梯支起一个 10 平方米的平台,放着两张小凳,上方无遮顶、四周无护栏。其实简易中包含着许多讲究,登上这样高的竹梯,已让人两腿发软,在这上面尚能吟诗作对、才思泉涌者,不仅需要才学,而且需要武功。赛台四周已被远近各处的村民围了个里三层外三层。只因祝韵姑娘联对征婚已经进行了两场,姑娘尚未选中自己的如意郎君,据说一共有 20 副对联,每副对联上联或下联必有一联紧扣某一中心事物。如第一场的中心事物是"花",开始十副对联上联中必带有"花"字,如"竹外桃花三两枝",下联可对"林中翠鸟万千啼"。接下来的十副对联,上联中不包含"花"字,接下联的必须点出"花"字。为了显示公平,上联由姑娘和小伙子轮流给出。在这些联句中,自然是有文采、有真情的为佳。在第一场和第二场比赛中,虽然前来应对的小伙子不少,其中那些酒囊饭袋之徒自然只有落荒而逃的命运,那些虽然饱读诗书,但不能应时即景联文的最终也落下马来。由于今天是最后一场,所以来看热闹的人特别多。大家要看一看祝韵小姐心中的丘比特之箭究竟射向谁,哪位少年能与他们心目中的仙女情投意合。

联对开始了,主持人宣布今天比赛的话题是"竹"。祝韵小姐穿着一件浅绿色的绣袍走上赛台,那亭亭玉立的身姿,正如抖落笋衣的一株新竹,灵秀四溢,早已引来台下一片喝彩。祝韵在台上坐定,等待着上台打擂的小伙子。也许是由于前两场联对征婚的小伙子一个个败下阵来的教训,或许是今天这场以"竹"为题的联对比赛难度更大,两袋烟工夫过后,仍然没有小伙子敢上台。只见祝韵款款地站起身,正欲说什么,一位穿着长袍的小后生三步并作一步"咚、咚、咚"轻快地登上赛台。单凭这上台的步伐便可断定这小伙子的体格健壮,功夫很不一般,只是不知道这小伙子腹中锦绣如何,可否是个草莽英雄。只见这后生向主持人和祝韵各施一礼后,在祝韵对面坐下,祝韵扫了这小伙子一眼,只见他眉宇间透着刚毅,面目上显出清秀,既有书生的文雅,又有勇士的英俊,心中先有三分好感。这时只见上台的后生开口道:"小生这厢有礼了,小生姓莫名言,因久仰小姐有文姬之才、飞燕之貌,斗胆上场一试,请小姐出题。"

祝韵含笑地点点头,心想,好一个莫言,你先别给我灌迷魂汤,且看你的金口今天究竟怎样开言。这时正好一阵微风吹来,从竹林深处传来一阵婉转的歌声,祝韵于是有了上题:

竹喧归浣女——

此上联出自王维的《山居秋暝》,对于勤读诗书的莫言来说自然不难,他回答:

莲动下渔舟

莫言心想,你出唐诗让我作答,我也用唐诗让你作答;你的上联中有竹有水,我的上联中也要有竹有水,于是略加思索道出上联:

竹色溪下绿——

这是诗仙李白《别储邕之剡中》的句子,祝韵哪能不知,她朗声接上:

荷花镜里看

望着漫山遍野被春雨洗绿的竹林,祝韵深有感触地给出第二个上联:

竹怜新雨后——

要对出下联,读过几天古诗的人都知道"山爱夕阳时",但莫言却沉吟了片刻,大约他觉得此时此刻,用夕阳这样的景物多少有些煞风景,于是吟出下联:

松爱白雪时

"好",祝韵下意识地脱口而出。对眼前这位后生,她又多了几分亲切感。

莫言面带笑意,他从宋代诗人林逋的名诗《山园小梅》中化出一句:

竹影横斜水清浅——

祝韵心领神会,知道这是莫言在考查她,没有直接吟出原诗中的:"暗香浮动

月黄昏",联系到家乡多竹多桂的特点,将原句略加变动对出下联:

桂香浮动月黄昏

莫言赞许地点点头。他对眼前这位才佳貌美的大家闺秀有了更真切的认识。

祝韵思索片刻,觉得小伙子对这场联对招亲是慎重的,不然不会在这样的细节问题上考虑得如此周到,就不知他能否恩爱到白头,等到自己人老朱黄时又会怎样呢?于是她想起邵谒《金谷园怀古》中的诗句:"竹死不变节",正好表明自己忠贞不渝的爱情,为了不破坏这美好的气氛,略作变动吟出:

竹枯不变节——

莫言听出祝韵是在试探自己的爱情态度,希望对自己有更多更深刻的了解,为了表示自己对祝韵深深的爱,海枯石烂不变心,他便将邵谒"花落有余香"的对句也略作变化吟出:

花谢有余香

祝韵颇受感动,白皙的脸庞浮起一层淡淡的红晕。

莫言看在眼中,喜在心头。这回轮到他出上联了,他迟疑半天不开口,谁都知道对下联比出上联的难度大。祝韵知其意,心想也是,看来这莫言的确是饱读诗书之人,古诗之中的联对难不住他,就不知他的书本知识学得灵活不灵活,实际应用能力如何。她从座凳上站起来,想以景取材考考莫言。正好这时前方山路上走来一位老汉,他挑着一担秧苗去插田。有了,她随即吟出了上联:

稻草捆秧父抱子——

这句上联看起来很简单,但难度却不小,一是难在上联没有竹字,下联对句中必须出现竹字;二是难在这种"父子"关系,稻谷成熟后,谷粒被脱落,稻种后长出秧苗,稻茎成为稻草。现在农民用这稻草来捆扎秧苗,所以说"稻草捆秧父抱子"。这祝韵虽然出生于深闺大院,但对这农活也不陌生。莫言仅此一点觉得祝韵更加可爱了。怎样才能对出下联呢?他一时倒有些犯难了。可不是老天爷成全这对有心人,莫言站起身,正好看见从竹林中走出一位农妇。这位农妇刚从林中抽笋出来,手中的竹篮装满了竹笋,莫言一摸后脑勺,终于对出了绝妙的下联:

竹篮装笋母怀儿

祝韵为莫言能就地取材,对出绝佳的下联感到十分欣慰。现在不知莫言会道出一个什么上联来。只见莫言面带微笑,面对山下滔滔淦河上的点点白帆,吟出了一句精彩的上联:

两船并行,橹速不如帆快——

字面上这副对联也较简单,但其中的橹速谐音人名"鲁肃",帆快谐音人名"樊哈"，对出的下联也必须在这两处运用谐音手法，可见其难度之大。要把下联对得工整已经不易，还要紧扣"竹"这个话题，也就难上加难。

祝韵一时也难道出下联，正在犯难时，吹来一阵春风。风的呼呼声、竹叶的沙沙声、林中鸟的惊鸣声，人群中的议论声，使祝韵眉头一皱计上心来，于是有了一句美妙的下联：

八音齐会，笛清难比箫和

莫言出得巧，祝韵对得妙。下联的笛清和箫和分别谐音"狄青"和"萧何"，而且笛和箫又分别为竹制的乐器。点出了竹的话题。莫言情不自禁地向祝韵鞠了个躬，表示对她深深的爱恋和敬意。

两人无言，都有相见恨晚之感觉，只用目光相视，用心灵碰撞出火花。还是祝韵腼腆地首先开了口："莫公子，今日相见，说明我们今生有缘；以上我们的交谈更说明我们的缘分不浅。我对你别无意见，只是我还想听听在场的乡亲们的看法如何。这样吧，我们共同出一上联，让乡亲们对下联。对得好我们择日成婚。"然后她大声对台下说，"乡亲们，你们说好不好？"

"好！"台下欢声雷动。

祝韵和莫言低语了几声，然后齐声宣布了他们的上联：

竹无心，藕无泥，奇物巧逢，见贞见节——

台下安静得能听到众人的心跳声。这可是关键时刻啊，没想到这对天设地造的有情人别出心裁地把自己的一生幸福交给了乡亲们去定夺。

不用担心，有情人终成眷属。只见主持人端视着这对金童玉女，一摸胡子乐了："我们对——男有品……"

话未说完，众乡亲合道："女有德。"

主持人又领头说："良缘好合——"

众乡亲大声合道："可喜可嘉。"

是啊，"男有品，女有德，良缘好合，可喜可嘉"乡亲们对得十分工整。台下成了一片欢腾的海洋，大家都觉得像自家的儿女定下终身大事一样兴奋，一样快乐。祝韵和莫言刚走下赛台就被乡亲们簇拥起来，纷纷致以祝贺。

为了感谢"竹"这位大媒人，次年春天，漫山春笋竞发之时，祝韵和莫言喜结连理。可不是，"洞房花烛夜，金榜题名时"，莫言连中三元，高中状元。双喜临门，这可把一个小小的鄂南山区甜醉了好长一段时间，家家户户杀鸡宰羊，放鞭鸣炮，比过大年还要热闹得多。

竹与传说

竹不仅有着四季摇绿的身姿,有着高洁不屈的品性,有着极为广泛的用途,同时还有着美妙的传说。

竹的传说中最为人们熟悉的大约要算斑竹的来历了。斑竹是一种表皮有斑痕的竹子,其斑如泪痕,民间有湘妃为舜帝去世而挥泪于斑竹的传说。很早以前舜帝巡察南方,为解决老百姓吃水的问题,在九嶷山与恶龙大战一场,老百姓有水吃了,而舜帝在杀死恶龙后也被恶龙的腥血毒死。舜帝的后妃娥皇、女英闻讯赶到湘水边,望着九嶷山扶竹凄凄恸哭,泪洒竹上,遂使竹子留下了斑斑泪痕。后来,这枝竹子开了花,花结了籽,大风突起,籽随风飞落各地,繁衍生息无数后代。故这种竹又叫湘妃竹、湘竹、泪竹。

舜帝的故事或许太遥远,那就看一则在《宋史》中记载的故事:北宋名臣寇准力主抵抗契丹,促使真宗亲征督战,与契丹定澶渊之盟,深得民心,封莱国公。寇准死后归葬公安县,民众将竹竿插在路边,上挂纸钱,哭祭寇准。一月之后,所插竹竿长出竹笋,因号"莱公竹"。

竹的传说中不仅有可歌可泣的,而且有激动人心的。赵子龙破竹得剑便是一例:东汉末年,刘备被袁术打败,已兵尽粮绝,他逃进了江边的一片竹林。袁术的追兵又蜂拥而至。正在竹林中休息的赵子龙看到刘备万分危急,性命难保,急忙跑去相救。可惜手中没有兵器,急中生智,他用力掰倒一棵发黄的老竹。楠竹一倒,只听叮当一响,一柄寒光闪闪的宝剑从竹筒里落地,上面刻着"越王雄剑"四个光灿灿的字。力气盖世的赵子龙有了宝剑后,如虎添翼,杀入袁术军中,如入无人之境,连斩袁术数员大将,救护刘备安全脱险。读者要问,这"越王雄剑"怎么会在此时奇迹般出现,可以告诉你的是:战国时,吴越两国连年征战,有一次越王战败逃跑,他的雌雄二剑失落,被乱兵踏入泥里,怎么也找不到了。至于此地什么时候长成了竹林,这柄"越王雄剑"又如何躺在笋的腹中,破土而出,你尽可以大胆去想象了。

自然,竹的传说中,除了这些泪呀、血呀、刀光剑影之外,也有充满生活情趣的。

传说苏东坡被贬惠州时,有一次到风光秀丽的罗浮山上去看风景。这时他年岁已大,便在罗浮第一亭坐肩舆上山。经龙华,过鹤溪,来到罗浮山的翠竹岩下。这翠竹岩下长着一种叫龙钟竹的竹子,每棵竹子有 39 节,每节有两尺多长,最大的一棵有三尺多的围。苏东坡见翠竹连云,竹影摇曳,赞不绝口。只听,咔嚓一声,肩舆的竹竿折裂啦。苏东坡一个趔趄,差一点摔下山。这么仓促中,到哪儿找竹竿替换呀!忽然,苏东坡发现,翠竹岩下的竹林深处,一位鹤发童颜、仙风道骨的老翁正在把一根蜡黄色的竹枝破成竹篾。苏东坡亲自上前向老翁施了一礼,请求施篾绑折裂的竹竿。老翁随手折了一段竹篾给他。他看了看,长才尺许,怎么能把折裂的竹竿捆住?他请求老翁再给一段,老翁回答了四句不明不白的诗:

宁可食无肉,不可居无竹。

东华十八子,铁杖入罗浮。

说完,自顾自削他的竹篾,看都不看苏东坡一眼。苏东坡只好把那段竹篾带回,哪知轿夫用那截竹篾绕竹竿时,连缠十多圈,剩下的仍有一尺多长。苏东坡回想刚才的四句诗,更觉奇怪:这老翁不认识我,怎么知道我的"宁可食无肉,不可居无竹"的诗句呢?猛然间,他明白了:"十八子"是个李字,铁拐李不是被封为"东华教主"吗?呵,原来是他!苏东坡回头再看那竹林时,老翁已渺无踪影。

苏东坡坐上肩舆,来到冲虚古观。还没见观,忽听钟楼里传出哐啷一声巨响。原来是吊钟的铁链断裂,千斤铁钟掉了下来。住持道士没法。苏东坡叫轿夫将那多出的竹篾折断,用来系钟,比铁链牢靠多啦!传说至今那大钟还是用龙钟竹吊着哩。

龙钟竹的传说似乎是太玄虚了一点,那就再说一个让你不得不信的竹筒酿酒的传说吧。你知道为什么独龙族人喜欢用竹筒酿酒吗?为什么竹筒酿出的酒香甜,喝后会使人产生一种周身爽快的感觉?传说,很早以前,独龙江发了一次大水,把整个沿江地区的房屋田地和人畜冲得一干二净。只剩下一个到高山上打猎未归的青年猎人。青年人归来时看到荒凉的惨景,哭得天昏地暗,哭声惊动了神灵,感动了苍天。天神为了给独龙族传宗接代,就派了一个叫迪兰的仙女下凡与青年结为夫妻。仙女下凡前,天神送了一个竹筒给她。夫妻俩便用这竹筒去背水,说起来也怪,无论河水、塘水,从竹筒里流出便特别香甜。一天,年轻猎人想,这只竹筒里装的水都好喝，便试着把粮食装进竹筒里去酿酒。几天后，打开竹筒盖顿时觉得香气四溢。于是，他们把这个方法一代一代地传下来，一直传到今天。

这些传说，既在意料之外，又在情理之中。尤其这些传说中所表达的对为民而献身的舜的悲痛，对灭暴扶弱的赵子龙的钦佩，对美好生活的向往等，给人以心灵的震撼、思想的教育。

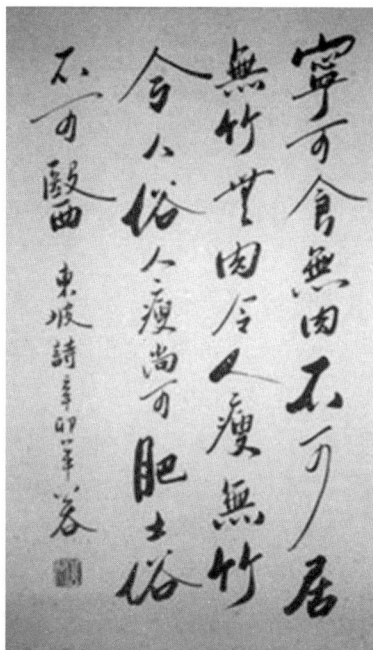

竹与生活

　　竹,大自然赐予人类的宝贝,竹是人类忠实的朋友。是竹因为有了人类的种植呵护,才得以繁衍至今;还是人类因为有了竹的无私奉献,才得以世代相传? 这真是一个颇有意义的话题,值得有志者去研讨探索。而我在这里只想摆一摆竹与人类生活的密切关系。

　　古人云:"食者竹笋,庇者竹瓦,载者竹筏,炊者竹薪,衣者竹皮,书者竹纸,履者竹鞋,真可谓不可一日无此君也。"可见,在我国古代竹与人们的生活有多么密切。

　　"民以食为天",竹笋被称为"素食第一名",竹荪被称为"山岭第一珍",均是现代崇尚的绝佳绿色食品。不同种类的竹,有不同种类的笋;不同种类的笋,鲜美之味不同,营养价值各异。笑话中说,有个北方人到南方一位朋友家做客,朋友用鲜笋款待他。北方人从未吃过笋,未品尝过如此美妙的佳肴。忍不住问南方朋友,此菜用何原料做成。朋友告诉他,这就是我们常常见到的竹子。北方人回到家乡,时常回味"竹子"的美味,便劈了家中的一条竹扁担,煮了大半锅竹汤。如此美味,他也不忍独自享受,便邀请邻居一道品尝。结果,其汤品之无味,其竹片嚼之如铁……虽说是则笑话,但大体说明了北方人食笋的机会太少。现在好了,竹笋罐头、竹汁饮料,可以让遥远的北方人品尝到"竹"的鲜美了。

　　竹,不仅其幼年的笋可供食用,而且成年后制作成"筷",更是饮食中不可或缺的餐具。筷子又称"箸"。远在商纣时,我们的祖先就开始使用筷子了。制作筷子的材料尽管多样,但自古以来都以竹为主体。明代程良规《咏竹箸》中云:"殷勤问竹箸,甘苦乐先尝。滋味他人好,尔空来去忙。"读来十分耐人寻味。亚洲各国受中国文化的影响,早在唐代以前就学会了用筷子,日本还将每年的八月四日定为"筷子节"。

　　"宁可食无肉,不可居无竹",原是古代某些文人以竹之高洁来勉励自己的志行。如今,人们在住所旁植竹,则更注重竹那摇曳多姿的美景,青翠欲滴的生机。而用竹盖成的竹楼、竹亭,在林立的银灰色大厦中,总能给人赏心悦目的惬意。至于用竹做成的竹床、竹椅、竹席、竹扇等在酷热的盛夏,会给你带来清凉的温柔。苏东坡有诗云:"留我同行木上坐,赠君无语竹夫人。"竹夫人类似现在的竹枕,可见精美的竹制品在当时是颇受人们欢迎的。

人们生活和劳动更是处处与竹产品分不开,笸篓、竹篮、竹笠、箩筐、笼、筏、笆、筛、竹楼梯、竹跳板、竹扁担、竹摇篮……不一而足。竹不仅成为人们劳动中十分重要的工具,也成为人们劳动之余的休息、庆祝丰收的乐器。筝、笛、笙、箫、箜篌……这些乐器都与竹有千丝万缕的联系。

竹竿,不仅在群众性体育的跳高、标枪中有用武之地,而且在国际体育盛会上也曾占有一席之位。19 世纪中叶,撑竿跳高发展成为田径运动的一个独立项目。1866 年英国人罗·迈克尔跳出了 3.21 米的世界纪录,当时的撑竿是一根沉重的松木棍子。后来,撑竿改用轻且富有弹性的竹竿。1942 年,美国人克·约梅尔达姆用竹竿创造了 4.55 米的世界新纪录,直至后来改用细钢管制作的杆子。

竹编不仅创造了日常劳动和生活的一些用品,而且创造了许多优秀传统工艺品。例如武穴竹编中的竹椅、竹方桌、竹沙发、竹茶几、竹卧床等,都有百余年的历史,在多次国际展览会上获奖,远销日、美、英、法等许多国家。

竹刻工艺指以竹为原料的雕刻工艺品。我国竹刻艺术不仅历史极为悠久,而且极为普遍。仅从发掘出的文物竹简就可推知。2000 多年前,我国即有竹刻,而且历久不衰。晋朝王献之有斑竹笔筒,取名"裘钟",六朝齐高帝赐名僧绍竹根如意,庾信有"山杯捧竹根"的诗句。唐宋两朝,竹刻艺术有了发展,上刻人物花鸟等图案。明代中叶竹雕开始形成一种专门技艺,至清代获得较大发展,成为我国工艺品中的一枝奇葩。

竹不仅可以成为人们必不可少的生活用品和工艺品,而且在战争中曾发挥过不可替代的作用。古代战争中常用的远程武器之中就有箭,最初就是在细竹竿上装上尖头而制成的。不仅竹竿可以作制造箭杆的材料,而且就是竹产品加工过程中的一些弃材,也曾在战争中发挥过作用。《世说新语》中载:晋大将军陶侃,性俭厉,勤于事,及纤介小事亦关怀备至。他在荆州驻防时,令船官将锯木所留木屑一概存储。一次大雪后晴,地湿难行,陶侃以木屑铺盖,行走便利。又令将竹头收存,后桓温伐蜀,使用所贮竹头做竹钉装船出击,为最终取得战争的胜利创造了条件。

至于竹简作为古代文字的载体,毛笔作为古代最重要的书写工具,用于印刷书籍的竹纸,在文明的传承与发展中所起的作用更是永载史册,功垂千古。

竹与文人

竹被认为是高雅不俗的象征,其形象秀逸而有神韵,品格虚心而能自持,故文人多以诗画着力表现其高尚和秀美。他们在咏竹画竹中显志,在植竹护竹中明心。晋代王徽之平生爱竹,即使临时住所也植竹观赏,认为"不可一日无此君"。

这可是"有其子必有其父",王徽之的父亲便是晋代著名的书法家王羲之。王羲之有无王徽之爱竹不得而知,但仅凭其《兰亭集序》中有关描写便可知其对竹之喜爱了:"此地有崇山峻岭,茂林修竹。又有清流激湍,映带左右。"茂林修竹一词流传至今,其主要功劳应归于这位大书法家吧。

晋代迷恋竹的文人,可不止王羲之父子。文学史上著名的"竹林七贤"嵇康、阮籍、向秀等人,他们常做竹林之游,集宴于竹林之下,谈诗论艺,弄琴对弈,不亦乐乎。

无独有偶,唐代又出了一个"竹溪六逸",为首的便是鼎鼎大名的诗人李白,此外有孔巢父、韩准、裴政等文人,这真是茂林修竹、清流激湍,群贤相集,赏心乐事啊!

唐代是一个诗星灿烂的时代,爱竹的诗人何止"竹溪六逸"。譬如王维吧,这位"诗中有画,画中有诗"的诗人就是特别爱竹的,他的辋川别墅中就建有"竹里馆",并写有脍炙人口的《竹里馆》一诗:

> 独坐幽篁里,弹琴复长啸。
>
> 深林人不知,明月来相照。

诗人独自一人坐在清幽的竹林里,"弹琴"而又"长啸",没有人到这"深林"中来打扰他或赞美他,他也忘记了时间,不知不觉地,一轮明月已升上天空,照到他的身上,这种物我相知的境界超越了喜怒哀乐等日常情绪,是一种恬淡闲适、安详澄净的境界。

"鬼才"李贺也是一位爱竹的诗人。李贺故居河南昌谷有南园和北园,北园内植有许多竹,他曾作《昌谷北园新笋四首》,从诗中可知,李贺经常徜徉于竹林中,有时还在竹竿上吟诗作对。其中一首云:

> 箨落长竿削玉开,君看母笋是龙材。
>
> 更容一夜抽千尺,别却池园数寸泥。

诗中写笋壳落下,新竹如翠玉般艳丽,抽出新笋的老竹原本是龙的化身。恨不得新竹一夜长出千尺之高,远离地面的数寸泥土。从诗中不难看出诗人对新笋的喜爱。

唐代许多文人笔下有竹。白居易说:"竹之于草木,犹贤之于众庶。"他还以"本固""性直""心空""节贞"等来概括竹的特点(《养竹记》)。陈子昂颂竹岁寒独青;刘长卿颂竹青阴待我;张九龄颂竹高节虚心;杜甫颂竹凌云生长,不一而足。

宋代酷爱竹的文人首推苏轼。他在《于潜僧绿筠轩》中写道:

> 宁可食无肉,不可居无竹。
>
> 无肉令人瘦,无竹令人俗。

王徽之寄居于空宅之中,尚令种竹,苏轼接过王徽之的雅兴,进一步加以强化:如果"肉"与"竹"两者不可兼得的话,则宁可去肉也要留竹,借咏竹以言志,表达诗人鄙视庸俗、追求高雅的胸怀。苏轼的这种志趣得到人们的赞赏。

苏轼不仅咏竹,也画竹。黄庭坚写过一首《题子瞻画竹石》:"风枝雨叶瘠土竹,龙蹲虎踞苍藓石。东坡老人翰林公,醉时吐出胸中墨。"可见苏轼竹画的傲然气派,画中竹子所表现出的高雅、不屈的美好品节。

苏轼不仅画竹让别人题诗,也为他人画的竹题诗。他在《书晁补之所藏与可画竹》中写道:

> 与可画竹时,见竹不见人。
>
> 岂独不见人,嗒然遗其身。
>
> 其身与竹化,无穷出清新。
>
> 庄周世无有,谁知此凝神。

这首诗是文与可(宋代画家,善于画竹)去世八年后,苏轼为晁补之所藏文与可的画竹所写的题画之作。诗中说:与可画竹时凝神专一,浮现在眼前的只有竹子,而看不到周围的人。岂止是看不见周围的人,而且已经达到连他自己的存在也忘记了的境界。与可与竹合二而一,清新独到的感受产生穷翻不尽的竹画。世上如果没有庄子，还有谁能领略与可画竹时这种凝神境界所包含的至理呢？苏轼在文与可去世的当年，在曝晒书画时见到文与可赠予他的《筼筜谷偃竹》，曾写了《文与可画筼筜谷偃竹记》，文中写有："故画竹必先得成竹于胸中，执笔熟视，乃见其所欲画者，急起从之，振笔直遂，以追其所见，如兔起鹘落，少纵则逝矣……"一诗一文所阐发的画理，是完全一致的，这也是"胸有成竹"这个典故的由来。

说到苏轼与竹，还有一个有趣的故事。北宋年间，浙江诗人王祈写了一首咏竹的诗，其中有两句是：

> 叶攒千口剑，茎耸万条枪。

对这两句诗，王祈自己是比较欣赏的。有一天，他把这首诗送给大词人苏轼看。苏轼笑着对王祈说："你这首诗语言不错，但经不住推敲，你看十根竹竿上只有一片叶儿呀！"说得王祈的脸红一阵白一阵。

苏轼与王祈关于竹诗的争论，事关文学创作的方法问题，后人看法不一，谁是谁非似无定论，但明代主持编修《永乐大典》的翰林学士解缙巧写竹对联却是众口一词的佳话。

解缙家贫，居处正与曹尚书府第的竹园相对，于是便在自家大门上书一联云：

> 门对千棵竹，家藏万卷书。

曹尚书见后不惬意，心想：我家竹园景色岂能为他人借用，于是命家人把竹子砍去一截。解缙见了，心想这曹尚书也未免太小气了，竹园景色借用一下又何妨，倒用砍竹子来难我，我倒要看看你曹尚书还有啥能耐？就在对联下面各添一字：

> 门对千棵竹短，家藏万卷书长。

曹尚书看后气上加气，忙命家人把园中竹子全部砍光，心想看你的对联怎样写下去。解缙见后，知道曹尚书已黔驴技穷，可他也实在可笑、可恶，为了不让我写对联，居然把一片人见人爱的竹子砍光，我还得气气他，于是又在对联两边各加一字：

> 门对千棵竹短无，家藏万卷书长有。

曹尚书再也想不出好的法子，气得一连好几天没有上朝。

在吟竹、画竹上比苏轼有过之而无不及的当推清代乾隆年间的郑板桥。这位乾隆进士做了多年"七品芝麻官"，在画竹上能取得举世公认的成就，最重要的一条是他在观察和思考上不惜呕心沥血，从生活中获取感受。对此，他曾有一段朴素无华的生动自述：

> 余家有茅屋二间，南面种竹。夏日新篁初放，绿荫照人，置一小榻其中，甚凉适也。秋冬之际，取围屏骨子，断去两头，横安以为窗棂；用匀薄洁白之纸糊之。风和日暖，冻蝇触纸上，冬冬作小鼓声。于时一片竹影零乱，岂非天然图画乎！凡吾画竹，无所师承，多得于纸窗粉壁日光月影中耳！

由于他坚持对景写生，取于自然而不拘于自然，师自然却不为自然现象所局限，刻意追求笔下千姿百态的竹的艺术形象，终于达到匠心独运、神韵高远的境界。其《修竹新篁图》《兰竹芳馨图》《画竹留赠图》等都是旷世佳作。

郑板桥曾有《题画竹六十九首》，他高吟"竹君子，石大人，千岁友，四时春"。他赞誉"不是春风，不是秋风；新篁初放，在夏月中，能驱吾暑，能豁吾胸；君子之德，大人之雄"。他称道老竹扶持后辈的精神："新竹高于旧竹枝，全凭老干为扶持。明年再有新生者，十万龙孙绕凤池。"

郑板桥题画竹诗中最为脍炙人口的当推《竹石》：

> 咬定青山不放松，立根原在破岩中。
>
> 千磨万击还坚劲，任尔东西南北风。

诗歌赞美竹长在青山，立根岩石，不怕土薄石坚，深深扎根，如锋牙利齿，一旦咬住，决不放松。翠竹不管面临的客观环境何等险恶，依然是那样苍劲挺拔，经得住风吹雨打、霜冻雪压；历经磨难，却坚韧无比；任凭打击，仍卓然傲立。此诗寓意深刻，写出了竹的高大形象及其感人的品格。全诗是写竹但实际是写人，写一种品质，写一种在封建社会中难得的性格。郑板桥一生，三岁丧母，十四岁丧继母，三十岁丧父，三十二岁丧子，三十九岁丧妻，五十七岁丧子，可谓命运多舛。做县令后，刚正不阿，关心民瘼，宁可弃官卖画，清贫一生，也不贪赃枉法，鱼肉百姓。他的另一首题画竹诗《潍县署中画竹呈年伯包大中丞括》中云：

> 衙斋卧听萧萧竹，疑是民间疾苦声。
>
> 些小吾曹州县吏，一枝一叶总关情。

诗中写诗人在县衙书斋小睡，忽闻窗外传来萧萧竹声，仿佛有众多百姓在那里喊冤诉苦。我们虽说是小小的七品芝麻官，但百姓的衣食住行、一草一木都需要我们的关心。这首诗把"竹声"和"民瘼"相连，既是诗人生活的真实感受，同时在艺术上又是一种新的创造，使郑板桥的竹诗有了更丰富的内涵。

竹与咸宁

咸宁素有"楠竹之乡"的美誉。张村李廓点缀着丛丛翠竹,崇山峻岭荡漾着阵阵竹涛,餐桌上季季飘溢着竹笋的馨香,竹园里日日洒满竹农的笑语。这里有读不完的竹的故事,这里有品不尽的竹的韵味。

"咸宁"这一名称的来历便与竹有着奇特的渊源。

古时候咸宁属沙羡县,改称咸宁是在三国时候。据说,魏发大兵讨伐东吴,吓得吴王孙休逃离国都,沿途被追兵冲散了随从,只剩下一人逃到沙羡避难。他怕走大路遇上追兵,专挑崎岖小径向深山里走,三天三夜粒米未进、滴水未沾。一天,吴王逃到一处峭壁下,见一股山泉从空中泻下,便上前痛饮。忽然,一只猛虎从林中迎面扑来,吓得他晕了过去。好在有惊无险,紧追猛虎的老猎人杀死了老虎,把吓得半死的吴王背回家中救活。老人见他一副文弱书生的模样,非常可怜,每天上山挖竹笋、打野味,用竹筒熬粥精心调养他。吴王见老人心地善良,他女儿天生丽质,聪明可爱,便忘记了自己的身份,要求做他的上门女婿。老猎人没有其他儿女,正舍不得女儿外嫁,便满口答应了。

两个月后,东吴向魏国割让了大片土地,魏国退了兵。东吴将相寻找到沙羡,迎接吴王回朝。老猎人方知道女婿原来是东吴的国君。吴王没忘老人的救命之恩,念沙羡地方民风淳朴,回宫后就用自己的年号,将这个地方改名为永安。后来,晋武帝司马炎灭掉东吴统一中国,觉得这里不应用亡国之君的年号命名,就特意用自己的年号——咸宁来代替它,所以永安便变为咸宁了。

是啊,如果没有山上竹笋没有竹筒熬粥的调养,哪来吴王自荐当上门女婿的佳话,哪来沙羡改为永安、永安改为咸宁的故事。说竹为"媒"也不为之过分吧!

咸宁植竹的历史至少有 1500 年。生长在咸宁这块土地上的竹除了楠竹外,还有其他许多种类。例如乌林竹、花毛竹、龟甲竹、弧形竹、紫竹、苦竹、水竹、月竹、筷竹、火筒竹等。在温泉潜山竹类品种园内还有从外地引进的罗汉竹、粉单竹、花孝顺竹、黄皮刚竹等许多珍贵品种。

楠竹是咸宁竹家族中的老大哥。

全市有楠竹林130多万亩,立竹量2亿余根。万顷竹涛绿无边,亿竿长缨刺蓝天。楠竹遍布咸安、通山、赤壁、通城、崇阳等地。尤其是咸安境内的"星星竹海"、赤壁境内的随阳、崇阳境内的金沙,三处毗邻、鼎足而立,形成一个巨大的"竹三角"。

竹,形成咸宁旅游的一道亮丽风景。咸安区的"星星竹海",既是联合国林业考察基地,又是湖北省最大的竹林风景区,总面积10万亩,称"万亩竹海"。星星竹海四季景色迥异,曾有多个国家和地区的官员、游客慕名而至。党和国家领导人李先念、陈丕显、王任重、胡启立等先后来此视察过,分别给予了高度评价。

竹,成为咸宁经济发展的一大支柱。作为"楠竹之乡"的咸宁,市委、市政府把楠竹作为咸宁经济腾飞的"十大产业"之一,咸宁楠竹年采伐量1500万支,在此基础上发展起来的巨宁等楠竹加工企业200多家,年加工值达3亿多元。

"家有一园竹,子孙都富足"。咸宁人依靠楠竹加工,真正从"楠竹之乡"的美誉中得到了实惠。我市80%的乡镇发展楠竹,有30余万人以竹为主要生计来源,有10余万农村劳动力主要从事楠竹生产,还活跃着6万流通大军,林业收入的2/3来源于楠竹。特别是当楠竹加工与高科技嫁接后,前景更是令人鼓舞。在赵李桥镇赤壁楚天激光有限责任公司这个新型楠竹加工企业里,偌大的车间里摆放着百余台电脑及相关配套设备。工人们轻点鼠标,激光的高温使竹筷汽化后便出现深深的印痕。于是竹筷上出现了清新秀美的文字,或隶、或楷、或篆。竹筷经过整装,一部部古色古香的竹简,如《孙子兵法》《千字文》《新三字经》《毛泽东诗词》等便出现在你的面前。一根价值约10元的楠竹,在这里经过高科技加工,价值上升到数百元甚至上千元。

楠竹给咸宁人民带来了财富,雷竹也不甘落后,成为后起之秀。1995年,崇阳县从浙江引进雷竹试种成功,目前已发展到5.2万亩,年产鲜笋200多万公斤。要问种雷竹有什么好处,崇阳县有一首耳熟能详的"雷竹谣":

> 一亩雷竹胜过五亩粮,
> 二亩雷竹娶媳嫁姑娘,
> 三亩雷竹送儿上学堂,
> 四亩雷竹三年盖楼房,
> 五亩雷竹全家奔小康。

歌谣中每一句话都有一串佳话,都有一个感人的故事。还是给有心人留一点探寻的乐趣吧。

我们相信:竹,将为咸宁这座古老而又年轻的城市注入更多的活力;竹,将为咸宁这座湖北省最有希望的生态城市增添更多的希望。

竹的风采,也就是咸宁的风采。

竹与自然

南国大地盛产竹,竹园、竹林遍布;漫山遍岭,郁郁苍苍。春雨过后,万千竹笋破土而出,向大地显露出无限的生机。

竹,属禾本科单子叶植物,竿多外圆、中空、笔直,低者不足 1 米,高者可达数丈。全世界有竹类千种以上,我国有竹 250 余种,常见的有毛竹、刚竹、兹竹、箬竹、淡竹、紫竹等。

最短小的是箬竹,高约 75 厘米,直径 0.4 厘米~0.5 厘米,可谓竹子王国中的侏儒,但它的叶片却很大,长至 45 厘米以上,宽逾 10 厘米,给人有一种"头重脚轻"之感。

最高大的是麻竹,系我国的特产,竿高可达 20 米~25 米,直径 10 厘米~30 厘米,谓竹子王国中的巨人。史载,隋炀帝建洛阳宫,"伐南山之竹圆约两尺",可见这话不假。

竹的命名极有意思:有因其幼芽——竹笋的味道而得名的,如苦竹、甜竹;有因其外貌特征而得名的,如罗汉竹、凤尾竹、龙须竹;有因其日常用途而得名的,如伞柄竹、撑篙竹、笛竹;有因其颜色而得名的,如碧玉竹、紫竹、斑竹;有因竹的声音而命名的,如炮仗竹,它节皮薄而充满空气,用手轻轻一捏,随即破裂发出爆竹响声;慈孝竹的命名更耐人寻味,它一年发笋两次:四五月出于丛内,被老竹围护,防新篁之受晒,称"慈母护儿";七八月出的笋,则在竹丛之四周,为"子孝其母",护母竹以免受寒,故称慈孝竹。

竹是大自然的娇子,是生命象征色彩的原型之一。绿色的叶、绿色的枝、绿色的躯干。一丛竹,为一户人家添勃勃生机,一园竹,为一姓村庄衬托美丽的背景,一处竹海,为大地镶嵌一块巨大的翡翠。

春夏秋冬竹各有自己的风致。"冻雷惊笋欲抽芽",谁说报春的只有红梅,竹也无愧为报春的使者。这正所谓"春江水暖鸭先知",而最早获悉大地回春之信息的莫过于深藏于地下的冬笋了。"新绿苞初解，嫩气笋犹香，含露渐舒叶，抽丛稍自长。"（唐·韦应物）竹笋的外皮在簌簌声中片片剥落，散发着嫩笋的清香，新生的幼竹初长出竹梢，竹叶含着露珠渐渐舒展开来，不断抽长枝叶，一点一点地向上伸展。这便是新竹的可观之处了。"清风掠地秋先到，赤日行天午不知。"（宋·陆游）毗邻都是盛夏，为何此处已是凉秋？为何赤日炎炎当顶，人却浑然不知？答案自然在竹，这便是夏日竹林的好处了。"袅娜梢头扫秋月，影穿林下疑残雪。"（唐·无名氏）你看，那随风摇曳的青竹，那袅娜的竹梢似在轻轻扫拂着秋月，月光洒进竹林，筛下斑驳的月光，疑是地上未消融的片片残雪。这该是秋夜竹林赏月的乐趣了。"高枝已约风为友，密叶能留雪作花。"（宋·陈与义）高挺的竹枝已约朔风为友，相与摇曳；茂密的竹叶已留白雪作花，翠白相间。你还用问，竹畏寒否？你还只是觉得竹只是竹吗？

竹在风烟雨雾中别有风韵。"宜烟宜雨又宜风"，唐代诗人郑谷说得好极了。竹不仅在日丽风和的情况下景色优美，还宜于轻烟笼罩，也易于细雨洗涤，又宜于小风吹拂。"竹怜新雨后，山爱夕阳时。"（唐·钱起）雨后的新竹青翠欲滴，竹林更加清新，新竹更加挺拔，更不要说无数春笋破土而出的无限生机了。微风吹过，近处的竹林，不仅能传来竹笋的幽香，而且风吹竹叶的声音简直就是美妙的音乐，让人陶醉。

梅、兰、菊、竹被誉为"花中四雅"或"花中四君子"。松、竹、梅又被称为"岁寒三友"。东阁冬梅，西窗夏竹，梅与竹具有高洁、耐寒的品性，为人所青睐。但"梅花一时艳，竹叶千年色"（宋·鲍照），这该是竹胜过梅的地方了。梅与竹都具有飘逸的品性，兰花的幽香胜过竹，而竹的耐寒尤其是它的广泛用途是兰花无法比拟的。菊与竹具有坚强高洁的气质，菊花的艳丽多姿胜于竹，而竹的质朴无华、青翠长存是菊所不能及的。松与竹，岁寒而不凋，品性高洁，用途广泛，无愧为挚友，但古松之生命力、竹笋之美味，又使二者各有千秋。

新竹恨不高千尺，幽篁更应广万里。愿竹的种族越来越多，愿竹的后代愈来愈昌盛。愿象征生命绿色的竹遍布天涯，愿我们生活的每一天都有竹的关爱……

"星星竹海"旅游开发思考

星星竹海风景区位于咸宁市汀泗古镇内,处咸宁、崇阳、蒲圻三县(市)的交界处,海拔731米,既是联合国林业考察基地,又是湖北省最大的竹林风景区,总面积10万亩,称"万亩竹海"。从温泉西行25千米,便是竹海景区。这里以石笋、钟乳、竹林为主体,并由数十景点组成群体,很具旅游价值。

1.综合包装,做大旅游功能

星星竹海是竹林风景区,但竹林风景区不能仅仅满足于赏竹,天下的楠竹大同小异,漫山遍野都是纯一色楠竹,游人便没有前行的欲望了。星星竹海在这方面颇具优势,竹海分为五大景区,即百像园、迷你园、流芳园、情人岛、石龙景区。翠竹亭、观竹台、半山泉、石龙、群仙会龙、石龙戏珠、王氏天葬、天深洞、古树林、柏树界、蔡仙崖等主要景点星罗棋布,各显千秋。1996年星星竹海竹林风景区被命名为省级风景名胜区。科学打造五大景区,可综合提升星星竹海的旅游吸引力。

2. 打造精品,增强旅游魅力

步移景换虽然不错,但犹如在前呼后拥的人海中走过,可能未对任何人留下印象,其中遇上一两个外籍游客则可能记忆犹新。星星竹海五大景区,不求个个景点都出类拔萃,但每个景区要精心包装一两个景点,让人过目难忘。这自然涉及一个经费的投入问题,好钢要舍得用在刀口上,要善于花小钱赚大钱。每一个景区的主题要力争鲜明,有变化、有亲和感、有冲击力,这才能获得不同的游客的赞赏。

3.注重宣传,扩大景区影响

星星竹海作为一个新兴的旅游度假胜地,曾有多个国家和地区的友人、游客慕名而来参观、考察和旅游。党和国家领导人李先念、陈丕显、王任重、胡启立等曾先后来此视察,分别给予高度评价。1987年文化和旅游部拨专款在此兴建瞭望台、牌楼、荷香居等旅游配套设施。这些人文旅游资源十分珍贵,可以科学宣传、放大效应,提升景区的美誉度、知名度。

4.夯实基础,创新旅游项目

桂林、竹林这类旅游景区,不完全同于名山大川的旅游,人们欣赏高山大川是从整体气势上去看它的壮美,不会计较它的枯枝残叶,"枯藤、老树、昏鸦"也是一种美,是一种回归自然的美。而欣赏一丛竹、一林桂,人们会注重其局部的精美,几株枯竹枯桂就会引起旅游者的怜惜,桂竹园中的杂草乱石会大煞风景,令游客扫兴。星星竹海要加强行、吃、住、游、购、娱各要素的完善,如"情人岛"景区如有一片水域则更吸引人。更要加强规范的服务与管理,让游客来有激情,归有谢意。

要创新观念,咸宁实现绿色崛起,打造百亿竹产业,竹林旅游兼有经济效益和社会效益,是宣传咸宁宜业宜居的最好广告,要舍得在竹林旅游上用功夫、下本钱。要创新竹林旅游项目,其中楠竹四季常青,游览观竹,四时皆宜,给人"春勃发、夏阴凉、秋清淡、冬刚劲"之感,不同季节均分享不同的情趣。但仅靠自然的恩赐还是不够的,必须注入人的活动、人的智慧。例如竹饮食上鲜嫩可口的竹笋、竹荪等,竹用品上典雅脱俗的桌、椅、席、吊屏等,竹工艺上栩栩如生的盆景、根雕等,竹文艺上的竹诗词、竹书法、竹乐舞等,都大有文章可做。就连竹劳动中也有非常适于观赏的"跳梢"项目。隆冬时,你如果愿到竹林,定会被护竹"跳梢"所吸引。大雪天,当年新竹枝叶不胜大雪重压。为不使新竹被雪压折断,竹农纷纷上山削剪竹枝。削剪竹枝时,他们常常攀缘,巧借竹梢弹力,从这一竹梢悬空跃到另一竹梢,谓之"跳梢"。动作轻盈娴熟,好似杂技"空中飞人",堪称竹乡一绝。

5. 科学规划,组团快速发展

从做强咸宁城市旅游的开发理念上看,竹海的范围应该包容咸安区主要区域,品位可提升到国家地质公园和地质博物馆等级别,甚至可以规划成在半径30千米区域内一个由中国温泉之乡(华中第一泉)、中华桂花之乡(桂花源)、中国楠竹之乡星星竹海、国家森林公园潜山、楚天第一洞太乙洞(澄水洞)、低碳经济示范区金桂湖、千桥之乡(汀泗桥、刘家桥)等组成的,桂香竹翠、泉暖洞奇、山水相映5A级"香城泉都"大型旅游景区。

竹海深处藏石林

天下石林有多少,我不知道。但天下的石林各有其特色,这个我却可以承诺。你去过咸宁市星星竹海风景区的石林吗? 你想了解星星竹海石林的特色吗?

星星竹海石林名曰"奇石林",它位于竹海风景区的中心地带。

"奇石林"之一奇是:它藏于万顷竹海之中,被层层翠微包围着、呵护着,像浩渺大海中镶嵌的一座孤岛,像辽阔蓝天中点缀着的一颗星星。如果竹海中的每一座山象征着一颗星,那么这座石林所在的山无疑是群星中最璀璨的一颗。这座石山藏在竹海中有多少年,游客们不知道,土生土长的竹海人也不知道。星星竹海风景区名闻中外,联合国科学考察团曾多次光顾这里,国家主席等领导人也曾多次来过此地,然竹海深处的这片石林却是近年才被发现开发的,真有大智若愚,深藏不露之风范。

"奇石林"之二奇是:它位于竹海深处,虽然也铺青叠翠,却并非竹山,而是别具一格地生长着樟、松、檀、枫等树木,林中佳木繁荫,密不透风,有野花耀你眼目,有古藤供你攀缘,参天之古木让你观赏,岩缝中小草让你惊奇,在这满目的翠色中,点缀着这座多彩的小山,本身就给人一份难得的激动。

"奇石林"之三奇是:站在石林前只见山来不见石。史载宋代画院考试曾有"深山藏古寺"的考题,据说夺魁者作的画是:一座苍翠的大山,只见有位担水的和尚走向上山的小道。画面不见古寺而"藏"古寺,我们不能不为这位画师的奇特构思拍手称好。"奇石林"的妙处也在一个藏字,千姿百态的奇石藏在这层层绿荫之下,像重宅深闺中的秀女,千呼万唤羞于出,总把碧纱全遮面。曾读柳宗元《钴鉧潭西小丘记》,文中有"铲刈秽草,伐去恶木,烈火而焚之。嘉木立,美竹露,奇石显"。这应该是一种张扬与人为之美,"奇石林"则是一种羞涩与自然之美。正如一位是搽脂抹粉后赢得人们青睐的美女,一位是身着便装也能楚楚动人的村姑,而我更佩服后者。

　　"奇石林"之四奇是：即使是进入石林，这些各具神韵的石头也决不让你尽收眼底，而总在曲径通幽中钓着你的胃口，增添着你的情趣。进入石林门楼，不远处你便可见一块陡立的巨石，上用遒劲的行书写着"奇石大观"。癞蛤蟆打呵欠——好大的口气，这样一座小山，居然也敢称"大观"？是啊，不让你怀疑那才是假的。然而，正是这疑惑引诱着你去探索这片石林的奥秘。可不是，还真名不虚传，单说这石林中的小径，忽左忽右，让你看不到10米外的景物，有时宽到几人并行，有时窄到仅能一人侧身而过，有时拾级而上，让你感到似要登临绝顶，有时急转直下，又似要降到谷底。径旁有野花吻你红颜，也有棘刺撩你衣襟，恼一恼、笑一笑，更添情趣。自然，石林之精妙不在小径，这里的石头可谓步步有景、景景各异。"绿毛龟"潜伏在那里半伸着头，像在窥探你的到来；"象鼻石"那坚强有力的石鼻怕是任何一头大象都不敢匹敌吧；那连绵往上的几块巨石酷似那"骆驼登峰"；那魁伟端立傲视众石的那块巨石被称作"龙盘虎踞"，让你感觉到撼山易，撼此石难；"飞来石"突兀于众石之上，似没有根而悬浮在半空中；那片片蜿蜒的石峰，酷似"小龙戏水"，展尽腾挪跌宕之姿；"宝石花"色彩斑斓，美妙绝伦，只可惜太重不敢受用；"回音石"是一只特别灵巧的石鹦鹉，能逼真地模仿任何人的欢声笑语；那片红色的石头日夜不停地喷着火舌，让人联想到《西游记》中的"火焰山"；不远处便有那石脑石肠的"美猴王"，似乎正在为过火焰山发愁呢！可别恼，没有过不了的火焰山，不远处有块白形的石头，在它的怀中长出一株竹来，这块奇石自然得了"胸有成竹"的美名，美猴王终于翻过了火焰山，千难万险踩在英雄好汉的脚下。有块巨石像一片斜插在地上的蚌壳，它的凹陷部成了遮风挡雨的好地方，巨石底部有一个洞，称为"情侣洞"。是啊，谁敢说，千百万年来，劳作在这里的少男少女们，在这块巨石的怀抱中没有演绎过浪漫温馨的故事。可不是在这块巨石不远处，有两块紧紧相依的石头，被称作"生死恋"。我们有理由相信，无论是一段爱情的喜剧，还是一段爱情的悲剧，它都是一则爱情的佳话……

　　"奇石林"之奇道的是否准确，我不知道。"奇石林"还有多少奇没道出，我不知道。聪明的你、多情的你来看看吧！不为别的，我愿洗耳恭听。

时光隧道

"下山"风光

　　天宫一日,人间百年;草木一岁,人生一世。如果抽蕾、挂果是草木最灿烂的季节,那么青年、壮年是人生最辉煌的岁月。花开花谢是自然界的必然,登山下峰是跋涉者的归宿。

　　走下山峰,你将顿失"地到无边天作界,山登绝顶我为峰"的豪气,你目视的将不再是蓝天、不再是白云,你再也听不到热切的鼓劲与加油声……你背对着山,多了一种无依无靠的感觉;你迈向低处的每一步,都增加了脚踏实地的距离;你眼前的景物,都失去了上山时的鲜亮;你注视着下方,似乎那大地就是坑底……

　　"上山容易下山难",下山难在哪里,一是上山时消耗了大量体力,下山时体力不足会感到难。二是上山时重心向下,迈步作用力向上,利于保持平衡;下山时重心和迈步作用力都向下,不容易掌握平衡,膝关节压力过大易造成损伤。三是上山费力,人往往有充分的心理准备,能够应付山路的危险;下山无需太多的体力则让人容易放松自己,无视潜在的山路荆棘,让看似简单的事变得风险倍增。下山之难在于人的内心,内心失去了警惕或增加了恐惧,同样的山路就会变得困难与艰险。

　　人生之路不无二至。生命从呱呱坠地,青春年少到多事中年,耄耋老人,再到行将就木,灯枯油尽,谁能说这不是一个从上山到下山的过程呢? 登山运动员要下山,领导干部要卸任,人人都有"下山"的时候。上山时意气风发、信心百倍,是因为积蓄了力量,希望在召唤;下山时失魂落魄、惊慌失措,原因不仅仅是身体的力不从心,更是内心的焦虑失衡。不少进入老年的人不掌握下山的要领,调整不好心态和步伐,因而郁郁寡欢,感觉不到幸福、心焦气弱。更有一些人,年轻时一步一个脚印,一步一个台阶,兢兢业业,辛苦打拼,熬至中年,飞黄腾达,位高权重,正所谓"春风得意马蹄疾",却在临近退休时放松警惕,自恃劳苦功高,无视党纪国法,疯狂敛财,作风奢靡,情趣低俗,接近终点时迷失了方向,最终晚节不保,落得个"一失足成千古恨"的下场,给自己的人生画上了一个触目惊心的感叹号!

上山下山,乃人生之常态。上山讲究的是体力和勇气,下山讲究的是心态和修养。得意不忘形,失意不失志;不忘初心、牢记使命;以敬畏感恩之心上山,用谨慎谦卑之心下山,这不仅是一种健康的人生态度,更是一种脱俗的人生智慧。"上山容易下山难""创业容易守业难",二者有异曲同工之妙。如何走出下山难、守业难的窠臼,那就是上山、上山、再上山,创业、创业、再创业。世上有如梅里雪山般永远无法翻越的高山,人生有永无止境的长征,奋进者永远在路上,小车不倒只管推,老牛自知黄昏晚,不待扬鞭自奋蹄。尽管每一步迈出得很近,每一业创得很小,"春蚕到死丝方尽,蜡炬成灰泪始干"。

不敢写春

不敢写春,王安石、贺知章等把春风写得已够神奇、已够亮丽。春天的风,是春姑娘的呼唤——融化了北国的积雪,吹绿了江南的山水;春天的风是春姑娘的巧手——剪出了如眉的柳叶,绣出了多彩的画屏;春天的风是春姑娘的红唇——吻得儿童的脸红扑扑的,吻得小伙子的心痒痒的,于是草地上打几个滚,操场上打几场球……

春风给我们无边的希望,春风给我们无边的陶醉。

不敢写春,杜甫、朱自清等已把春雨写得太为多情、太为娇美。春天的雨是慈祥的母亲——"随风潜入夜,润物细无声";春天的雨是动听的琴——叮叮当当,伴着声声春雷,演奏着万籁交响的乐章;春天的雨是最高明的美容师——洗净宇宙的尘埃,雨后的月色如牛乳般倾洒大地,雨后的原野比蓝天还要俏丽。

春雨给我们太多的爱抚,春雨给我们太多的关怀。

不敢写春,白居易、韩愈等已把春草写得够为坚韧、够为逼真。"野火烧不尽,春风吹又生",草无坚硬的筋骨,但它柔而不屈、烧而不死。虽被践踏,只需一夜雨露便昂起不屈的头;虽被烧为灰烬,只要听到春风的呼唤,它就能神奇地吐绿。"草色遥看近却无",那星星点点才露尖尖角的小草,把远处的原野抹上了一层薄薄的淡青。草无乔木之高大令人敬仰,无鲜花之芬芳令人陶醉,但草不自卑、不自弃,只要有一寸土它就能生长,它以遍布天涯的绿色报答了春晖。

春草给我们太多的安慰,春草给我们太多的启迪。

不敢写春,白居易、陆游等已把春柳和春笋的形状、色彩、性格写得十分形象、十分逼真。"一树春风千万枝,嫩于金色软于丝",白居易笔下的柳是那样形态优美、色泽鲜艳。"隔户杨柳弱袅袅,恰似十五女儿腰",我们不仅可以阅读到杜甫"史诗"类的作品,也能欣赏到他笔下杨柳的风情万种、美若天仙。杨柳是娇羞、柔美的,把它比作少女是形象的,但它绝对是勇敢的、坚强的。那柔弱的垂柳腰肢被春雪压得更弯了,但艳阳之下,它很快抖净身上的包袱;狂风吹乱了它的秀发,但风停之后,它的秀发依旧如瀑布般亮丽。春天的笋是最具上进心的。"解箨时闻声簌簌,放梢初见叶离离",读陆游的诗,我们仿佛看见春笋在剥下一层层笋衣的同时,它俏丽的身影正日新月异。

春柳昭示我们坚韧,春笋昭示我们创新。

不敢写春,宋祁、王维等已把万紫千红的春色写得十二分烂漫、十二分绚丽。春花的美丽之至离不开草木、鸟禽的衬托。"绿杨烟外晓寒轻,红杏枝头春意闹",宋祁笔下一片火红的杏花衬托于绿色的杨柳,更加枝头的蜂鸣蝶舞。"雨中草色绿堪染,水上桃花红欲燃",王维的这幅诗画中,有雨、有水、有草、有花、有红、有绿。春天的花,最别具一格的怕要属柳絮了,它似花非花,漫天飞舞,轻点人衣,给人多少遐想、多少思念。是啊,无论是"浓绿万枝红一点,动人春色不须多"(王安石),还是"等闲识得东风面,万紫千红总是春"(朱熹),总之,人间不能没有爱,春天不能没有花。

春花装点了大自然,春花也装点了人类。

不敢写春,太多的诗,太多的文,把春光的脚步写得那样匆匆,那样坚定。辛弃疾感叹,"惜春长怕花开早,何况落红无数";欧阳修则更悲伤,"泪眼问花花不语,乱红飞过秋千去"。是啊,惜春也好,留春也罢,春天的脚步不会为你、不会为我停下,怨和恨是无济于事的,还是脚踏实地与春天来一场竞赛吧!唐诗人王贞白就是一例:"读书不觉已春深,一寸光阴一寸金。"如果春光的逝去与"黄金"的积累成正比的话,又有什么值得怨和恨呢?

春光让人回味,春光更催人奋进。

"春种一粒粟,秋收万颗子",不敢写春,不敢写春,我怕自己磨墨的工夫,别人已种下了万两黄金。

斗胆写夏

春天是时装秀,花枝招展、柔情万千。

夏天是健美汉,雄姿英发、壮志凌云。

没有热恋的情怀写不出春的魅力,没有决战的勇气写不出夏的气概。

一

"赤日炎炎似火烧"。田里的禾苗为之枯焦,树上的枝叶为之低头,大地青烟四起,四海沸水蒸腾,高空云霞喷火……难怪古人用"炎气拥为衣上火,汗水滚出腹中汤"来形容夏日的酷热难熬。想不出如果没有后羿射日,大地会不会让钢铁化为沸水,想不出当年夸父逐日时的干渴感受。

夏,让你体会到"汗滴禾下土"的辛苦,让你懂得炉前挥汗如雨的真实,让你欣赏到烈日中岗哨上战士的威武。盛夏的酷热是一种令生命窒息的氛围,是一场激战前难熬的沉默。

躺在凉爽的空调房里写不出夏,没有下火海的勇气你不敢写夏。

二

"动地风来觉地浮""黑云压城城欲摧",夏日的风云是特别壮观的。风,来得突兀、来得猛烈,舞疯杨柳,拜杀芦花,卷走茅舍,折断乔木,摧枯拉朽。风起云涌,夏日的云给人更多的想象。白云铺絮,波光粼粼,是一番娴静的景象。黑云翻墨,天昏地暗,眨眼间,天兵天将从远方扑杀过来,像受惊的野马群,像肆虐的沙尘暴,像天庭发生了军事政变,像宇宙在挪移,比立体电影中那种激战的场面更为立体。你仿佛已置身于硝烟四起的战场,仿佛有千军万马踏过你的头顶……

徜徉于花前月下你写不出夏,没有叱咤风云的豪气你不敢写夏。

三

　　"疾雷不及塞耳,疾霆不暇掩目"。千里的雷声万里的闪,电闪雷鸣,这是夏天最为热闹、最为惊骇的场面。如果说风起云涌,我们看到的只是单方面的调兵遣将,那么电闪雷鸣则是太空上双方真正的激战,它比人类任何一场战争的规模都要宏大,使用的武器都要先进。霹雳列缺(闪电),吐火施鞭,那是雷神丰隆舞动的长剑,似乎要把这混沌的宇宙劈成篾片,让张飞桥头的断喝失色,让"倚天屠龙剑"为之汗颜,足以让胆小鬼闻声丧胆,让害人虫屁滚尿流⋯⋯

　　远处的雷声低沉连绵,是隔山的瀑布在轰鸣,还是大军调遣时的车轮滚滚?近处的雷声震耳欲聋,是山前劈山修道的爆炸声,还是激战中的炮声隆隆?

　　没有身经百战的经历你写不出夏,没有气吞山河的胆量你不敢写夏。

四

　　"风如拔山怒,雨如决河倾",暴风骤雨来临,沙沙,是急行军传来的脚步声,还是密聚的排子枪声?你才意识到是暴风雨驰骋而至,眨眼间你已处于它层层的包围之中,如果你没有应急的措施,相信你已身中数枚雨弹,紧张之后虽然有些狼狈,但到底有惊无险。当然你绝对不可小看这些软绵绵的雨弹,击中了你尽管当作为你搔痒,但由这些暴雨导致的山洪暴发、泥石流,那也该是"一川碎石大如斗,随风满地石乱走",至于水库溃堤、江河决口⋯⋯这些软绵绵的雨弹,就赛过钢铁之躯,横冲直撞,毁灭田园、卷走农庄,没有人民群众如来佛的手腕是难以制服它的。

　　在风和日丽的写字楼里你写不出夏,没有呼风唤雨的气魄你不敢写夏。

　　夏属于在烈火中冶炼成的钢铁;

　　属于气冲霄汉的雄鹰;

　　属于在暴风雨中翱翔的海燕;

　　属于热烈、属于坚强、属于勇敢!

欣喜写秋

"一年好景君须记，最是橙黄橘绿时"，山上果园飘香，秋天是果农最美的季节；"拂窗桐叶下，绕舍稻花香"，田中稻穗铺金，秋天是农夫最美的季节；"好是日斜风定后，半江红树卖鲈鱼"，水中蟹肥鱼胖，秋天是渔民最美的季节；"天苍苍，野茫茫。风吹草低见牛羊"，草原羊圆马壮，秋天是牧民最美的季节……

辛弃疾《水龙吟》中写道："楚天千里清秋，水随天去秋无际。"千里楚天辽远空阔，到处一片清爽秋色；大江把秋意带向无穷无尽的天边。范成大的《次韵马少伊木樨》诗中说："纤纤绿裹排金粟，何处能容九里香。"桂花在小巧的绿色叶腋下，绽放着一排排米粒般的金色小花，什么地方能容得下它四溢的"九里香"呢？李白《把酒问月》赞道："皎如飞镜临丹阙，绿烟灭尽清辉发。"皎洁的明月如明镜飞升，照临朱色宫阙，天空云雾散尽，明月清辉朗照。刘禹锡《秋词二首》中有："晴空一鹤排云上，便引诗情到碧霄。"秋日天高气爽、晴空万里，仙鹤直冲云霄，激发诗情飞扬。是啊，谁能不赞美那五谷丰登、鱼美羊肥、秋高气爽、玉露金风、花好月圆的秋季。

有人说，喀纳斯（新疆）、九寨沟（四川）、红叶谷（吉林长白山）、南迦巴瓦（西藏雅鲁藏布大峡谷）、亚丁（四川稻城）、铁列克塔木（新疆轮台）、金山岭—司马台长城（河北、北京）、千湖山（云南香格里拉小中甸）、呼中（黑龙江大兴安岭）、嘎鲁图湖（内蒙古呼伦贝尔草原）是国内最美的十大秋景，诚然不错，到此一游，不虚此行。自然，月是故乡圆、水是故乡美，故乡才是秋天美的极致。

在科技发达的今天，万紫千红已不是春天的专利，秋天亦是百花齐放的季节。桂花、早菊、茶花、百合、红掌、玉簪、石蒜、蜀葵、茶梅、黄花槐、西洋鹃、木芙蓉、一串红、雁来红、美人蕉、彩叶草、地肤草、西洋鹃、仙客来、圣诞花、蝴蝶兰、文心兰、万寿菊、秋海棠……色彩各异、形态万千、芬芳四溢，让人赞不尽赞、美不尽美。然而，最传统、最聚焦的还是最美的菊花、最香的桂花。关于菊花之美，陶渊明点赞

"芳菊开林耀,青松冠岩列。怀此贞秀姿,卓为霜下杰";白居易点赞"一夜新霜著瓦轻,芭蕉新折败荷倾。耐寒唯有东篱菊,金粟初开晓更清";李商隐点赞"暗暗淡淡紫,融融冶冶黄。陶令篱边色,罗含宅里香";苏轼点赞"轻肌弱骨散幽葩,更将金蕊泛流霞"……关于桂花之香,朱熹《咏岩桂》赞道"亭亭岩下桂,岁晚独芬芳",桂花用它的红(丹桂)、黄(金桂)、白(银桂)、绿(碧叶),装点了秋天,崇山峻岭、悬崖峭壁的桂花树,迎着寒风绽放显得何等珍贵。吕声之《咏桂花》赞道:"独占三秋压众芳,何咏橘绿与橙黄? 自从分下月中种,果若飘来天际香";邓肃《咏桂》赞道"清芬一日来天阙,世上龙涎不敢香";李清照《鹧鸪天》赞道"何须浅碧深红色,自是花中第一流"……

　　秋天是美丽的季节:天高云淡、金风送爽、华星秋月、盈盈秋水、层林尽染、金桂飘香、芦花飘扬、秋菊怒放……秋天是收获的季节:年丰时稔、五谷丰登、硕果累累、稻穗铺金、橙黄橘绿、瓜果飘香、渔歌唱晚、秋高马肥……秋天是幸福的季节:有现代中国人最为自豪的国庆节、有中国传统的中秋节、有教育界最隆重的教师节、有老年人幸福的重阳节。在国庆节载歌载舞,国家特别安排了一周连假,便利国民饱览祖国的大好河山,逢十逢五周年国庆,国家均有大型庆典活动,展示国家重大的建设成就。在中秋节企盼团圆,"举头望明月,低头思故乡""但愿人长久,千里共婵娟"。在教师节饮水思源,学子常思"春蚕到死丝方尽,蜡炬成灰泪始干""采得百花成蜜后,为谁辛苦为谁甜"的恩师。在重阳节登高望远,"九月九日眺山川,归心归望积风烟""独在异乡为异客,每逢佳节倍思亲"。

　　人生的秋天,是创造辉煌、收获幸福的季节。创造辉煌可早可晚,三十而立不算早,古稀之年不算晚;收获幸福有多有少,知足者常乐,知乐者长足。

感受冬天

感受冬雪之形。晋·谢道蕴《咏雪联句》云："撒盐空中差可拟,未若柳絮因风起。"飞絮喻雪之形自然比撒盐状雪美妙,故谢道蕴被称为咏絮才。唐·聂夷中《雪》写道："一夜寒生骨,满天风散花。远山银鹤聚,老树玉龙斜。"这是远望中的雪景,一夜寒冷彻骨,满天风雪交加;远山像银鹤聚拢挺立,老树像玉龙盘曲倾斜。张元《雪》诗云："战退玉龙三百万,败鳞残甲满天飞。"诗人想象丰富,满天的雪花成了数百万战败玉龙的败鳞残甲。宋代杨万里《东窗梅影上有寒雀往来》中云："梅花寒雀不须摹,日影描窗作画图。寒雀解飞花解舞,君看此画古今无。"诗人说,梅花与寒雀是无须人去描摹的,日影把它们映在窗子上绘出了一幅画。你看寒雀在飞跃、梅花在起舞,这样的画图古今都未见过。诗句中的冬日景象新奇而真实。

感受霜雪之色。元·黄庚《雪》云："江山不夜月千里,天地无私玉万家。"写夜雪把千里江山映得一片洁白,仿佛洒满了月光;天地没有半点私心,把晶莹的白玉赠送给万户千家。杨万里《霜晓》云："只有江枫偏得意,夜揉霜水染红衣。"诗句用拟人手法写江枫揉搓着霜水染红了枫树。清·方象瑛《望雪山》云："云散千峰白,霜凝万壑丹。"诗句里展现的是:乌云散去,千山铺雪一片银白;寒霜凝树,万壑枫林醉叶流丹。

感受霜雪之声。王维《冬晚对雪忆胡居士家》云："隔户风惊竹,开门雪满山。"诗中写出了风裹飞雪扑打竹上发出的沙沙响声。白居易《夜雪》云："夜深知雪重,时闻折竹声。"诗人笔下夜深人静,雪压竹折,声声惊人。刘长卿的"水声冰下咽"、刘驾的"百泉冻皆咽",意境相似、异曲同工。杨万里《明发房溪》云："却是松梢霜水落,雨声那得此声清。"诗句写声音来自松梢落下的霜水,雨水哪能比得上霜水声如此轻柔。

感受冬日之春。唐·宋之问《苑中遇雪应制》云："不知庭霰今朝落,疑是林花昨夜开。"诗人错把晚上下的大雪,视为一夜白梅全部盛开绽放。李白《酬殷明佐见赠五云裘歌》云:"瑶台雪花数千点,片片吹落春风香。"诗人认为数千点雪花纷纷扬扬从瑶台飘落下来,每片都带着春风的花香。岑参《白雪歌送武判官归京》赞道:"忽如一夜春风来,千树万树梨花开。"一夜大雪如春风忽来,吹开了千树万树梨花,使荒寒的沙漠变成了一个花团锦簇的世界。

感受冬日之苦。孟郊《苦寒吟》云:"天寒色青苍,北风叫枯桑。厚冰无裂纹,短日有冷光。"描写了一个阴冷死寂的境界和在这个境界中诗人自己穷愁苦吟的形象。杜甫《公安县怀古》云:"寒天催日短,风浪与云平。"诗中写冬天昼短夜长,风高浪急,孤舟漂泊之苦。柳宗元《江雪》云:"千山鸟飞绝,万径人踪灭。孤舟蓑笠翁,独钓寒江雪。"在漫天大雪,几乎没有任何生命的地方,有一条孤单的小船,船上有位渔翁,身披蓑衣,独自在大雪纷飞的江面上垂钓,不因寒苦何以至此。

感受冬日之乐。苏轼在《雪诗》中赞道:"此为丰年报消息,满田何止万黄金。"诗人意为此雪为明年的丰收预报了消息,满田白银似的瑞雪何止化出千万两黄金! 唐·无名氏《白雪歌》云:"拂户初疑粉蝶飞,看山又讶白鸥归。"写雪花轻轻拂过窗户,起初还以为是白色的蝴蝶在翩翩飞舞,再向远处山头望去,又惊喜地发现严寒的冬季竟有无数的白鸥飞回来了。唐·高骈《对雪》云:"六出飞花入户时,坐看青竹变琼枝。"诗人不说飞雪而说六出飞花,"坐看青竹变琼枝"与"停车坐爱枫林晚"当是一样的心态。

感受冬日之花。陆游在《初冬》中写道:"枫叶欲残看愈好,梅花未动意先香。"赞美枫树欲残将殒的红叶在霜枝上愈看愈美,傲雪凌寒的梅花含蕊未放下已有暗香传来。枫叶是秋天的象征,枫叶欲残写秋天已尽;梅花怒放是冬天的特色,含蕊未放写冬日初至。诗人抓住富有季节特征的景物加以描绘,把初冬的景象形象地展示出来。再看辛弃疾的《贺新郎·把酒长亭说》:"剩水残山无态度,被疏梅料理成风月。"在冬天,被冰雪禁锢的残山剩水没有一点生机,但被疏疏落落的几树梅花一点缀,就显示出美好的景色。宋·黄庭坚《虞美人》中写:"天涯也有江南信,梅破知春近。"梅花是春的使者,无论天涯海角,梅花绽放时,可知春天已经临近。宋代王淇在《梅》中赞道:"不受尘埃半点侵,竹篱茅舍自甘心。"陆游在《卜算子·咏梅》中说得更透彻:"无意苦争春,一任群芳妒。零落成泥碾作尘,只有香如故。"梅花的报春而不争春、不要人夸颜色好、化作春泥更护花的奉献精神,是君子品德的形象写照。

解读新年

是我们去拥抱新年,还是新年在恭候我们。问问身边的朋友,对新年的感觉既相同又不相同。

新年是真诚的祝福。那喷香的饺子,那醇厚的美酒,那吉祥的年画,那鲜红的春联——为了亲人的团聚,为了耕耘的收获,为了家庭的美满,为了人生的辉煌。

把祝福植在希望的心田,能长成参天的大树。

新年是桥梁。它连接幼稚与成熟,连接着贫乏与富有,连接着耕耘与收获。把悲观、把苦恼、把失误葬在桥尾,带着希冀、带着真诚、带着智慧、带着力量走向新的彼岸。

把桥梁架在陡峭的石壁,能成为攀登的阶梯。

新年是东方的彩霞,无论你是少年、是青年、是中年、是老年,给你的都是温馨、都是笑脸、都是灿烂、都是机遇。

把彩霞裁成衣裳,能把生活妆饰得更美丽。

新年是一个多变的小点。对生活处处猜疑的人,它变成一个不解的疑团;对脚踏实地的人,它给你一个意外的惊喜;对勇往直前的人,它延伸着你壮丽的前程。

把小点连成一线,能描绘生命的轨迹。

新年是休憩的驿站。凭栏回眸,努力过便问心无愧,把成功和荣誉珍藏进历史,把挫折和羞惭铭刻在心底;登高望远,为信仰应不惜汗水,把喝彩和掌声视为进军的鼓点,把风雨和霜雪当作最好的洗礼。

把驿站变为接力站,能拉近播种与收获的距离。

新年是一段时间,新年更是一种感受。唯有历史和思想的双解辞典,才能科学地解读新年。因此有了"多情应笑我,早生华发";有了"莫道桑榆晚,为霞尚满天"。

把历史和思想熔铸,能读懂人生的奥秘。

新年中最大的失误是,尚未走出昨日的黄昏;

新年中最大的痛苦是,在生命的流逝中沉醉;

新年中最大的收获是,为明天的征程订购了船票;

新年中最大的幸福是,珍藏了一份好的情趣。

——年年都有新年,天天都是新年!

"花季后"

花季过后是雨季,年轻人都这么说,然而我却不大了解。我问一位小学老师,她说:少年儿童是春天的花朵,少年时代是人生的花季。进入青年时代,犹如从春天进入夏天,要经过一段梅雨时节,故称为雨季。我理解那位小学老师,她对儿童爱得真切,这种解释自在情理之中。我又问一位中学教师,他想了想说:少年儿童无忧无虑,整天脸上挂着笑,像鲜花一样灿烂,故称作花季。进入中学后受应试教育的影响,青年学生大多脸布愁云,像雨前的天空;考试后,成绩不好的或泪雨连珠,或惊雷阵阵(失声痛哭),这不是雨季吗?

我又问了很多年轻人和教育工作者,似乎有些明白了:雨季是多愁善感的季节——读书时,为难升学而多愁善感;毕业了,为难就业而多愁善感;就业了,为难谈对象而多愁善感;谈对象了,为难买房成家而多愁善感……总之,所见所闻所遇都是一个"难"字,"问君能有几多愁"——"梅子黄时雨",都是"长大"惹的祸。

又有资深人士说:长大了,"成人"了,面对学校应试教育的压力,面对家长望子成龙的压力,面对社会无情竞争的压力,面对个人成家立业的压力……面对如此多的压力,发愁的是正常人,不发愁的是"机器"人;流泪的是地球人,不流泪的是太空人。年轻人渴望雨季,只有那无边无际的绵绵细雨,才能洗尽多愁的泪滴;只有那电闪雷鸣的狂风暴雨,才能荡涤胸中的郁闷。

只是,我似乎更不明白了。为什么"长大"后就必然多了忧愁,为什么"成人"后就一定会失去快乐?难道,走过花季就一定是落英满地、雨打成泥的雨季?君不见,"零落成泥碾作尘,只有香如故。"君不见,落红过后分外绿,枝头幼果绿深重。君不见,雨后天晴太阳红,更有彩虹架南北。即使是有些微风细雨,不也是"沾衣欲湿杏花雨,吹面不寒杨柳风"吗?即使偶尔来点狂风暴雨,不也有"千磨万击还坚劲,任尔东西南北风"吗?

我们曾为自己幼小,没有长大而不够快乐。既然已经长大,我们为何不更加快乐呢？身体可以同父母比高矮，又必然比父母更英俊更靓丽，不亦乐乎？知识可以与父母比多少，脑子又必然比父母更机灵更聪颖，不亦乐乎？生活可以和父母当年比贫富，又必然比父母当年更富足更幸福，不亦乐乎？更何况，因为长大了，我们的理想比少年更成熟，我们的见识比少年要宽广，我们的能力比少年明显提高，我们的社会在日益进步，国家的经济日益发展，竞争的环境日益公平，不亦乐乎？不亦乐乎?! 憧憬未来吧，我们正从幸福走向更加幸福，正从自由走向更加自由，正从事业的起点走向胜利的彼岸！

忧愁和快乐都是感觉，为什么我们感觉不到"快乐"呢？即使人生的征途会遇到一些风雨雷电，就当为我们送凉，就当为我们擦汗，就当为我们擂鼓助威，就当为我们提供动力！

读了博士还有"博士后"，走过花季的朋友，送你一个称呼——"花季后"，喜欢吗？让幸福永远伴随着我们，让机遇永远追随着我们，让我们的人生四季花常开！

又是枫叶沉醉时

要看枫叶的风采,自然得到深秋。几阵朔风、几场冷雨过后,某一天早上你推开窗门,不经意间发现对面山坡的那株枫树已经披上了红装,煞是醒目。万绿丛中一点红,给你的惊喜是不言而喻的。这种美,足以让那亭亭玉立的少女,丰韵卓然的少妇陶醉半日吧!

要看枫叶的沉醉,最好是等到初冬。风一天比一天割面,雨一场比一场刺骨,枫叶的红却一天比一天更浓了。让你想不到的是那洁白的寒露用何种仙方染出了如此鲜红的枫叶。如果青翠欲滴是枫叶在春天的生动写照,那么此时的枫叶该是丹血如泼了。

要看枫叶的壮观,那就得去初冬的枫林了。枫林处处有,但闻名遐迩的却屈指可数。北京的香山因其得天独厚的区位,备受游客青睐。而位于四川阿坝州理县境内的米亚罗风景区,以瑰丽的金秋红叶驰名中外,是我国目前发现且开发面积最大、最为壮观的红叶风景区,总面积近 3700 平方千米,比香山风景区大 180 多倍。"停车坐爱枫林晚,霜叶红于二月花",杜牧的佳句流传千载,也使得岳麓山的枫林风流千古……

"一川红树迎霜老",唐代诗人王武陵在这里不仅写出了满川枫树红胜火的壮观,而且道出了一个不争的事实,枫叶在经霜变红的同时也因时序的推移而衰老了。落叶是植物新陈代谢的普遍规律,只是太多的树在落叶前总是枝头现出一片枯黄,在朔风中颤抖着,给人许多败落的联想;只有这枫叶类在朔风中抖擞着精神,居然变得更加灿烂起来。杜牧赞美它的红艳胜过二月的鲜花;李中(五代时南唐人)赞美那经白霜染成的红叶比带着露珠的鲜花还要红艳。深秋的枫叶美于二月的鲜花,不在它的色彩而在它的精神。正因为它们跨过了春季的浪漫、夏季的拼搏、也跨过了秋季的收获,在寒冬到来的时候,以一个胜利者、无愧者、无悔者的身份,绽放出胜利的、幸福的、灿烂的微笑,它们笑到了最后。我们不能不由衷地赞美,太阳日暮时为西天铺上的彩霞,枫叶在深秋里为大山披上的红装。

又是枫叶沉醉时,我不仅目睹了自然界枫叶的壮观,更看到了人类社会中枫叶红透的瑰丽景象。北京,在香山红叶红透的时候,中国共产党的第十六次全国代表大会顺利地完成了中央领导的交接棒,那些德高望重,在社会主义建设中功勋卓著的老领导退居二线,那是一片多么辉煌灿烂的枫林啊! 他们承前启后,领导着中国人民装点了祖国壮丽的江山,指引着中国这艘东方航母驶向新世纪的征程,描绘了全面建设小康社会的壮丽蓝图……哪一树枫叶能与之媲美? 哪一片枫林如此壮丽?

"碧树凋余老更红,强将颜色慰飘蓬"。明代诗人李东阳在《红叶》中赞美枫树,虽老而色不衰,反倒"老更红"。更可贵的是,它勉力用通红的颜色去安慰那随风飘转的蓬草。令人读后对枫树肃然起敬。只是我觉得诗句应改为"碧树凋余老更红,喜将赤心告苍穹"。即使沉醉的枫叶从枝头飘落,也会化作春泥呵护来年春天枝头的青绿。"芳林新叶催陈叶,流水前波让后波",新叶的茁壮青翠,流水的奔腾向前,可不是自然和人类都为之期盼和欣喜的吗!

错过季节

　　年轻时学古典文学,当读到"惜春常怕花开早,何况落红无数"时,曾为那些错过季节,零落成泥的娇花一掬同情之泪。对"错过季节"一语铭心刻骨,则源于每年七月过后,一批批学子名落孙山,众口一词——"错过季节",仿佛从此春不再来,花不重开。近年来,耳边又多了一片"错过季节"的唏嘘声,那是一群品尝过人生甘苦的中年人,年过三十五的庶民在叹息:从此失去挂上科局级职务的机会;年越四十的科局级干部又在叹息:晋升县处级职务已成为竹篮打水;年逾四十五的县处级干部也在叹息:高攀地厅级职务的机会已是挑水的回头过井(景)了……大可让人发出"无边落木萧萧下""人到中年万事休"的共鸣。

　　自然之季春夏秋冬也,人生之季少青中老也。然而,春夏秋冬周而复始,草木毕竟不同于人,"野火烧不尽,春风吹又生"。而人的生命一去不返,岂能不哀之惜之。然而,生命的归宿就定在那科局级、县处级、地厅级上了吗?果真如此,悲则该矣。十四亿中国人,十四亿领头羊,原本是不可能的,"鬓底青春留不住,功名薄似风前絮"。又何苦为天要下雨,月有阴晴圆缺而杞人忧天呢?

　　如果你奋斗的一切都只在一个"官"字上,当官的一切只在名利上,因为这种"猪栏"的理想幻灭,便觉得天昏地暗,万念俱灰,我倒乐意为你的失败燃一挂爆竹,为你的痛苦贺美酒一杯。

　　如果你的叹息是为自己卓有成效的工作未得到世人的承认,为你辛勤的耕耘未得到应有的收获。那么,你我都应该记住:世界上没有任何欢乐不伴随忧虑,没有任何和平不连着纠纷,没有任何爱情不埋下猜疑,没有任何宁静不潜伏着动荡,没有任何荣誉不经历过羞耻……一帆风顺、万事如意只是一句祝颂语,你又何必计较得太多。农民不会因为旱涝无收而放弃耕耘,科技工作者不会因为实验失败而放弃攻关,正如江水不会因为高山的阻拦而放弃向前奔腾,种子不会因为压在石块下而放弃往上生长。

　　如果你是为自己的虚度年华，机遇失之交臂而惋惜；或者为自己的壮志未酬，而机遇不再而哀叹，那么，请你抖擞精神、轻装上阵。如果错过太阳后你只会流泪，那么你也要错过群星。失利可以检验一个人的勇气，风平浪静的海面，所有的船只都可以并驾齐驱；命运的铁拳击中要害的时候，只有大勇大智的人才能处之泰然。往者不可谏，来者犹可追。"何必更作喁喁语，起趁荒鸡舞一回"，我们正该只争朝夕，激流勇进。

　　"莫言春度芳菲尽，别有中流采芰荷"。不必为错过季节而哀叹，名落孙山后而永垂史册者古今中外大有人在。如果你奋斗的目标不是爵位的虚名，而是实现人生价值的事业，是为生养你的大地而奉献赤子的一份忠诚。那么，你需要的只是耕耘，又何必问收获呢？那么你的人生将春光永驻，又何来错过季节的唏嘘呢？

吻别, 2005

风雨送秋归,霜雪迎春到。光阴似箭,日月如梭。我们平静地度过了平凡而正常的 2005 年,365 个日夜,我们工作、学习在自己的岗位上,生活在自我的天地里。你又学会了几本数理化,他又多啃了几句 abc,教室、寝室、食堂仍是你熟悉的曲线;您又讲授了几本语修逻,他又教导了几本商会统,讲台、办公室、图书馆依旧是您的安乐窝。小王、小张又长高了几寸,小芳、小林又漂亮了几分;大李、大陈浓密了胡子,老赵、老刘白发耀丽了双鬓。

红梅报春开,瑞雪兆丰年。春华秋实,地灵人杰。我们即将依依送别光荣而难忘的 2005 年。2005 年,我们伟大的祖国改革更加深入,经济更加发展,科技更加发达,国力更加强盛。我们顺利完成了第十个五年计划,在全面建设小康社会的征程上又迈开了坚实的一大步,神舟六号飞船载人航天取得了惊人的突破,令世界瞩目、中华振奋。2005 年,我国职教战线捷报频传,喜事如约。中等职业教育走出低谷,高等职业教育如火如荼,在学校数量与办学规模上与普通高校平分秋色,共享荣耀。全国职业教育工作会议在京召开,国务院印发了《国务院关于大力发展职业教育的决定》,给我国职业教育吹来了春风,指明了航向。

2005 年,咸宁职院机遇钟情、风光独好。从大江南北、五湖四海拥来了数千名学子。在教学质量、专业设置、教学管理等方面,我院取得了长足的进步。学院面貌焕然一新,校园建设日新月异,学生公寓、教学大楼、行政大楼等一幢幢高楼拔地而起,成为淦水河畔亮丽的风景。我敢断言,我们全体教职工所流下的辛勤汗水,付出的聪明智慧,取得的骄人成果,一定会在咸宁职业技术学院的史册上留下耀眼的一页。

2006 年的列车已经到站待发,我们已经闻到 2006 年春天的气息,我们已经听到 2006 年出征的鼓点和号角。2006 年是"十一五"时期的开局之年,"十一五"的壮丽画卷将由此铺展,下一步的经济社会发展格局将由此开启。一些矛盾和问题的解决将在今年开始破题，一些发展瓶颈和体制障碍将在今年有新突破，一些历史性任务将在今年深入推进。这将是一个改革创新之年，科学发展之年，促进和谐之年！也将是一个希望之年，奋斗之年，前进之年！

"玉在椟（dú）中求善价，钗于奁（lián）内侍时飞。"用我们勤奋的双手，用我们智慧的头脑，用我们不屈的意志，用我们必胜的信念，万众一心、众志成城、艰苦创业、负重争先，描绘咸宁职院美好的蓝图，创造咸宁职院辉煌的未来！

举起你的双手，拥抱2006年的新春！

迈开你的双腿，跨进2006年的征程！

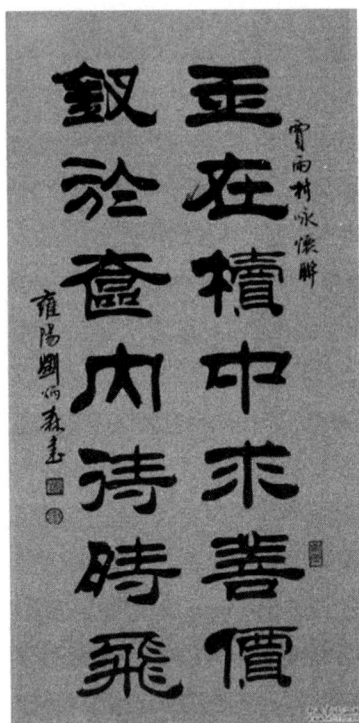

再见,2015

2015 年是我国"十二五"规划的收官之年,这一年国家喜讯不断,中共十八届五中全会决定:坚持计划生育的基本国策,全面实施一对夫妇可生育两个孩子政策;人民币正式成为继美元、欧元、英镑和日元之后,加入 SDR 货币篮子的第五种货币;"诺贝尔生理学或医学奖"获奖名单揭晓,中国女药学家屠呦呦获奖;中国自主研制的 C919 大型客机首架机在上海浦东基地厂房正式下线;《亚洲基础设施投资银行协定》在北京签署,亚投行正式成立;《中共中央关于制定国民经济和社会发展第十三个五年规划的建议》出台,中国作为全球大国再度崛起的脚步越来越坚实……

2015 年,走过一个花甲,头发花白,胡子花白;视力减退,头发稀疏,走过山巅,走向下坡……走下山坡,感动上山的激情、流连上山的风景:1977 年,恢复高考后的首次考试,有幸榜上有名;1986 年秋,光荣加入中国共产党;1996 年元月,出席由东南亚举办的"改革开放与市场经济学术研讨会";1998 年,被评为咸宁地直财口优秀党员;1999 年 5 月,当选中共咸宁市第一次代表大会代表;2004 年,被咸宁市人民政府授予"优秀教师"称号、评为咸宁市中专学科带头人;2005 年,出席第二届中国教育家大会;2008 年,被咸宁市人民政府授予 2007 年度咸宁市新世纪高层次人才称号;2010 年,评选为咸宁市优秀文艺人才……也曾记得,1980 年,在《咸宁报》上公开发表第一篇文学作品《"黑老包"制服"机关枪"》;1988 年,在《中文自修》上公开发表第一篇学术论文《论散文的"小"与"大"》;1996 年,由中国计划出版社出版第一部学术著作《经济文书写作辞典》……

品味"十二五",一个特殊阶段、特别价值的五年:退居二线,改弦更张;老羊爬坡,鲜草多多。从教学一线到科研一线,别有滋味,另有收获:在负责高职教育研究所工作的四年多时间里,负责了学校"十二五"事业发展规划的起草、"十二五"科研规划(初稿)起草,参与申报省工商管理学校有关材料写作,参与并组织申报省特色高职有关材料写作,负责国家教育体制改革试点项目"城市高职与农村中职联合招生合作办学"的材料写作工作,参与学校"办学半世纪、建院十周年"庆典活动有关材料写作,组织写作学校首届党代会报告初稿,参与学校"十三五"规划的写作……主持国务院委托国家级课题子课题、全国教育科学规划重点课题子课题、湖北省高等学校省级教学研究项目、湖北教育科学规划重点课题、湖北省人文社会科学研究项目、湖北省职教研究中心职业教育科学研究课题、省社科联"基层社科研究资助"项目等国家与省级课题 10 个,参与国家级省级课题 8 项。研究对象集中于高职教育、文学教育、应用写作、城镇化等领域。也曾有:散文《乘坐"11 路",用脚步丈量绿色》,获湖北省第七届社科普及周咸宁市"绿色理念,你我践行"征文一等奖;论文《古代诗歌审美对培养高职人才之价值》,获湖北省教育厅颁发的"艺术教育科研论文"一等奖;论文《加快中高职衔接,构建现代职教体系》,获第九次"全国优秀职教文章"一等奖。

"老牛自知黄昏晚,不待扬鞭自奋蹄",2012 年,自学校成功创建"咸宁市绿色发展研究基地"以来,勇敢担当了基地重要课题的研制任务,完成了《绿色崛起引领省级战略咸宁实施研究》《彰显鄂南旅游特色,力促咸宁实现绿色崛起》《经济新常态下咸宁沿江绿色崛起研究》《绿色发展促进咸宁融入"一带一路"探讨》等系列研究,有关成果被刊物、报纸、电视台、大会报告所采用,得到市委主要领导的批示。在开拓这一基地的同时,也成功创建了全国职业院校创业教育研究实验学校,中国诗歌教育实验学校。

颇感欣慰的有:转入科研一线后,集中精力完成了几个具有开创性的工作,主编了咸宁职院第一本校史,较系统地总结了办学半个世纪的成就;著作《"人梯精神"沁校园》由线装书局出版,成为咸宁职院第一本校园文化专著;著作《职教·城镇·文化之行思》由经济日报出版社出版,成为咸宁市第一部由教师撰写的调研报告;《应用写作美学》由中国文史出版社出版,成为国内第一本应用写作美学专著;《古代诗歌创新解读探珠》由光明日报出版社出版,成为国内第一本用古诗解读社会主义核心价值观的专著。

走向山巅,让你感受到蓝天的高远、雄鹰的伟岸;走下山坡,让你感受到大地的辽阔、老树的稳健。归家园,接地气;上善若水,厚德载物。

再见,2015! 再也不见,2015!

教育絮语

从"韩寒现象"说起

韩寒是中学生中极具知名度的新闻人物,不仅因为他17岁时写出了20万字的著作,在"新概念作文大赛"中获奖;而且因为他对复旦大学愿招他为旁听生一事的表态语出惊人——"不去"。

自然,对韩寒情况较为熟悉的同志会说,别看韩寒电视上露脸、广播上传声、报刊上有名,再神气不过了,其实他也够可怜的,他的数理化成绩总计只能考100多分,考大学是没戏了,于是退学在家,也无哪所大学愿破格正式录取他,至少在当时是如此。

其实,如韩寒这样在某一学科方面表现出天才的悟性,超出常人;而在其他许多学科上则反应相当迟钝,落后于一般人的青少年绝非无独有偶,而是中外古今均不罕见。这种人就是常说的"偏才",这种现象我们姑且叫作"韩寒现象"。

英国首相丘吉尔读小学时喜爱的是历史、诗歌和写作,他能背诵长达1200行的史诗《古罗马法律》,但他的拉丁文和数学却相当差,他不能用拉丁文在试卷上回答一个简单的问题,读中学时被分在差班里,成绩居整个学校倒数第三名,而后两人又由于生病或其他原因退学了,实际上他属于倒数第一。

西班牙著名画家毕加索,出生在一个美术教师家庭,他自幼爱好画画,画了不少引人注目的素描,显示出相当的勾线能力和出色的观察力,被人们视为"神童",然而"神童"并没有一好百好。毕加索小时候成绩很差,算术、读书、写字等课程没有一门能学好,甚至连字母也拼得乱七八糟。眼看十几岁了,几乎还是目不识丁的孩子。

著名历史学家吴晗,新中国成立前报考北京大学,国文考100分,数学考0分,当时负责录取工作的教务长很矛盾,便请示校长胡适。胡适调阅了他的国文卷,马上拍板:这个学生就是数学0分也要把他录取进来!

毛泽东当年在湖南读书,他的数学成绩也是比较一般的,他的数学老师后来回忆说,每次考试都是送点分数让他过关。

事实上,丘吉尔并没有因为他的拉丁文和数学成绩差而影响他成为一名伟大的军事天才;毕加索也没有因为他的各门文化功课差而影响他成为一名蜚声世界的画家;吴晗也没有因为他的数学考 0 分而影响他日后成为一位著名的历史学家;毛泽东也并没有因为他数学成绩一般而影响他成为一名伟大的政治家、文学家、军事家。

这使我想起中国教育史上两位教育家的一件趣事:20 世纪 30 年代,张伯苓任南开大学校长时,当时附设的南开中学和南开女中在河北省的会考中成绩不佳,因为张伯苓反对各种形式的会考制度,主张学校的根本任务是培养各类人才,他一再强调:"南开是造就'活孩子'的,不是造就'死孩子'的。"正巧,著名平民教育家陶行知先生应邀到该大学演讲,他一到南开,见到张伯苓后,开头第一句话就是向他道喜,并当场题了一首《贺客与吊客》的诗相赠。诗云:"什么学校最出色?当推南开为巨擘。会考几乎不及格,三千里路来贺客。请问贺客贺什么?贺你几乎不及格。倘使会考得第一,贺客就要变吊客。"

在全党、全社会狠抓素质教育的今天,我们不禁为陶行知、张伯苓先生的远见卓识叫好。陶行知先生的一"贺"一"吊",对比何等鲜明,寓意何等深刻。这种注重培养学生能力,发展学生个性特长,反对强迫学生死读书,满足于夺高分的教育指导思想对今天仍有重要的指导意义。

如果没有韦欠登博士的独具慧眼,录取丘吉尔进哈罗公学读书,以及后来丘吉尔的父亲决定送他去军队,最后考入桑赫斯特皇家军事学院;如果没有毕加索的父亲斟酌再三,多方奔波,让那个年龄不够、学习成绩不佳的毕加索破格进巴塞罗艺术学校学习;如果没有校长胡适对吴晗国文的偏爱;如果没有数学老师对毛泽东数学成绩的宽宏大量……这样一些天才的政治家、历史学家、军事家、文学家、艺术家还能在历史的星空灿烂辉煌吗?是啊,因为有了那样一些伯乐改变了那些天才的命运,而如果没有这些天才,我们所见的可能是另一种历史。

"金无足赤,人无完人",即使是"天才"也莫不如此。韩寒虽然现在徘徊在大学校门之外(这里有社会的原因,也有韩寒自身的原因),但我们欣喜地看到,类似韩寒这种情况的满舟等"偏才少年",已有一部分在高考中被破格录取,有的未经高考就提前进入了高等学府的殿堂。"我劝天公重抖擞,不拘一格降人才",但愿素质教育的春风给这些"偏才"滋润一块沃土。

从"状元"唐明身上看到了什么?

　　2002 年,湖北省咸宁市某重点高中出了位理科"状元"唐明,他以 678 分的高分考取清华大学应用数学系。此消息在这座不大不小的城市迅速传遍了大街小巷,那些儿女在中学读书的家庭更是耳熟能详,父母多把唐明作为自己子女学习的榜样。该市电视台还为此做了《在我心中,曾经有个梦》的专题报道。其实,在这座城市,即使在这所重点高中,每年考上北大、清华的优秀学子绝非一二,为何唐明的成功特别引人注目呢? 事情的经过如此:唐明在 2000 年高考中,曾被这所重点高中保送进入北京大学地质系学习,入学读书一段时间后,主动退学,回到母校复读。在 2001 年高考中,唐明同学取得 635 分的好成绩,但他再次主动放弃上一类大学的权利,继续参加 2002 年的高考,以 678 分的优异成绩考上清华大学应用数学系。

　　笔者在为唐明之事激动之余,却有些疑惑了。

　　唐明同学的母校在关于唐明成长的问题上为什么特别关爱呢? 这所高中在 2000 年给了唐明同学一个众望所归的北京大学的保送指标,接下来复读的两年,又免了唐明同学的全部学杂费,使得家境困难的唐明能够东山再起,圆了他心中之梦。如果没有这所高中的鼎力相助,根据唐明家中的经济条件他是完全有可能辍学的。从某种意义上说,是这所高中给了唐明一片新的天地,是这所高中为祖国培养了一名极有希望的数学新星。但是,笔者还是要问,这所高中免费让唐明连续复读两年,难道仅仅是为了一名数学高才生的前途? 难道这所高中没有想到,唐明同学免费复读耗费了国家宝贵的教育资源和其他学生家长的血汗? 如果唐明同学在高考中的分数在一类大学的录取分数线以下,这所高中还会这样热心吗?

　　北大这样一所中外闻名的高等学府在新生专业的录用上采用什么样的标准呢? 笔者对此不得而知,但是有一点是可以肯定的,唐明同学 2000 年被保送进入北京大学学习,其中的推荐材料一定明确地写有——唐明同学曾两次获"全国数学奥林匹克竞赛一等奖",仅凭这一点,将唐明同学调入北大数学系学习应是顺理成章的。然而情况则相反,这就难免让人有些不放心。素以录用人才重视特长而出名的北大(吴晗报考北大时国文考 100 分,数学考 0 分,校长胡适破例录用了他。历史证明胡适这样做没有错,吴晗后来成了著名的历史学家。)不知在录取唐明时是有了疏忽,还是有了什么难言的苦衷。假如唐明出走北大以后放弃了学业,不再锲而不舍地参加高考;或者虽然参加高考却一再名落孙山,难道说,这仅仅只是唐明个人决策的失误?

当地某电视台为何选择唐明同学作为高考的成功者进行重点宣传呢?事实上,2002 年高考,这所高中理科状元并非唐明(唐明名列第二)。笔者臆测,大概是由于唐明高考的经历坎坷,不同于一般人,而更具有新闻价值吧。但是我们在确定一则新闻价值高低时,是否既要看到它的正面价值,又要看到它的负面价值呢?

唐明同学为何放弃众多学子心目中理想的一类大学,尤其是北京大学不读呢?据唐明自己讲,主要取决于他个人的兴趣爱好,他对地质不感兴趣,而自己最为爱好的学科是数学。但以此说推论,唐明同学在 2001 年就蛮有把握进入著名高等学府学习数学了,因为高等学府绝非北大、清华、人大几家,开数学专业的高等学府可谓数不胜数,难道就真的没有适合唐明上的大学吗?姑且不去说数学知识在地质学科中不可或缺,仅说地质专业在国家建设中的重要作用,我相信唐明同学不会毫不知晓。据说,唐明同学的父亲就是一位老矿工。放弃北大,其实未必能说明唐明同学的目标怎样远大,而倒让人怀疑唐明同学对于从事地质这类艰苦行业的工作心里没有准备,在考虑个人自身价值和服务祖国人民这架天平上失去了平衡。江泽民同志《在庆祝北京大学一百周年大会上的讲话》中对青年朋友指出:"希望你们坚持实现自身价值与服务祖国人民的统一。青年人富有遐想和抱负,憧憬着美好的未来。这是青年的特点,也是优点。但需懂得,个人的抱负不可能孤立地实现,只有把它同时代和人民的要求紧密结合起来,用自己的知识和本领为祖国为人民服务,才能使自身价值得到充分实现。"笔者在这里想说的是,祖国需要地质行业的建设者,需要地质行业的高新技术人才,读地质系一样能体现出个人的价值,同样能像地质学家李四光那样为祖国做出巨大的贡献。

笔者佩服唐明同学的最少有两点,一是他具有中学阶段扎实的文化基础知识,尤其是在数学这一学科方面。二是他在学习上具有那种锲而不舍、不到长城非好汉的精神。唐明同学能够通过自己的努力,跨入心目中理想的大学,这是他比韩寒幸运的地方,也是唐明令世人佩服之处。至于唐明同学两次放弃上大学的机会,笔者则不敢苟同。假如唐明同学能考虑到祖国四化建设的需要,继续攻读北大地质专业的话,他应该能提前两年完成大学学业,不仅可以使相当困难的家庭少受两年贫困,更可以提前两年发挥自己的才干,为祖国和人民多做贡献。如果唐明利用这两年时间,去攻读研究生课程,应该比在高中复读两年更有价值吧!如果唐明同学最初不要北大地质系那个保送指标,而留给其他同学的话,我国地质战线上应该会增添一名高级人才。

自然,我们对唐明不应该求全责备、说东道西,金无足赤、人无完人么。何况唐明还那么年轻。唐明同学同其他中学生一样,完全有权利对自己的前途作出抉择。只是,无独有偶,笔者见报载湖南省华容考生肖喆较唐明有过之而无不及。他于1999年以677分考入北京大学,因为不热爱所学的电子计算机专业,而钟情于生物学,在北大学习近两年后而退学,在2002年以湖南省高考历史最高分703分考入清华大学。于是笔者忍不住要对这种"唐明现象"说几句话:一是任何个人价值的实现都不应高于祖国和人民的需要,在和平建设年代,这或许正是"国家兴亡,匹夫有责"的演绎吧。二是高等学校在人才的选择上不可一厢情愿,应尽量做到用其所长,人尽其才。希望"唐明现象"越来越少,这是唐明之幸,也是国家之幸。三是我们的宣传舆论机关,在推介典型前,最好多做一些全方位的评价,这样才能使广大的老百姓在社会生活中多一面明晰的镜子。

漫说"教学"

教学,对于教师来说是"柴米油盐酱醋茶"。

《现代汉语词典》中说:教学就是教书,即"教学生学习功课"或指"教师把知识、技能传授给学生的过程"。词典中的释义无疑有充足的理由,至少我们可以从韩愈《师说》中"师者,所以传道授业解惑也"中找到依据。

教学是教学生学。教学的成功,不在于老师教了多少,而在于学生学到了多少。教学的任务是教学生学会做人、学会学习、学会生存、学会创新。"金针度去从君用,未把鸳鸯绣与人。"教学的目的甚至不在于学生学到了多少知识、多少技能,而在于学生是否提高了学习的积极性和自觉性,是否学会了学习。因为"热爱是最好的老师";学习是人生一辈子的事,而学校只是人生的一小站。

教学是老师教学生学,又是学生教老师学。所谓"教学相长",通过教学,不但学生得到进步,教师自己也得到提高。在知识经济时代,教师需要向学生学习的地方更多,学习学生蓬勃的朝气、纯净的心灵、对未知世界的好奇心、接受新事物的敏捷性……我们更多更深切地体会到"弟子不必不如师,师不必贤于弟子"。

教学是教师在教中学,在学中教。教的过程也是教师学的过程,"温故而知新",每一次教的实践,你都会有新的收获,或发现某些不足,或在某些方面有了新的改进。在信息时代,知识在成倍增长、在不断爆炸,在学得烂熟、学得透骨之后再去教学生,愿望是美好的,但却不太现实。边教边学,边学边教,是教育的进步,是我们应取的积极态度。

教学是教然后知学问之浅薄,学然后知教育之重要。"教然后知困,学然后知不足",一个认真负责的教师,在教学实践中会体会到教学的喜悦和困难,总结出教学的经验和发现教学中的困惑;一个积极上进的学生,通过学习会体会到学海的无边无涯,而自己才游出第一步,从而努力学习以补充自己的不足。

教学是教师的教与学生的学之结合。每一次成功的教学都是教师教的方法与学生学的方法之统一,是教师教授的新知识与学生已学知识的正确联络,是教师所教知识对学生更多未学知识的有益启迪。

教学是用教师的学问去教学生,更是用教师的学风去教学生。教师的博学多才,是教授学生的重要资本,教师的不学无术只会误人子弟;教师优良的治学作风,可为学生树立勤奋、严谨的榜样。"其身正,不令而行;其身不正,虽令不从。"孔夫子所言甚是。

圣诞老人能带来什么

　　"祝你圣诞快乐!"近年来,阳历的 12 月 25 日,从贺卡上、电话中、电子信箱内、手机信息里,常能听到这样的问候。商店里的圣诞老人慈祥可掬,圣诞树五彩缤纷。大中专校园里,欢度圣诞节、共庆平安夜的庆典一年热过一年。不少家庭购买圣诞礼物,有些机关单位也堂而皇之地扎起了圣诞树……

　　圣诞节是基督教徒纪念耶稣基督诞辰的重大节日,在欧美许多国家,纪念活动隆重、热闹,基至超过了新年。西方许多国家之所以这样重视圣诞节,或许是因为基督教义中宣传的"上帝创造万物,耶稣是救世主;人类都是罪人,只有相信上帝和救世主耶稣,死后灵魂才能升入天堂"等理论,适合于统治者的管理吧!

　　不知中国青少年热衷于过圣诞节的理由是什么,我向来是乐意以最好的心态来推测新新人类的,倘若只是图多一个节日多一份热闹,对于年轻人来说这本在情理之中,只是元旦佳节紧随在后,为什么对元旦逐渐冷落,而对圣诞节却情有独钟呢? 倘若图的是圣诞老人赐给他们一份礼物、赐给他们一份祝福,本也无可厚非,只是天上掉不下馅饼,知识就是力量,劳动创造财富,还是趁美好的青春学习知识,使你变得聪颖智慧;用你的汗水去拼搏,创造辉煌的事业吧。倘若把你的人生、事业寄托于上帝的美好恩赐,认为上帝可以拯救你的"苦难",可以施舍给你幸福,还是快些从梦中醒过来吧!

　　我知道许多热衷于过圣诞节的青少年不在意圣诞节纪念什么,更不关注基督教的一般常识。他们所知道的是圣诞节可以狂欢,可以获得礼物。总之是可以获得快乐,有乐何不为? 是的,如果真正有利于心情快乐,有利于身心健康,笔者也无话可说。只怕是信奉了上帝,失去了拼搏进取;迷恋于他人恩赐,养成了好逸恶劳;热衷于西方节日,忘却了祖宗姓何?

　　我宁愿众人说我少见多怪,杞人忧天。但我真实地看到近年,西方人的某些节日在中国越来越有市场。成人或准成人,热衷于西方的情人节,以至于在情人节前后,花店门庭若市,玫瑰花大有"洛阳纸贵"之势,但是中国的"七夕节"(可视为中国的情人节),花店却"门庭冷落车马稀"。令人奇怪的是,4月1日西方的愚人节在中国的青少年中也具有极大的吸引力……

我愚昧,不能知道愚人节有何价值,在这样的节日里,谁还能有一份责任感,这一天的真假是非何人评说?

我不知道,过了圣诞节,是否还要过复活节、圣灵降临节、圣母诞节、圣母领报节、圣母进殿节、圣母升天节、耶稣受难节、十字架高升节、万圣节、感恩节等,因为这些节日都是基督教的节日。

我不知道,过完了这些节日,是否还要过佛诞节、涅槃节、成道节、盂兰盆节(以上为佛教主要节日);开斋节、圣纪节、阿舒拉日、登霄节、宰牲节(以上为伊斯兰教的主要节日);我不知道过完了这些节日后是否还要过打夫节(印度)、上门女婿节(保加利亚)……

我真希望咱老百姓能月月都过节,周周都过节,天天都过节,日日都是灯红酒绿,日日都是饭来张口、衣来伸手。怕什么,面包会有的,牛奶会有的,一切的一切都会有上帝给我们解决,即使什么也没有,也该有天上的明月可饱眼福,地上的西北风可饱肚福?!

"从来就没有什么救世主,也不靠神仙皇帝。要创造人类的幸福,全靠我们自己"。如果圣诞老人能带来什么的话,我希望是圣诞老人那种乐善好施、助人为乐的精神,而不是某个晚上,圣诞老人赐给你用不尽的金银财宝,享受不尽的荣华富贵。

我的未来不是梦,我要认认真真地过好每一分钟。谨以此与君共勉!

也谈教育的服务

近年来,在深化教育改革、全面推进素质教育的热潮中,报刊上常可见教育应增强服务意识,教师要热心为学生服务的热门话题,有的学校早已喊出令人振聋发聩的口号,"学生是学校的上帝",言下之意是教育工作者要像敬奉上帝一样敬奉学生,彻头彻尾地为学生服务,即所谓"一切为了学生,为了学生一切,为了一切学生"。有的学者指出,过去教师很少为学生服务,在某些方面是学生在为老师服务……教育是否在为学生服务,教育应怎样更好地为学生服务,笔者愿谈谈自己的看法。

教育教学为学生服务是不争的事实

教育为学生服务在法规中早有明文规定。认为教育中缺少服务观念,教师缺少为学生服务的意识,是一种不客观、欠全面的看法。《中华人民共和国教育法》中明确规定:"教育必须为社会主义现代化建设服务、为人民服务,必须与生产劳动和社会实践相结合,培养德智体美劳全面发展的社会主义建设者和接班人。"这里明确提到"教育必须为社会主义现代建设服务"。《中华人民共和国教师法》(以下简称《教师法》)阐述教师应当履行的义务条款中有:"关心、爱护全体学生,尊重学生人格,促进学生在品德、智力、体质等方面全面发展""制止有害于学生的行为或者其他侵犯学生合法权益的行为,批评和抵制有害于学生健康成长的现象"。《中共中央国务院关于深化教育改革全面推进素质教育的决定》(以下简称《决定》)中指出:"全面推进素质教育,要坚持面向全体学生,为学生的全面发展创造相应的条件,依法保障适龄儿童和青少年学习的基本权利,尊重学生身心发展特点和教育规律,使学生生动活泼、积极主动地得到发展。"《教师法》和《决定》中的这些规定,实质上都是强调教师要认真做好为学生服务的工作。从教育的实际看,国家开办各级各类学校的目的之一,就是为受教育者服务,教师的"传道、授业、解惑"无疑是为学生服务，绝大多数教师把自己的智慧、事业、青春奉献于教育事业，默默奉献几十年，几十年如一日，难道说这不是为教育服务、为学生服务？

教育教学的行为实质是一种服务。教育的结果从社会效益上看，是为经济建设和社会发展培养和造就人才；从受教育者的角度看，它培养和提高了受教育者的思想、文化和身体等多种素质，提高了他们的学习、生存、发展的能力，使之成为全面发展的有益于社会、适应社会的人才。从古代先生教授的"四书五经"到"琴棋书画"，从现代的"语数外"到"理化生"等，从古代的"师道尊严"到现代的"师生平等"，从应试教育到素质教育，无论教育内容是积极还是消极，无论教育手段是先进还是落后，它的性质都是服务行为，所不同的是服务的好坏，服务方向的正确与否。

如果说，提倡师生平等，开展素质教育，这其中包含着教育教学对学生的服务行为，相信绝大多数人会持赞成的观点。如果说"师道尊严""应试教育"中也包含着对学生的服务，估计不少人会持反对态度。学生见了老师似老鼠见了猫，老师对学生可打可骂，这分明是惩罚学生，哪有老师为学生服务的迹象？考、考、考，老师的法宝，学生成年累月忙于考试，泡在题海里苦不堪言，这分明是摧残学生，谈何老师为学生服务？笔者不赞成也坚决反对教师不尊重学生的种种表现，反对应试教育摧残学生身心健康的种种行为。但是，从教师的角度上说，他们的出发点大多数是好的、他们的愿望大多数是善良的。老师打学生的板子固然不对，但教师多是为了学生的进步；老师让学生钻进试题的螺壳里，不到高考那一日是绝对不让出来的，这固然剥夺了学生的许多自由，但老师的期望与学生希望考上大学这一点却是十分一致的。我们承认，学生学得好，考上了好的大学，这会给老师带来一定的荣誉，甚至带来一些经济效益，但是这与众多学生的成才、成人、创业、立业比较，谁的受益更大？是谁服务了谁，这是显而易见的。

有人说，教师在为学生提供教育教学的同时，领取了国家的工资，其中也包括学生缴纳的学费，因而便不存在教师服务学生的问题了。那么，顾客拿钱买商品，营业员也不存在为顾客服务的问题；同理，乘务员也不存在为旅客服务的问题，干部也不存在为群众服务的问题……如此推理，世界上的"服务业"恐怕就要消失了。

简言之，学校对学生的教育也好、管理也罢，其目的应是为学生服务，其性质也应是为学生服务。

教育教学服务的特点

教育教学服务是一种广义的服务。教育是一种服务,但这种服务是一种广义的服务,或者叫作"大服务"。教师为学生服务,不同于秘书为领导服务,不同于营业员为顾客服务,甚至有别于托儿所老师为小朋友的服务。"闻道有先后,术业有专攻",教师年长于学生,比学生早学习一步;而且教师所教授的某一门或某几门课程,是教师的专业所长,是教师的"专攻"方面,所以,教师不仅有可能在某一门或几门课程上比学生懂得多、学得深,而且有可能比同龄人懂得多、学得精。学生在学校里要同时开展多门功课的学习,不仅晚于教师学习,而且学习任务繁多,这就决定了学生在学校向教师学习知识的必然性。又由于学生或年少或年青,思想尚不成熟,自我约束能力较差,故他们在学校主要是接受教育的一方。教师当然也有向学生学习的方面,学习他们的纯真,学习他们的朝气,学习他们的创新精神,但绝对不是在自己所任的专业课上向学生学习,也不是让学生来向教师做思想教育工作。所以教师为学生服务,实质上是用自己掌握的知识和学习方法来教育引导学生学懂知识、学会学习;用马列主义的原理、用唯物辩证法、用自己成功或失败的经验教育学生,用法律、规章来约束学生和管理学生,使之养成良好的行为习惯……

如果把教师为学生服务理解为狭义的服务,教师负责为学生洗衣洗被、端茶送水,那学校就成了托儿所,成了养老院,这恐怕是大多数家长不愿意的,也是广大学生不愿意的。

提出"学生是学校的上帝",这个观点需辩证看待。说学生是上帝,只能指学生的整体利益,因为学生的整体利益和学校的整体利益是完全一致的。说学生不是上帝,是说学生提出的问题不可能是百分之百正确的,自然也不应该"唯命是听"。如学生要求上课看电视、打扑克、外出晒太阳等,教师就不能一律满足。即使学生提出的问题单个而论是正确的,但从全局来看也有可能是不正确的。如语文课上,某学生要老师为他补习平面几何,数学课中学生要求做作文……教师如果满足了这些个别同学的要求,就有可能损害全体同学的利益。

教育教学服务是一种高品质的服务。教育教学服务不同于商业服务的另一个特点,它是一种高品质的服务。商业服务的效果多是即时见效的,但往往也是短暂的,吃块面包、喝杯牛奶,可以迅速减轻或消除饥饿的感觉;气温骤降,穿上棉衣,打开暖气,就能抵挡严寒的侵袭,但吃饱了肚子后还会饿肚子,脱了棉衣、关了暖气照样寒冷……教育教学的服务则与商业性的服务有别,虽然我们今天接受了一次诚信教育,但不一定能在短期内见到效果;虽然中小学生天天在学习科学文化知识,但却不是天天带来经济效益,甚至在整个学生时代都很难见到学习的物质成效。但是教育教学的效果却是长期的,诚信教育给我们工作中带来的信誉将会产生长期的效果;我们所学的科学文化知识,也不会因为帮助我们解决了一个技术问题而耗尽了功能。教育教学服务带来的效益,不仅可以影响人的一生,不会失去效用,反而可以不断增值,它所产生的效益也绝对比我们付出的学费高出几倍或几十倍,用知识创造的价值有时是用金钱无法衡量的。因而,从根本上说,教育教学服务是十分廉价的,它具有很大的奉献性质。

教师如何为学生服务

真心、全心为学生服务,把握服务方向。教育教学要高品质地为学生服务,它需要教师真心、全心地投入。教师对学生的服务既然主要体现在对学生的教育教学上,这就需要教师把握准服务方向,用社会主义先进文化去教育辅导学生,让学生树立正确的价值观、人生观、世界观,让学生掌握前人所创造和积累的宝贵知识与经验,并将其化为自己的真知和能力,更重要的是教会学生运用这些知识和经验去发现未知的知识、创造新的理论。著名教育家第斯多惠曾经说过:"一个坏的教师向学生奉送真理,一个好的教师则教人去发现真理。"教师真心、全心为学生服务,就不仅仅要帮助学生掌握有关知识,扫除学习障碍,而且要教会学生发现问题、解决问题,学会学习、学会创新。

热情友好为学生服务,摆正自己的地位。教师在学生面前处于教育和管理的地位,这就需要教师为学生服务时有正确的态度,平等看待学生,尊重学生人格。以正面引导为主,以鼓励教育为主,以批评惩罚教育为辅,不可体罚学生、侮辱学生。教师不可因经验丰富、知识富有而自傲,不可以教育者、施恩者自居。教师能否摆正自己的地位,是教育和教学能否收到应有效果的重要条件。

主动、自觉为学生服务,提高服务档次。教师为学生服务的优劣,服务是否到位,很大程度上取决于教师的服务是否主动、自觉。因为学生不可能向顾客那样要求营业员提供必要的服务,实现等价交换。教师为学生服务多少,服务到什么程度,取决于教师的责任心和爱心。你可以循循善诱地启发学生思考、解决问题,你可以认真详细地解答学生提出的问题,你也可以三言两语地回答学生提出的问题,甚至可以用没时间、没必要等借口回答学生要求得到的服务。你可以在学生需要服务的时候视而不见,你可以只在学生要求服务的时候才去服务,你也可以千方百计地去观察发现学生需要哪些服务,并及时为之提供服务。

根据学生的不同需要提供服务,保证服务质量。教师要根据学生的需要和不同学生的特点提供服务,保证服务质量的含金量。教育或教学提供的服务,应考虑到学生将来生存和发展的需要,凡学生走出校门进入社会所必备的、学生也可以掌握的知识和技能,学校应积极创造条件为学生提供服务。此外,学校应根据学生各自的特点,因材施教,循循善诱,把学生培养成与其爱好特长相适应的专门人才。如果教育和教学服务不考虑学生需要,不考虑学生的爱好特长,那么教育教学就会事倍功半,其含金量就会大打折扣。

当然,我们在积极推行教师科学地、真诚地为学生服务的同时,也有必要积极提倡学生为学校和教师服务。因为教师并不是万能的,教师并不是太阳,只用付出,不用索取。教师也有需要向学生学习的地方,换个说法,学生也有服务老师的可能性和必要性。学生为学校和老师的服务不排除做些力所能及的义务劳动,这既是养成劳动习惯的需要,也是人之常情,是一种美德。只有建立了新型的师生关系,教师为学生服务才会出现前所未有的新局面。

一次作文阅卷后的感慨

两个月前,笔者参加湖北省中职学校教学质量抽考某市语文阅卷工作,主要负责作文的批改。时至今日作者对当时阅卷的情况仍记忆犹新,许多感受的确不说不快。

试卷的作文题有两道,学生可任选一道:

1. 生活是需要认真、需要努力的。一个人的志趣、情感、追求、理想、毅力、为人、工作态度、奋进精神、自立能力等都会在生活和细节中表现出来。请以《我正在努力》或叙说一个故事或连缀几个生活片段,写一篇600字左右的文章,表达你对生活的某种感情,表现你为了实现人生价值健康成长而正在进行着努力。

2. 书籍在人们的成长过程当中,发挥了不可估量的作用。因此,不少哲人学者给了它高度的赞誉,有人说它是人类进步的阶梯,有人说它是全世界的营养品,有人说它是长生果……请以《书籍,我的良题益友》为题写一篇600字左右的文章。

这两道作文题,虽然谈不上什么新意,但的确比较切合中职生的写作实际,让他们有话可说、有情可抒。而且那些说明文字中,已经提示了文章应确立的主题思想,有的提示了联想的思路,有的直接提供了文章结构的参考方式。应该说,这份试卷的作文题在思想内容和写作水平的把握上做到了有的放矢。

遗憾的是,试题本身有几处明显错误。其一,在"请以《我正在努力》或叙说一个故事或连缀几个生活片段"这个句子中,应在《我正在努力》后加上"为题"二字,句子才算通畅。其二,"表现你为了实现人生价值健康成长而正在进行着努力"这个句子犯了句式杂糅的错误。这个句子中的状语表达的是"为了实现人生价值""为了健康成长",却糅合在一起说成"实现人生价值健康成长"。修改的办法可在"价值"后加一个"、"号或添一个"和"字。其三,把"书籍,我的良师益友"

写为"书籍,我的良题益友"。一字之差,笑掉下巴。笔者不敢把这样的常识性错误与命题者的水平挂钩,但是有一点是可以肯定的,出现这样的常识性错误,不能说命题者的责任心很强吧。当然,也有可能是试卷的印刷过程,命题者始终没有参与(或不允许参与),但这样一份全省中职学校质量抽查的试卷,不会没有人校对审核,校对审核者的责任心又何在呢? 抽查教学质量,目的十分明确,然而试卷本身却出现了明显的质量错误,这就有些贻笑大方了。

从考生的角度看,试卷中的作文存在三个方面的不足:

一是有的考生未能掌握必要的语文常识。一花引来万花开,一错引来许多错。我想命题者大约不会故意将"良师益友"写为"良题益友",而让学生先纠正错误、后做作文。倘若真的如此,许多学生会让我们失望。暂不说那些没有选择这道题目作文的同学能否正确纠正这道作文题的错误,这里只说那些用这道作文题写作的同学,他们本身有的对题目也一知半解。有的同学对"良题益友"加以肯定,不仅写在作文题目上,而且在作文中也多次出现"良题益友"这个词语。大约他们认定试卷是不可能出现差错的,至于"书籍"什么时候成了"良题",他们才懒得理会,也无法理会。有一部分同学发现"良题益友"这个词语有问题,但能正确纠正过来的不足三分之一。有的把"良师益友"写成"良思益友""良诗益友""良施益友""良之益友""良好益友""良美益友"等。笔者认为,试卷自然是以不出差错、少出差错为佳,但作文题中的这一错误,却让我们看到了正确题目下无法发现的问题。中职生的语文基础的确令人不可乐观,至少是值得中职学校同时也值得中小学语文教师关注和深思。

二是有的同学"望题兴叹",表现出极差的写作能力或极不负责任的写作态度。在笔者批阅的近千篇作文中,约有 10% 的同学作文交了白卷。前面已经说过,命题者已经为考生作文提供了极大的方便,但居然仍有如此比例的同学未做作文,不能不说是一大憾事。一方面为这些同学不会做作文而遗憾。笔者认为,如果这些同学做起文来,文思如泉涌、行文如流水,立意新深、佳句叠来,而不愿动笔怕是不可能的吧! 一方面为某些同学极度缺少责任心而遗憾。有少数同学前面的基础知识做得并不太差,有的甚至相当不错。笔者认为,有那样的语文基础,不至于不会动笔作文。只能说明这部分同学的学习目的极不明确,对学习科学文化知识极不负责任。小学生都会知道,在满分为 100 分的试卷中,作文占 40 分,舍弃作文,怕是无论如何也很难及格的。

还有一些同学,极想把作文考好,他们也做了一些准备,但终归写作基础差,没能圆满地完成作文。其表现有:不能在规定的时间内完成题目中要求 600 字左右的写作任务;有的作文有头无尾,大多数因为速度过慢导致;有个别作文则牛头不对马嘴,题目《我正在努力》,却写成他人正在努力,从中可以明显地看出是照搬考前准备的应试作文,只可惜他们连在试卷上变换一下写作人称这个简单的要求都没有做到。

三是从某些作文中反映出,学生的人生观、道德观、世界观存在着不小的偏差。在写作《我正在努力》作文的同学中,多数同学的努力方向都是为了考取重点高中,不负父母的期望,结果自然是都失败了。至于他们为什么要考取重点高中,目的又多成了考重点大学,为中华崛起而读书的主题是少而又少了。为将来对社会做些有益的工作,实现人生的价值,或学好科学文化为适应未来激烈的竞争打好基础这类主题也难得一见。笔者不是说写作文时不能说真话,说真话是完全正确和必要的,但正因为那些作文中的主题说的是真话,更让笔者感到有些不安。如果说大多数同学是不懂得作文立意应正确、深刻、新颖这个常识的话,那么其中有位同学的作文着实让笔者吃了一惊。某同学在做《我正在努力》这篇作文时,讲述的是他正在努力做一个坏人。原因是曾因为善良而常被人欺负。结果是他从早到晚没做成一件坏事,"令吾辈伤心伤肝又伤肺"。我不知道这样的作文是否能算有创新立意的作文,假如是的话,作文如此创新,岂不是一种更大的可悲。所幸的是,这个同学的努力失败了,他没有做成一件坏事。如果他做成了一件或更多件的坏事,不是又会有一个或更多个的同学遭殃了吗?如果遭殃的同学又用同样的方法去努力,不是会有越来越多的人会遭殃吗?如果遭殃者都这样努力且都获得"成功",他们品味到了不劳而获的"幸福",领略到了在他人头上作威作福的"光荣",尝试到了违法乱纪的"自由"……岂不是要努力再努力,为之奋斗一生?自然,我们无须危言耸听,单就作文题的说明中"表现你为了人生健康成长而正在进行着努力"这一要求,上篇作文也应该是离题太远吧。

这次作文阅卷让笔者思考了如下两个问题:

中等职业学校近年来一直处于发展的低谷,发展困难重重,但笔者认为这不应该成为教育质量逐年下滑的借口。相反,提高中职学校的教育质量应成为克服中职学校诸多困难、诸种矛盾的突破口。因为唯有毕业生的过硬质量,才是在就业市场竞争残酷的今天,让中职学生迅速就业的一剂良药,才能解决中职学生的生存和发展问题。只有中职学生的良好就业才能突破中职学校招生难的瓶颈;只有突破招生难的瓶颈,才能根本解决中职学校办学经费不足这个老大难问题;只有掌握了中职学校招生工作的主动权,拥有素质优良的新生队伍,才能为中职学校的规范管理打下良好的基础。所以质量是中职学校生存和发展的生命线,这个硬道理始终没有变。组织全省中职学校教学质量抽查是十分必要的,但要规范地检查中职学校的教学质量,必须得有规范的试卷,试卷命题等一干人必须要有高度的责任心。由此再推之,提高中职学校的教学质量,必须先得有高素质的教师队伍,必须有全体教师对提高教学质量重要性的充分认识,具有高度的职业责任感。

作为中职学校的学生来说,务必明确学习目的,端正学习态度,树立正确的学习动机,增强学习的动力。这样才不会出现或少出现对"良师益友"这个常用词语不理解的现象,就不会出现对作文望而生畏、不会动笔或虽能动笔却不得要领,更不会出现可以动笔而不动笔的怪现象。要做到这一点,第一要树立信心,不自卑、不自弃,要相信自己有能力学好有关的科学文化知识,世上无难事,只怕有心人。第二要真正认识学好科学文化知识的重要性,尤其是在知识经济社会里,没有知识、没有技能,无以立足于社会,更谈不上创新、谈不上发展。第三,也是最重要的一点,正确的人生观、价值观、世界观对于做人来说永远是"第一位"的。德智体等全面发展也好,"有理想、有道德、有文化、有纪律"也好,一个人的思想素质比一个人的文化素质显得更为重要。作文命题者倡导的为了人生的健康成长"我正在努力",其价值正在于此。我们应该努力把每一篇文章写好,我们更应该尽全力把人生这篇大文章做得好上加好。

客观试题不客观

　　自从有了教育、有了学习,试题就应运而生。试题大体分为两类:客观试题和主观试题。其中客观试题指其答案是客观不变的,非此不可。过去的客观试题主要用于考查必须掌握的基本知识点,其形式有判断题、选择题、填空题、名词解释、简答题等多种形式;现在的客观试题考查的内容越来越广,其形式却主要集中为选择题,ABCD 四个答案,由考生任选其一,这种客观试题在一份试卷中可占到60%~70%。客观试题的优越性主要表现在:教师阅卷容易、速度快,避免了阅卷者个人好恶或疏忽带来的误判,以保证评分的公平、客观、公正。但现在更多的教师青睐于客观试题的原因,主要在于客观试题阅卷容易,只要提供标准答案,即使是小学生去改研究生的考卷,也不会闹出什么笑话。国家之所以在高考、中考等重大考试中采用大量的客观试题,很重要的原因之一也是在客观试题阅卷时省人、省时、省钱。制作专门的答题卡后,用计算机阅卷,其速度是相当可观的。

　　如果客观试题在提高阅卷速度的同时,能确保考试成绩的真实客观,岂不皆大欢喜。但事实上,客观试题不客观的现象却普遍存在。

　　一是对试卷完全不懂的人也能得分。即使你对军事问题一无所知,如果把一份客观试题的试卷给你做,只需你在若干道 ABCD 中,选择若干个答案,相信你的运气不会差到全部选错。有人便用"拈阄"的办法来对付不会做的客观试题,虽说看似是笑话,但也不失为一种解题的方法。碰碰运气呗,反正是不会做,说不准机缘巧合,还能撞个及格分。此为客观试题不客观之一。

　　二是完全做对试题的人不一定完全懂。如果拿完全做对试题的人同完全做错试题的人比较,自然是前者掌握的知识多而扎实。但我们却不能由此得出考卷得满分的人对试题完全都懂。譬如,我可能不知道某一个字在某一个词语中的正确读音,却有可能知道它不能读成某音;我可能知道某一字写错了,但要我正确写出某字也有困难;我可能知道某一问题的正确答案不是这个,但我也不能完整提供这一问题的正确答案；等等。此类情况，在客观试题的选择中，却有可能轻易过关。另外，在回答客观试题时，答题人完全有可能用排除法找到正确答案。比如试题要求在 ABCD 四个答案中选择唯一正确的答案，当考生知道：A. 李白是宋代人；B. 苏轼是唐代人；C. 杜牧是明代人这 3 个答案是错误的，就可以断定"D. 张岱是明末清初人"这个答案是正确的。其实，考生可能根本就不知道张岱是哪个朝代的人。同理，当题目要求考生在 4 个答案中选择唯一错误的答案时，答题者同样有可能从 3 个正确答案中找出错误的答案来。要问考生此题错在哪里，该怎样纠正，考生可能一问三不知。此为客观试题不客观之二。

三是完全做错的人不一定完全不懂。譬如，在 ABCD 四个答案中，要我们找出哪题有 2 个错别字，考生知道 A 题有 4 个错别字、B 题有 3 个错别字、C 题本身有 2 个错别字(但考生错误地多找了 1 个)、D 题本身有 3 个错别字(但考生只找出 2 个)，结果是考生此题得 0 分。事实上，考生能够纠正本题中 11 个错别字，只是 C 题和 D 题错误地多找了 1 个和少找了 1 个，在 11 对 2 错的比例中，答题者得了 0 分，你能说这个结果是客观公正的？此为客观试题不客观之三。

四是不利于培养考生的表达能力和创新能力。客观试题的弊病不仅在于难以客观地反映考生的真实成绩，更在于不利于落实全党全社会倡导的素质教育。

首先是客观试题不利于培养考生的表达能力。做客观试题，考生只需在现存的答案中进行比较挑选，用不着自己为之提供答案，如让学生认知某些修辞手法，就可以解答客观试题中的修辞题型，但并不等于考生已经能在口头和书面上熟练地运用这些修辞手法。考生可以从某些古诗的思想内容和艺术特色的若干答案中选出正确答案，但如果离开这些答案，让考生去分析一首诗的思想内容和艺术特点，许多考生便会一筹莫展。特别是外语类科目，一些考生能顺利通过四级或六级，但是其中有一部分人的外语口头表达和书面表达能力却实在不敢恭维。他们讲的英语英国人听不懂，英国人讲的英语他们也听不懂；而且相当一部分人也不能用英语写出像样的文章来，甚至对某些简明的短文进行英汉互译都感到困难。

其次，客观试题不利于培养学生的创造力和想象力。学生只需对那些一成不变的答案机械地进行训练，就有可能获得高分。考生无需提供也没有可能去提供答案，他们在某些问题上的真实想法或独特见解，无从表达出来，这无疑有害于对学生创新能力的培养。甚至，教师只知道学生某些题不会做，至于他们为什么不会做，他们解题的思路各自错在哪里，在客观试题中是很难找出原因的。这将不利于教师因材施教、对症下药。此为客观试题不客观之四。

五是为考生作弊提供了更多的可能性。做客观试题时,考生左顾右盼,就有可能在试题上瞅到他人的答案;交头接耳者更有可能从前后左右中打听到答案;至于有的考生通过做手势等也可轻而易举地传递答案,譬如用大拇指、食指、中指、小指,或用耳朵、眼睛、鼻子、嘴巴可各代表 ABCD 中的一个字母,甚至连一支钢笔,笔尖朝上、朝下、朝左、朝右都能传递作弊信息;如果传出一张小小的纸条,那就能传出一份试卷中所有客观试题的答案。我们还必须注意,客观试题虽然为现代科技的阅卷提供了可能,但也为现代科技的作弊提供了可能,如利用手机传递客观试题答案就十分方便。如此种种,皆为客观试题之不足也。

为此,笔者认为对待客观试题应持慎重态度,一是从培养学生的表达能力和创新思维出发,要减少客观试题在试卷中的比重;二是针对客观试题较易作弊的现实,务必特别严格考场纪律;三是为检查出考生掌握知识的真实情况,客观试题的形式不能仅仅限于选择题这一形式,应包括选择、填空、解释、简答等多种形式。减少了选择题的比重,阅卷教师虽然辛苦一些,但培养的人才能力会更高一些,为了千秋伟业,我们应该做出无悔的选择。

读《国务院关于加快发展现代职业教育的决定》

"断桥"变"立交",构建现代职教体系迈出关键一步

我国当代的高职教育,长期以来指的是专科高职教育,本科层次的高职教育及相关的学位研究生教育成为奢想,专科高职教育成为职教发展层次中的"断桥"。探索者们在千呼万唤之后,终于盼来了福音。《国务院关于加快发展现代职业教育的决定》(国发〔2014〕19 号)中明确指出:"探索发展本科层次职业教育。建立以职业需求为导向、以实践能力培养为重点、以产学结合为途径的专业学位研究生培养模式。研究建立符合职业教育特点的学位制度。"这是在国策层面上,首次为职业教育的本科层次及学位研究生教育立定了目标,完成了顶层设计。职业教育的"断桥"变通途,构建中国特色的现代职教体系迈出了新步伐。

这一步,是职教体系中关键的一大步。一是它使职业教育这一类型得以系统化,中职可以升专科高职教育,专科高职、中职可以升高职本科、普通本科以及接受学位研究生教育。二是有计划地引导有条件、有意愿的部分本科高校转型发展,实现了本科高职的高起点。三是从理念上为高职教育定名正身,正如习近平总书记为全国职业教育会议所做的批示所言,为广大青年打开了通往成功成才的大门。

拓源头活水,苦练内功增强职教活力

《国务院关于加快发展现代职业教育的决定》(以下简称《决定》)中明确:扩大优质教育资源,激发学校发展活力,"建成一批世界一流的职业院校和骨干专业,形成具有国际竞争力的人才培养高地"。为达到这一目标,《决定》为我们提出了如下措施。

一是坚持服务发展为宗旨,落实"五个对接""三个配套",即推动专业设置与产业需求、课程内容与职业标准、教学过程与生产过程、毕业证书与职业资格证

书、职业教育与终身学习五个方面的对接;促进职业教育与经济社会发展、人力资源开发与技术进步、教育教学改革与产业转型升级协调配套。

二是坚持校企合作,做好"产学研""中小微"文章。《决定》特别指出:专科高职院校要密切产学研合作,培养服务区域发展的技术技能人才,重点服务企业特别是中小微企业的技术研发和产品升级,加强社区教育和终身学习服务。

三是创新体制机制,扩大"多种自主权"、组建"多元集团",即扩大职业院校在专业设置和调整、人事管理、教师评聘、收入分配等方面的办学自主权;鼓励多元主体组建职业教育集团,探索组建覆盖全产业链的职业教育集团,发挥职业教育集团在促进教育链和产业链有机融合中的重要作用。

四是创新人才培养模式,推进"双证书"制度、"一体化"育人。《决定》要求:坚持校企合作、工学结合,强化教学、学习、实训相融合的教育教学活动。积极推进学历证书和职业资格证书"双证书"制度。开展校企联合招生、联合培养,推进校企一体化育人。

五是加强教师队伍建设,坚持"双师型"、完善"双标准"。《决定》指出:建设"双师型"教师队伍,完善教师资格标准,实施教师专业标准。实行五年一周期的教师全员培训制度,落实教师企业实践制度。

六是加强国际交流合作。做好"引进来""走出去"文章。《决定》指出:支持职业院校引进国(境)外高水平专家和优质教育资源,推动与中国企业和产品"走出去"相配套的职业教育发展模式,提升全国职业院校技能大赛的国际影响。

素质教育中的心理减负

减轻中小学生课业负担、心理负担、经济负担,是推行素质教育中的热门话题。如何减负则仁者见仁、智者见智,笔者认为,这"三大负担"的源头是心理负担,只有减轻心理负担,才能标本兼治、釜底抽薪。

从学校的角度看,校领导有心理包袱。领导工作的中心之一是办学的经济效益,而办学的经济效益决定于办学的质量,办学的质量又决定于学生的升学率(至少社会上相当一部分人是这样认为)。无可奈何,要想在小考、中考、高考中挤进第一方阵,学校除加强学生课业负担外,怕没有什么捷径了。

从教师的角度看,他们也有心理包袱。某教师所任班级的升学率如果低于其他教师,他就难以得到校领导的肯定、同行的好评、学生及其家长的赞扬。学生的考试成绩差从某种意义上说等于教师的工作能力差。试问,你还想不想加薪、晋级,你还想不想站在这三尺讲台? 如果觉得吃粉笔灰还算合口味的话,也只得违心地增加学生的课业负担了。

从学生家长的角度看,他们也有心理包袱。大多数家长都只有一根独苗,对于有着几千年"光宗耀祖"观念的中国老百姓来说,孩子考上大学就是给自己脸上贴金,孩子考不上大学就是给自己脸上泼墨。虽然明知子女的课业负担已经过重,但不少做父母的还是为子女购买几份复习资料,要做人上人,必吃苦中苦,每当孩子功课做到深夜,做父母的真是悲喜交加。

从学生的角度看,他们更有心理包袱。只有上重点初中才能上重点高中,只有上重点高中才有希望进重点大学,而只有上重点大学才有美好前程。课业负担重千斤,也要挑它九百九;"舍得一身剐,也要把大学的门槛跨"。

正是由于学校、教师、家长、学生各有心理负担,才造成学生的课业负担过重。而课业负担过重的恶性循环则加重了学生的心理负担,并直接导致和加重了学生的经济负担。解铃还须系铃人,心病还须心药医,素质教育中的心理减负刻不容缓。

素质教育必须树立正确的人才观、质量观。江泽民同志在《关于教育问题的谈话》中说过："不是只有上了大学才能成为人才,社会需要的人才是多方面的。"一所学校不能单纯用升学率来评价其教育质量,不是只有会考试的人才能成为人才。人才的质量决定于多种素质的有机融合,如思想素质、文化素质、身体素质、心理素质等缺一不可,在现代社会尤其看重人的创新能力和实践能力。单就文化素质而言,也不是只有各门功课齐头并进才能成为优秀人才。吴晗并没有因为当年考北京大学数学得0分,而影响他日后成为一名著名的历史学家;毛泽东也并没有因为当年在湖南读书,数学成绩需老师关照才能及格,而影响他成为一名伟大的政治家、文学家、军事家。

如果全社会都树立了正确的人才观和质量观,就不会单纯用升学率一尺度衡量学校的教学质量;学校领导和教师就不会因升学率低而被压得喘不过气来,不会把考试不及格的学生视为蠢材,打入另册,才会集中精力培养全面发展的人才,培养学生的创新能力和实践能力;家长也不会因为孩子学习成绩较差而责备讥讽子女,甚至谩骂殴打子女;学生也不会因为一两次考试失败而对前途失去信心,更不会因为考试失利做出外出不归、服药自尽,甚至刺杀父母或老师的违法行为来。

素质教育必须选择合适的求学门径。首先,要看到我国高等教育发展很快,近年来高校招生的数量大幅度增加,2003年我国高校毛入学率已达到15%,为更多的莘莘学子提供了上大学的机会。其次,不要认准"上大学就要上一类大学",尤其是"非名牌不读"的死理不变。因为,事实上没有哪一个国家的大学全是一流大学、重点大学。最后,更要看到大学校园只是学习知识本领、培养能力的场所之一,通过自修、函授、电视、计算机网络不仅可以上大学,而且可以读研究生。在社会进入终身教育的今天,即使跌倒在高考的龙门前,也不必一蹶不振,须知错过了太阳可别再错过月亮了。如果我们在上大学的方式上不是认定"自古华山一条路",而是懂得"条条大路通罗马",那我们的心理负担该会减轻多少。

素质教育必须正视现实,科学设计自己。一方面要正视国情这个现实。正如江泽民同志在《关于教育问题的谈话》中所说:"我们国家人口多,人人都上大学仍是不现实的。"中国的高等教育目前仅仅是由精英教育进入大众教育,仍然离人人上大学的要求相差很远。我们要乐观地看到,经济建设和社会发展对人才的要求是多样化的,既需要发展知识密集型产业,也需要发展各种劳动力密集型产业,这是我国的国情和经济社会全面发展的客观要求。另一方面要正视自己这个活生生的客观现实。每个人都有自身的爱好和特长,如果在学习文化知识上你略逊一筹,而在音乐、绘画、体育等其他某一方面却略胜一筹,你为什么要拿自己的短处同人家的长处比,并舍长取短来设计自己的人生呢?你可能不适合造原子弹,但你却适合开汽车;你可能不适合当教授,但你却适合搞经销……三百六十行,行行出状元。在成才问题上,我们真得树立"天生我材必有用"的壮志。根据自身的实际找准为祖国、为人民奉献的最佳结合点,才能最充分地发挥自己的聪明才智。当你朝着这一既定目标前行的时候,你才能理直气壮地说:走自己的路,让别人去说吧!

校企合作之感悟

19 世纪末期,德国有了比较成熟的校企合作;20 世纪末期,中国的校企合作步入了快速发展阶段;咸宁职院的校企合作随着 21 世纪的脚步,用急迫的、坚实的步伐,用不算长的时间挤进了我省高职教育校企合作第一集团军,跨上了校企一体化发展的新台阶。

经过 2011 年"校企合作年"浓墨重彩的建设,我院校企合作的成果斐然:不仅创建了 200 来个数量可观的校外实训基地,建设了数十个校内实训室、工作室,开展了有规模、有规律的实训、实习和顶岗;而且开展了专业的合作申报与调整,人才培养方案的合作制定与修改,课程、教材的合作开发与编写。不仅校企合作开展了人才的相互培训与聘用,举办了系列企业订单班、冠名班教育;而且创建了政校行企互动的咸宁职业技术学院合作办学理事会,校企联合创建了二级教学学院和科研院所,取得了有关发明专利和实用科研成果,涌现了许多校企合作的模范,积累了许多校企合作成功的经验。可以肯定地说,某些方面我们走在湖北省高职院校的前列。

校企合作的重点是实践育人。学校是人才的生产者,高职院校的重点功能是培养人才,校企合作的重点任务是合作育人;高职院校培养的是高端技能型人才,合作育人的重点是突出实践育人。校企合作不是比拼建设了多少实训基地,而是比拼有多少学生在这些基地接受优质的实践教学;校企合作不是比拼聘请了多少兼职教师,而是比拼有多少兼职教师实实在在地进行了实践教学指导和综合素质教育。在这些方面,我们需要进一步把文章做具体、做深入、做细致。

校企合作的难点是合作就业。企业是技能型人才的主要消费者,再优越的顶岗实习,比不上平淡的对口就业。只有及时就业,才能体现出高职教育的特色性、优越性;只有优质就业,才能体现出高职教育的高水平、高质量。及时优质的就业便有了生源,及时优质的就业便有了效益,及时优质的就业便有了发展。评价校企合作是否深入、是否成功,不能忘了合作就业,不能忘了就业质量。

校企合作的创新点是科技服务。人才的生产和消费是高职院校和企业合作的重要纽带。但现在的人才市场多为买方市场,企业的兴奋点、动力点,仅靠高职院校培养的人才难以持续。企业运行的兴奋点、动力点是经济效益,"科学技术是第一生产力",故科研型高校在校企合作上比高职院校占有巨大优势。所以,高职院校要解放思想,更新理念,在地方经济发展、实用性研究上找准创新点、突破口,拓宽校企合作的阳关大道。

今天的校企合作大会,是我院校企合作的总结大会、庆功大会,也是校企合作的动员大会、接力大会。校企合作走到今天不容易,取得如此骄人的成绩十分不容易,要迈出更大的步伐、取得更辉煌的成就更加不容易。珍惜与合作者的这份情缘,调动合作多方的积极性,把准校企合作的方向盘,切实为企业多办些实事、为学生多办些实事、为学校多办些实事,共建共享,合作双赢,把口中说的话,墙上贴的画,变为事实、变为成果!

人生感悟

门

门是进出的通道。万千次告别,万千次归来,门方便了你,方便了我,方便了大家。我们没有羽化,我们也不善遁形,没有门的日子,我们将四处碰壁、焦头烂额。门象征着家、象征着温暖、象征着关怀,出门给你一份祝福,归来给你一份温馨。

门是忠诚的卫士。无论寒暑春秋,无论白昼黑夜,守着你的家,守着我的家,守着大家的家。社会尚未路不拾遗,人们尚未按需分配,没有门的日子,我们还真得提心吊胆、魂不守舍。门象征着安全、象征着平安、象征着放心。出门道一声顺风,归来道一声辛苦。

门是一道风景。竹编的、木雕的、石凿的、铜制的、铁铸的、金嵌的,四方的、长形的、圆形的、虹形的、梅花形的、三角形的……房门、车门、船门、闸门、球门、城门,或秀色可餐或巍峨壮观或方便实用或固若金汤,有的朴素大方,有的花枝招展,有的腾龙起凤,有的庄重肃穆,有的古朴典雅,有的新颖别致……门是一种艺术,门是一种文化,门是一种科技。

门给人方便,门给人安全,门给人温馨,门给人美丽;人给门的是孤单、是冷寂、是推敲、是撞击。门忠于职守、默默奉献,无论是让人赞颂,还是让人误解,还是被人诅咒,它都无怨无悔、不改初衷、鞠躬尽瘁。

生活中有各种各样的门:开窍门、射球门、入法门、结豪门、钻权门、跳龙门、走后门、守国门、看家门、吊嗓门、破邪门、杜私门……有些门我们要大大敞开,有些门我们要紧紧封锁,有些门我们要拼力进入。不要做门外汉,也不要班门弄斧;不要闭门造车,不要一入侯门深似海;不要有门户之见,不要走旁门左道……办事要开门见山,犯错要闭门思过,求学要程门立雪。

敞开你的心灵之门,让灿烂的阳光照亮你的心房,让温馨的空气驱散你心灵的阴霾,让亲人的关怀抚平你心灵的创伤,让同志的友爱温暖你心灵的悲寂……敞开国门,让世界优秀文化在华夏大地开花结果,让中华民族的灿烂文明在世界发扬光大,世界需要中国这个大市场,中国需要世界这个大舞台……

泪　赋

泪虽然为水,却有味、有色、有形。

咸有一点,酸有一点,我们都品尝过。至于比黄连还苦,比椒蒜还辣的,没有亲身感受,怕是不敢相信吧!

女孩的泪是清亮的,老妇的泪是混浊的,苌弘化碧、望帝啼鹃,那沥血的泪、那恶心的泪,着实让人触目惊心。

一滴滴,如晶莹的朝露;一行行,似脱线的珍珠。在眼角它闪着心灵之花,在脸颊它爬出生命的轨迹。

泪是有灵性的,它有苦、有乐、有爱、有恨。

"独下千行泪,开君万里书",这是别离之泪,是相思之泪。"十年别泪知多少,不道相逢泪更多",这是团圆之泪,这是幸福之泪。"玉容寂寞泪阑干,梨花一枝春带雨",这是寂寞之泪,更是姣美之泪。"巴东三峡巫峡长,猿鸣三声泪沾裳",这是游子漂泊思乡之泪。"长太息以掩涕兮,哀民生之多艰",这是赤子爱民爱国之泪……

泪是一篇篇传说,泪是一则则故事。

"斑竹一枝千滴泪",与其说是舜的两位神仙妃子为舜南征而死洒下的泪滴,不如说是千百年来数不清恩爱夫妻爱的烙印。"忽报人间曾伏虎,泪飞顿作倾盆雨。"这是烈士杨开慧、柳直荀的忠魂为神州大地换新颜流下的热泪,是吴刚、嫦娥为龙的子孙祝福的美酒。"挥泪斩马谡",与其说是诸葛亮因马谡失误被斩流下的痛惜之泪,不如说是他因自己用人失误造成战争局面危机的自责之泪。"座中泣下谁最多,江州司马青衫湿。"与其说是白居易为流落江湖的琵琶女的同情之泪,不如说是他自身怀才不遇,遭贬江湖的悲愤之泪。

战国时龙阳君常常钓得大鱼后便抛弃小鱼。后来他联想到自己有朝一日亦有可能像被抛弃的小鱼那样,因恩移宠衰被魏王遗弃,此时不禁老泪纵横,于是有了龙阳泣鱼的故事。龙阳君哭的不是鱼,而是哭他自己。"狡兔死,走狗烹",一朝君子一朝臣,这是龙阳君哭泣的根源吧!

晋代羊祜镇守襄阳时,勤于治事,大兴学校,关心百姓疾苦。羊祜死后,襄阳百姓为之建碑立庙,望其碑者莫不流涕,此碑故名为坠泪碑。老百姓在碑前落泪,既是对羊祜一生最好的评价和纪念,更是期盼有更多的"羊祜"关心百姓疾苦,为民造福。

另有一则新亭对泣的故事,说的是西晋末年中原混战,王室豪族渡江流亡东南,每到风和日丽之时,他们常常相邀到新亭饮宴,往往触景生情,相视流泪。这种亡国之泪是悲哀的,也是令人同情的。但是与其空对国破家亡而悲泣,不如拿起武器同心协力为收复山河而奋斗更有实际意义。

泪是眼睛的清洁剂和润滑剂,忠实地守卫着我们心灵的窗户;泪是灵魂深处最纯情的流露,比写在脸上的表情来得更加真挚。泪又是一种身份的象征,是一种生存的本领,是一种斗争的武器。

高贵的人,他们的眼泪也更为珍贵,他们不为生活小事流泪,很少在公众场合流泪,他们一旦流泪便有曲折的故事,便有精彩的新闻。忠烈之士不向霸权恶势流泪,不为苟活偷生而流泪,他们的泪流进心里,他们的血喷薄而出。懦弱的人总把泪挂在眼角,似乎他们要用眼泪把困难冲出一个缺口,要用悲伤乞求上帝,让痛苦开道。演员的泪,为剧中人物的喜而喜,为剧中人物的悲而悲,让你得到美的感受,让你的心灵受到真情的洗礼。奸诈的人,泪中没有真情、没有哀乐。他们的泪为利而流,他们的泪为名而淌,泪里散发出铜臭,弥漫着虚伪……

让我们的泪来得更坦然些,在亲人、在朋友、在同志面前尽情地流吧,空阔让忧伤失望占据的心田,让幸福和希冀在心田驰骋。在困难、在黑暗、在魔鬼面前,请收起你的眼泪,挺直你的腰杆。让我们的眼泪来得更真诚些,为悲痛而倾洒,为幸福而流淌,让眼泪冲淡我们的悲哀,消融我们的痛苦;让光荣的泪珠串起幸运的光环。

跨越自我方能赶超先进

我们欣慰，我们骄傲：工商银行作为我国最大的国有独资商业银行，为我国的社会主义现代化建设做出了举世瞩目的贡献；我们关心，我们忧虑：随着我国加入WTO(世界贸易组织)后，经济体制改革的步伐进一步加快，金融领域对外开放的力度不断加大，资本市场、保险市场与货币市场之间的竞争，银行同业之间的竞争日益激烈，咸宁市工商银行的发展遇到了前所未有的挑战，存在着观念转变不快，业务发展不够，内控管理不严等差距。

为实现省行和市分行"追赶先进，跨越自我，自立自强，发展兴行"的奋斗目标，我们一定要正视现实，更新观念，克难奋进，改革创新；增强实现追赶型、跨越式发展的紧迫感和责任感，坚定实现追赶型、跨越式发展的信心和决心；明确落实追赶型、跨越式发展的目标和措施。咸宁经济虽不及武汉、黄石等大城市发达，但咸宁的经济增长潜力也相对更大，咸宁金融市场的竞争也远不及大城市激烈；咸宁虽然市场空间较小，但咸宁招商引资和外向型经济发展迅猛，外出务工经商人员多，个体私营经济发展快速。只要我们破除悲观思想，树立敢于争先的意识；破除畏难思想，树立克难奋进意识；破除保守思想，树立发展兴行的意识，我们就一定能实现超常规发展、历史性跨越。

我们要认真理解体会，努力贯彻落实"追赶先进、跨越自我、自立自强、发展兴行"的正确决策。"追赶先进"，就是后进的要不甘下游，迎头赶上；先进的好上加好，再上一层楼；"跨越自我"，就是要扬长避短，扩大"亮点"和"闪光点"，培植精品业务，锐意改革，打破常规，化巨大的压力为巨大的动力；"自立自强"，就是要挺直脊梁，苦练内功，在自立中追先进，在自强中求跨越；"发展兴行"，就是要明确大发展、小困难，小发展、大困难，不发展、更困难，谨记发展是赶超的唯一手段，发展是跨越的唯一希望。

困难与希望同在，挑战与机遇并存。天上掉不下林妹妹，只要我们不守株待兔,坐失良机;只要我们强化发展观念、效益观念、全局观念、长远观念、组织纪律观念;坚定追赶先进,跨越自我,自立自强,发展兴行的正确方向;坚持以改革创新为动力,以提高质量为主线;以扩大筹资为支撑,以提高效益为中心;只要我们有不到长城非好汉,不破楼兰终不还的信心和勇气,就没有过不了的火焰山,没有跨不过的天堑,没有攻不破的堡垒!

贬小人

　　小人不是身材矮小之人，小人不是年龄幼小之人；小人指重名重利，唯名是图、唯利是图之人。身材矮小却可能品德高尚，年龄幼小更显善良和单纯；身高体胖者却可能心地狭小，年长老成者也可能老奸巨猾。

　　小人易患"红眼病"。张三新买了别墅，李四开上了宝马，王五当上了局长，连论身材没身材、论钱财没钱财的赵六也读上了博士……论智商不比你们低，论出汗不比你们少，怎么会、怎么会有这么大的差距啊？没别的，有问题、有大问题。举报你张别墅造假卖假赚不义之财，举报你李宝马私吞汶川救灾款，举报你王局长私养小情妇，举报你赵博士入学考试作弊……让你住着别墅睡不香，让你开着宝马心发慌，让你当着局长怕回家，让你读着博士脸无光……哈哈！

　　小人易患"疑心病"。甲同局长一道出差，一定会拍局长的马屁，告我的刁状；乙到人事处长家串门，八成是去行贿，想弄个科长当当；丙找财务处长一道打牌，我看他们都不是好家伙，不用单位的钱当本才怪；丁这个人还真小看了他，老科长的讲话刚完他就接着发言表示赞同，这不是司马昭之心吗？……等局长回来，我一定要第一个去问好。人事处长么，得抓紧找个机会从他那里套出局里人事改革的秘密。上他家里去不用送礼的，我老婆同他姨妹是同学。财务处长可是比谁都精，陪他打牌九打十输，我才不干这等蠢事；但上个月我旷工两天，不知他是否扣款，可是 200 元啊！得了，我就对他说，他儿子考上了大学一定要请客，到时我送50 元的红包，岂不一举两得。好可恶的丁，居然也做当科长的梦！看来，这几个晚上我得少睡点觉，看他到哪找谁活动……呸呸！

　　小人都患"变性病"。在领导面前端茶倒水，嗲声嗲气；在下属面前粗言恶语，板着面孔；见荣誉他挤到前头，见困难他缩到后头；你发达时他当你的左膀右臂，你落难时用力拉你下水；小人的良心小贪心大，小人的真言少谗言多，小人的笑颜美内心丑；小人"白天"闲得发慌，"晚上"忙得要死；小人在传统美德上堪称侏儒，在挑拨离间上无愧为巨人……小人巧就巧在他的变性、变态,因人、因时、因地而用,明摆着的,他最体贴、最忠诚、最卖劲,让你觉得如果不相信他,就是不相信自己。

可别门缝里看小人,用君子之心度小人之腹。小人有能耐着哩!

小人的第一大本领是把你的好事情办砸:小人发现好事情(有利或有名可图)的目光比一般人都敏锐,尤其是自己得不到的时候。咋办?一锅粥里放粒老鼠屎,大家都别喝。

第二大本领是把你的"小"事情办成:小人发现你的弱点、难以启齿的隐忧和私欲的能力不亚于你的另一半,更奇的是他能把这些化解在顷刻之间,因为小人办事不讲规范,有明明暗暗的障眼法掩盖着,正常办事的阻力在他那里成了动力。

第三大本领是小人往往有不少支持者:办小事顺利的时候,小人结交了许多"知心"朋友;办小事遇到麻烦的时候,他们反复向别人解释,自己是受损失最大的人,自己是弱者,弱得不能再弱了,似乎生下来就是被人欺负的料,让您觉得即使把天地倒过来他还是在受欺负。

第四大本领是应变能力强:每做一件小事前,他们都做过最坏的打算,因为他们知道,不成功也不可能成仁。当他们依靠的当事人失败已成定局,他们会比所有的群众更愤怒;当他们打击的当事人反败为胜时,他们会比所有的祝贺者更殷勤;当他们打击的当事人无辜受害后,他们会比所有的同情者流着更多的泪……

小人为何有这般能耐?因为小人不怕没时间、不怕麻烦、不怕失败。君子的时间都忙在工作上,小人却把时间用在办"小事"上。小人知道越麻烦越容易把事情搞浑,越浑越好浑水摸鱼。小人知道办"小事"失败是理所当然的,本来不该得到的东西万一没能得到有什么可后悔?况且,他还可能具有让成功者失之交臂的那份痛快呢!

别咒小人是蝙蝠,他比蝙蝠强多了。他能在阳光下"光明正大"地从事黑暗的勾当,甚至在一片小天地里,挥去阳光,遮上一层乌云。小人最像苍蝇,不管是香的臭的,也不管自己的肚子饱了没,反正有点儿味道就直往里钻。他无孔不入无处不在,让你想躲都躲不开。

可恶小人,你在哪里?你问我?我能告诉你,他就不是小人了。

余秋雨先生曾写过《小人》一文,经典之美,不读不快。那是名人所见的小人,凡人所见的小人,大体如上。

赞大人

　　"大人"不是年满十八岁、有完全民事行为能力的人；"大人"不是身材魁梧、人高马大的汉子；"大人"不是虎背熊腰、力大无穷之人；"大人"不是风流倜傥、貌若天仙之人；"大人"不是腰缠万贯、财大气粗之人；"大人"不是身居要位、权大凌弱之人……大人是为了人民幸福而辛勤活着的人，大人是为了历史进步而幸福逝去之人；大人是活着已万民传颂之人，大人是死了还活在人民心中之人；天下好人居多，好人中的杰出者是大人。

　　厚德载物、德高望重，有仁德者可谓大人。爱国、敬业、诚信、友善是品德的基本要求。爱国主义是使人们趋于高尚，使人们愈来愈了解并爱好真正美好的东西，从对美好东西的知觉中体验到幸福，并且用一切方法使美好的东西付诸在行动之中。为国捐躯、视死如归是最壮烈层次的爱国。如陈子昂那样"感时思报国，拔剑起蒿莱"；如岳飞那样"壮志饥餐胡虏肉，笑谈渴饮匈奴血"；如陆游那样"一闻战鼓意气生，犹能为国平燕赵"……成功随着工作来，工作是登堂入室的阶梯，工作是为了人类的幸福和我们的自我完善。见贤思齐、闻过则喜，是敬业者的美德，也是敬业者的职责。像精卫填海、愚公移山那样矢志不渝、奋斗不息；像大禹治水那样，三过家门而不入；像诸葛亮那样临危授命、鞠躬尽瘁……诚信是沟通心灵的桥梁，诚信是做人不可缺之钙；诚信是言必信、行必果；诚信是不欺暗室、不欺妇孺。诚信是智慧，随着博学者的求索积累；诚信是成功，随着奋进者的拼搏临近；诚信是财富的种子，只要你诚心种下，就能找到打开金库的钥匙。如曾参杀彘教子那样兑现哄孩子的话；如尾生那样信守诺言，宁可抱柱溺水而死；如季布那样一诺千金，赢得朋友的生死相助……友善是友好与仁慈的姐妹，是憎恨与贪婪的死敌；它时刻准备着为了他人，而且完全出于自愿。友善者是以恩报德，"人善我，我亦善之"；友善者更是以德报怨，"人不善我，我亦善之"。友善应如孔子所言，"见善如不及，见不善如探汤""己所不欲，勿施于人"，更高境界是"己所欲施于人，助人为乐、成人之美"。友善应如老子所言，"上善若水。水善利万物而不争……"友善应如孟子所言，"老吾老以及人之老，幼吾幼以及人之幼"；更高境界是"先天下之忧而忧，后天下之乐而乐"……

功留青史、业绩卓著，有功绩者可谓大人。建国卫国者，居大人之首。如秦始皇统一华夏，步入封建社会；如汉武帝击败匈奴，开疆拓土，将中华文化传向世界；如孝文帝倡导与少数民族融合，奠定了中华民族的血缘关系；如隋文帝开拓大运河发展生产，建立科举制度；如毛泽东等缔造新中国、建设中国特色社会主义……又如抗击匈奴大勇大智的将军李广，"以武立功，秉德尊业"的卫青将军，封狼居胥大捷而归的霍去病将军……科学研究攻坚克难、鹤立鸡群是大人，教书育人金榜题名、鹏程万里者是大人，躬耕杏林妙手回春、起死回生者是大人，各类竞赛绝世超伦、矫矫不群者是大人，各行各业默默奉献、庸中佼佼者是大人，无所不能、神通广大者是大人，独当一面、各有千秋者是大人，初出茅庐年少有为者是大人，千锤百炼大器晚成者是大人……

智勇双全、才高八斗，有才智者可谓大人。德才兼备、品学兼优是管理者与文职中的大人，文武双全、文韬武略是武职与军官中的大人；运筹帷幄、举无遗策是统帅与决策中的大人，神机妙算、足智多谋是将帅中的大人；研桑心计、通权达变是经商理财者中的大人，将计就计、旁敲侧击是便宜行事中的大人；眼观六路、耳听八方是信息大战中的大人；情急智生、眼疾手快是随机应变中的大人；以一持万、扭转乾坤者是领袖人物中的大人；斗酒百篇、七步之才、斗南一人是文学方面的大人；龙飞凤舞、妙手丹青、画龙点睛是书画方面的大人；下笔成篇、文不加点、倚马可待是文章方面的大人；出口成章、咳唾成珠、锦心绣口是论辩方面的大人；一目十行、过目成诵、博古通今是博闻强识方面的大人；金声玉振、余音绕梁、霓裳羽衣是歌乐舞方面的大人；女中尧舜、淑质英才、冰雪聪明是巾帼人物中的大人；大智若愚、大巧若拙、讷言敏行是虔诚者中的大人……

革故鼎新、与时俱进，改革创新者可谓大人。尊新必威，守旧必亡。创革者是披荆开路的勇士，是浪尖上的弄潮儿，是时代的精英；创新是对过去的传承，是对现状的改造，是对未来的憧憬。如韩非子那样"不期修古，不法常可"，如戴复古那样"须教自我胸中出，切忌随人脚后行"，如刘禹锡那样"请君莫奏前朝曲，听唱新翻杨柳枝"……敏于观察、勤于思考、善于综合、勇于创新者是大人，深思熟虑、高瞻远瞩、远见卓识、先见之明者是大人，苦心孤诣、求索不止、不屈不挠、发奋图强者是大人，别出心裁、独具匠心、别具一格、自成一家者是大人，脱胎换骨、推陈出新、古为今用、洋为中用者是大人，筚路蓝缕、负重致远、毛遂自荐、临危受命者是大人,力挽狂澜、激流勇进、万夫不当、奋勇当先者是大人,明知山有虎偏向虎山行、百尺竿头更进一步者是大人……

无私无畏、廉洁公正,一心为民者可谓大人。无私方可无畏,廉洁方可公正,为民方可无私、廉洁。无私如班固所言:"国耳忘家,公而忘私。"无畏如刘向所言:"义死不避斧钺之诛,义穷不受轩冕之荣。"廉洁如陆机所言:"渴不饮盗泉水,热不息恶木阴。"公正如《三国志》所言:"水至平而邪者取法,镜至明而丑者无怒。"为民者如《晏子春秋》所言:"意莫高于爱民,行莫厚于乐民。"为民除害、为民请命、舍身求法、仗义执言者为大人,正气凛然、公正严明、铁面无私、执法如山者为大人,舍己为人、奋不顾身、临危不惧、挺身而出者为大人,坚强不屈、赤胆忠心、忠贞不渝、誓死不二者为大人,威武不屈、富贵不淫、贫贱不移、舍生取义者为大人,光明磊落、堂堂正正、克己奉公、肝胆相照者为大人,以身殉职、以身许国、宁为玉碎、不为瓦全者为大人,打抱不平、解囊相助、相濡以沫、左提右挈者为大人,大义灭亲、先自隗始、爱憎分明、褒善贬恶者为大人,克勤克俭、轻车简从、修旧利废、开源节流者为大人……

谦虚谨慎、好学向善,宽容改过者可谓大人。谦虚须记"强中自有强中手,莫向人前满自夸";谨慎须记"一事不谨,即贻四海之忧;一念不慎,即贻百年之患"(清·玄烨);修身须记"吾日三省吾身:为人谋而不忠乎?与朋友交而不信乎?传不习乎?"(《论语·学而》);求学须记"少而好学,如日出之阳;壮而好学,如日中之光;老而好学,如秉烛之明"(汉·刘向);纳谏须记"有谔谔争臣者,其国昌;有默默谀臣者,其国亡"(汉·韩婴);改过须记"君子之所贵者,迁善惧其不及,改恶恐其有余"(汉·徐干);待人须记"和以处众,宽以接下,恕以待人"(宋·林逋);宽容须记"君子贤而能容罢,知而能容愚,博而能容浅,粹而能容杂"(《荀子·非相》)……功成不居、辞尊居卑、不露圭角、虚怀若谷者为大人,逊志时敏、移樽就教、载酒问字、择善而从者为大人,礼贤下士、不耻下问、见贤思齐、再接再厉者为大人,修心养性、自知之明、刚毅木讷、戒骄戒躁者为大人,洗耳恭听、闻过则喜、有则改之者为大人,引咎自责、负荆请罪、下车泣罪者为大人,奉命唯谨、三思而行、谨言慎行、慎终追远者为大人,既往不咎、宽大为怀、豁达大度、网开三面者为大人,严于律己、宽以待人、以直报怨、以德报怨者为大人……

不会说话

　　不知什么时候起,我变得愈来愈不会说话了。起先是一些亲朋好友暗中提醒,旁敲侧击,其大意是批评我近年来言语贫乏了、老化了。而自己大不以为然,认为虽不敢称饱读诗书,倒也从事国文教学20余年,天天"玩"的是语言,何至于不会说话? 但到后来,周围的朋友越来越寡,愿意同我拉上几句话的已凤毛麟角了。不知者道我高傲,知情者笑我迂腐。我才反省自己,考察同类,难道这些年自己果真是……

　　于是,决意要学会说话。先是在一些闲谈的场合留心"大山"们侃些什么,我相信自己还不至于到鹦鹉学舌的本领都没有。然而,没想到我错矣。他们闲谈时的高见,不仅是教科书上没有的,而且简直就和教科书风马牛不相及。"大山"们议麻将、论玩牌,畅谈输赢得失,眉飞色舞、感慨万端;"大山"们评女人、谈色情,各抒丑美,推心置腹、津津乐道。男人以敢于与女人调侃而被称为潇洒,女人则因敢在男人面前作哆而被誉为有风度。更令我佩服得五体投地的是那种"两面神"的说话能力——在领导面前,他是王婆,领导是瓜;在领导背后,他是尖刀,领导是脓包。我自叹弗如,我甘拜下风,我后悔莫及,都怪我这些年把自己关在"成一统"的小屋里,与人隔绝,就像在狼群里长大的"狼孩"失去了人类语言的表达能力。我不懂牌桌上的黑话,不谙情场上的隐语,更不敢把那些难以启齿的言辞视为时髦。还是一味地保持沉默的好。我懂得言多必失,况且我是出口成错呢!

　　我不会说话,我不敢说话,而且是注定终身学不会了。记得一代伟人在长沙师范读书时,曾立下这样的警策:一生做到不谈金钱,不谈男女关系,不谈家务琐事。他的这"三不"主义,该不会随着时间的流逝,而进了历史的博物馆吧,有时我这样想。但无论如何,我是奉之为楷模的。上帝不至于如此残忍,竟会击倒我唯一的精神支柱。即便如此,我亦不至于穷途末路,记得有诗云:"风流不在谈锋胜,袖手无言味最长。"可惜又是古人说的,且让我再阿Q一回。

关于嘴的闲话

每人都长有一张嘴,每人都离不开这张嘴。嘴的基本功能是言论和进食。于是有人说,当嘴巴太容易了,有话就说,高兴了就唱,谁个不会? 更有人说,当嘴巴太幸运了,吃香的、喝辣的,谁个不愿?

其实,当嘴巴不易。当嘴巴有当嘴巴的级别,有当嘴巴的原则,有当嘴巴的技巧,当嘴巴也有自己的酸甜苦辣。

首先,要谨记当嘴巴有荣辱贵贱之分。掌权者的嘴是圣口,说对了是对的,说错了也是对的;说出的话能点石成金、指鹿为马。管钱者的嘴是金口,说你富你就富,说你穷你就穷;说出的话每个字都是金子、都是票子、是楼房、是轿车。执法者的嘴是刀口,不偏不倚治你的病;左一点,小病治成大病;右一点,大病治得你没命。下属的嘴是笨口,只能说出不成熟的意见,或只能鹦鹉学舌。奴仆的嘴是牲口,说好听的叫放马屁,说不好听的叫放狗屁……

进而要掌握动嘴的基本原则。该吃的,不好吃也要吃;不该吃的,再好吃也不吃。五谷杂粮,青菜萝卜,有利于延年益寿,虽是家常便饭,但要乐于吃、经常吃;苦涩之药,有利于治病救人,要敢于吃、忍着吃。山珍海味,有碍于营养的均衡,要省着吃、谨慎吃;鸦片、罂粟,有损于健康和生命,要回避吃、拒绝吃。要吃出健康、吃出长寿来,不要吃出疾病、吃出短命来。

不好听的话要勇于说,好听的话要省着说。面对面提他人的意见,特别是提领导的意见,泼人家的面子,需要真诚、需要勇气,要像宰相魏征向李世民提意见一样直言不讳,哪怕冒着杀头的危险。公开讲自己的缺点,尤其是当着下属的面,往自己脸上抹黑,需要诚恳和胆量,要学大将军廉颇"负荆请罪",勇于改过。当面说人家的好话,尤其是当领导的面要省着说,说过了头,或滋长了领导的好大喜功心理,或让领导读出了你吹牛拍马的奴颜;当着别人的面,尤其是当着熟人的面说自己的优点,也要省着说,若是陌生人,会认为你骄傲自大、华而不实,若是熟人,早已心知肚明,多此一举。

不该动嘴的时候,你动嘴是傻帽儿;该动嘴的时候,你不动嘴也是傻帽儿。在图书馆,你放声朗读是不是傻帽儿？在公共场所里,你吞云吐雾是不是傻帽儿？在人家默哀三分钟时,你放声歌唱更是傻帽的傻帽儿。在开会发言时,你默不吭声是傻帽儿;在领导对你委以重任时,你闭口不答是傻帽儿;在你梦寐以求的心仪之人向你示爱时,你装聋卖哑也是傻帽的傻帽儿……

再进之,要掌握说话的技巧。

说真话是最基本的技巧。事实胜于雄辩,打开天窗说亮话,这一切告诉我们:任何时候只要可能就应讲真话,说办得到的话;万一不能讲真话,就不讲话;万一不能不讲假话,也不能讲伤害他人的假话,这是说话的底线。"口蜜腹剑"的奸相李林甫,结局是"至今欲食林甫肉";"不说假话办不成大事"的阴谋家林彪,结局是飞得很高,跌得粉身碎骨。

说得有道理、说得有条理、说得是时候、说得有文采是进一步的技巧。"良言一句三冬暖,恶语伤人六月寒",这是有理与无理的形象表达。能言善辩者,不仅能口若悬河,而且能出口成章。谈吐优雅者,能口吻生花、口角春风。至于毛遂凭三寸之舌,强于百万之师;诸葛亮凭铜牙铁齿,说来三国鼎立,此乃技巧中的集大成者。

不能说话、不该说话、不必说话时,保持沉默是一种技巧。事关党和国家的秘密不能说,你一言以蔽之——"不知道"。事实的真相尚无定论或虽有定论但不到公开的时候,你二话不说——"无可奉告"。别人都在夸夸其谈、道听途说时,你三缄其口——"风流不在谈锋胜,袖手无言语最长"。

望梅止渴,是善假于物也的技巧。现身说法,是善于利用自己的技巧。据理力争,是说服他人的技巧。自圆其说,是为自己辩护的技巧。言简意赅,是尊重别人的技巧。言而有信,是尊重自己的技巧。语重心长,是关心同志的技巧。一针见血,是批判敌人的技巧……

文到此处,还须品味一下嘴的甜苦酸辣。

嘴的至甜不是吃了甘蔗和蜜糖,而是因为嘴成就了个人的事业、帮助了他人、更大者是为国争光。因为这种甜不是一时甜在口中,而是长期甜在心底。

嘴的至苦不是吃了黄连、苦胆,而是因为一句话导致前功尽弃,甚至招来杀身之祸。孟浩然一句"不才明主弃,多病故人疏"而得到唐皇请回顾庐的"恩典";金圣叹祭明时一句思明之言,便被清帝摘走项上头颅。

嘴的至酸不是嚼梅和喝醋,而是嘴巴长在自己的脑上,却专说别人的话。开口必引经据典,动口就是"唯领导的话是讲",因为说这些话时不仅自己牙根是酸的,而且让听的人耳根也是酸的。

嘴的至辣不是吃了姜蒜辣椒,而是说了不该说的话,错误地刺伤了好人。因为这种辣不仅是辣在舌头上,而且是到了脸上,辣得自己要抽自己的嘴巴。

纳也嘴,吐也嘴;成也嘴,败也嘴;病从口入,祸从口出,做嘴巴不易。

我做不了太阳,但我远离猪栏

我们的祖先造了两个"de"字,一是道德、品德的"德";一是得到、获得的"得"。它们的读音完全相同,它们的含义却迥然有别。但两者却又同时受到人们的青睐。不是吗? 你听,美德、贤德、功德、德才兼备、德高望重、功德无量……你再看,得法、得意、得志、得胜回朝、得天独厚、一举两得……

现实中,有些人似乎愈来愈疏远道德、品德的"德",而越来越亲近得到、获得的"得"。大家都是明白人,心有灵犀一点通,讲职业道德、讲社会公德,便意味着埋头苦干、无私无畏、默默奉献;而获得、得到的潜台词往往是:得票子、得房子、得美人、得职务、得职称……难怪让人梦寐以求,垂下三尺长的涎水。有人说:医德几何? 值多少钱一斤? 能当饭吃吗? 关于医德多少钱一斤,我答不出。因为医德乃人类的无价宝之一,原本不是可以用斤两来权衡轻重的。

医德不能当饭吃,这个答案很清楚。

医务工作者不可能一味付出而不要报答。正如万物需要阳光、水分和土壤一样。世上曾有一个人狂妄地自诩为太阳,光热无穷,只是付出,不想索取。我不是在编神话,那个人是19世纪德国的尼采。可惜尼采没有办到,他最后发疯而死。所以,我们并不提倡让医务工作者捆着肚子大讲医德,并不奢想"马儿不吃草,马儿跑得快"。"巧妇难为无米之炊啊!",我们都是凡胎俗骨,萝卜白菜我们需要,牛奶面包不能缺少,土豆烧牛肉又有什么不妥,就是鱼翅熊掌我们也没有理由视它为砒霜。

没有医德的医者就不配吃饭,这个答案也很清楚。

诚然,"君子不言利",不等于君子不要利;"君子爱财,取之有道"。这里的"道"就包含社会公德和职业道德。当我们若无其事地接受患者的宴请时,当我们心安理得地收下病人家属的红包时,当我们用手中的处方和手术刀向患者换取种种私利时……我们的良知和医德的天平又倾向了何方呢? 当患者的馈赠化成你的笑容时,当手术刀与红包相提并论时,你的笑容、你的技术,在患者的心中已经堆积成乌云、化为了魔鬼。不错,你的钱袋子因红包日益胀鼓,而你的人格却愈来愈渺小。我所担心的是,有那么一天,即使在显微镜下也找不到你的良心和医德了。

是的,作为一个医务工作者,我们救死扶伤、殚精竭虑,在脏臭血腥中夜以继日,你的处方使多少病残者恢复了健康,你的笑容给多少苦痛的心灵送去了阵阵春风,你的手术刀在阎王簿上删去了一串串名单……你的付出或曰奉献多于甚至远远超出你每月薪资的回报。当你拿手术台上几小时的腰酸背痛、汗流浃背,与歌星们舞台上几分钟的潇洒相比时;当你把十年寒窗与商海一场拼搏的收获摆到一块时,你或许会觉得太不公平、太不合算,你医德的天平就会失衡。不吃白不吃,不拿白不拿,马无夜草不肥,人无外财不富,这些时髦流行的、历史遗传的阴魂会在你的头脑中作祟……你也许会气壮如牛地反问:我一不偷、二不抢,接受点患者的宴请、拿点患者的红包错在哪里?答案很简单,你的处方上写错了一个至关紧要的字,你把"天职"写成了"失职"。这一字之差可不是简单的粗心大意啊!它的过失远大于看错了一次病,发错了一剂药,因为你在往天使的白大褂上泼墨啊!

说到"天职",我想起国际红十字会的创始人——日内瓦银行家亨利·杜南,他死后的白色大理石纪念碑上刻着一位白衣天使跪着为一个伤员喂水的浮雕;我想起世界上第一位女护士南丁格尔,她抛弃荣华富贵的生活,牺牲自己的青春,终身未嫁,为患者解除病痛奉献了一生;我也想起世界上第一位女医生布莱克威尔,她冲破世俗中"女不学医"的重重阻力,被人认为是"疯女""怪物",她也是一生未婚,没有享受过舒适的生活,却把她的母爱、温柔、同情心,全身心地献给了病友;我还想起镭的发现者——居里夫妇,镭是一种能治疗癌症的放射性元素,当时美国的一些大老板希望购买提炼镭的技术。居里夫妇面临着两种选择:一是领取专利权,一举成为富翁。二是毫不隐瞒地向全世界公布所有的研究成果,居里夫人毫不犹豫地选择了后者,夫妇俩还将历尽千辛万苦提炼出来的一克镭(当时价值百万美元),也捐献给了国家……想想亨利·杜南、想想南丁格尔、想想布莱克威尔、想想居里夫妇,在"得到的太少,奉献得太多"这个问题上,我们还有什么发言权呢?

大家一定听说过"兔子不吃窝边草""虎毒不食子",就连这一类动物在摄取生存所需的食物时,也是有所原则的。作为万物之灵的人难道不应该有着更高的生活追求吗?科学家爱因斯坦告诫我们:"我从来不把安逸和快乐看作是生活目的本身——这种伦理基础,我叫它猪栏的理想。"

医德天下事,得失寸心知。我做不了太阳,但我远离猪栏!

选　择

选择,是对生活的积极挑战;被选择是对生活的被动适应。选择决定着生活的快乐,选择决定着人生的价值。

每个人有不同的选择,不同的选择决定于不同的人。

人生路口,我们何去何从? 宏伟的事业,我们能否去创造? 美丽的神话,我们敢不敢兑现? 选择,决定于你的眼光,决定于你的能力,决定于你的勇气。

选择与时俱进,是奋进之人;选择随遇而安,是保守之人;选择迎难而上,是勇敢之人;选择知难而退,是胆怯之人。高瞻远瞩的人,很少做出错误的选择;鼠目寸光的人,难以做出正确的选择。品德高尚的人,不会做出卑俗的选择;昏庸腐朽的人,难以做出高尚的选择……选择决定于人的性格,决定于人的品德。

不参加新的选择,是一种默认放弃的选择。可能会因为我们的放弃,而失掉一连串宝贵的机遇。但轻率和鲁莽的选择,不仅不能带来机遇,反而会导致失败。因为它说明你对自己的智力、财力、能力、毅力的估计失误。做出任何选择,都应三思而行。

选择了高山,也就选择了坎坷;选择了大海,也就选择了风浪;选择了创业,也就选择了汗水;选择了高尚,也就选择了奉献。一个快乐选择的背后,都有一个不如意的阴影相伴着。在这个阴影面前,叶公好龙之人,会魂飞魄散、落荒而逃;愚公移山者,则会挖山不止、锲而不舍。要品味果实的香甜,必须辛勤地栽培;要达到选择的目的,必须勇敢地去追求。

为了个人的利益给他人带来痛苦,这样的选择虽舒适却悲哀;为了免除他人的痛苦而牺牲自身的利益,这样的选择虽痛苦却幸福;因为革命事业的需要干一件默默无闻的工作,这样的选择虽平凡却高尚;为了维护大多数群众的利益,我们选择了挨批评、受惩罚,这样的选择虽无奈却光荣;为了国家和民族的利益,我们选择了抛头颅、洒热血,这样的选择伟大而不朽。

学会安慰自己

儿童在外玩耍摔了跤,回家扑向母亲的怀抱,希望得到母亲的安慰;学子考试失利,十二分委屈,希望得到老师的安慰;运动员在竞赛场上败北,万分沮丧,希望得到教练的安慰;老百姓遭受旱涝大灾,粮食颗粒无收,希望得到政府的安慰……每当我们在事业上不顺心、生活上有困难、爱情上受挫折、身体不健康等时,是多么需要他人的安慰啊!哪怕是短短的一句话,也让你如沐春风,似雪中送炭,这真是良言一句三冬暖啊!

一个人的一生中需要安慰的时候很多,芸芸众生需要安慰之总和不会少于银河系里的星星。我们哪能要求自己需要安慰的时候都能及时地得到他人的安慰呢?或许是你的生活上捉襟见肘,长相上平平庸庸,工作上坎坎坷坷,学业上事倍功半,就业上山重水复……然而,这个时候往往无人能及时地安慰你,你觉得好心烦、好意冷、太乏味,简直是"借酒浇愁愁更愁""才下眉头,却上心头"。

一年四季哪能季季是春天,人生的航程上哪能处处是顺风?总等着别人来安慰,那是心理不成熟、不健康的表现。我们是生活的主人翁,主人翁要学会安慰自己。当事业上不顺心的时候,请想想"天生我材必有用""柳暗花明又一村";当学习或科研进退维谷时,请想想"不经一番寒彻骨,怎得梅花扑鼻香";当你的工作被人误解时,多想想"不患人之不己知,患不知人也";当你与他人相比自愧不如时,请想想"梅虽逊雪三分白,雪却输梅一段香";当经济暂时拮据时,请想想"从来好事天生险,自古瓜儿苦后甜";当人近中年、壮志未酬时,请想想"莫羡三春桃与李,桂花成实向秋荣";当鬓霜白头至暮年时,请想想"莫道桑榆晚,为霞尚满天"……

自我安慰不是自我麻醉,不是自我欣赏,不是原谅自己的短处,不是赞美自己的缺点;自我安慰是自我肯定,是自我鼓气;是战胜困难,是战胜自己;是扬长避短,是轻装上阵;是自我修养,是自我提高。学会自我安慰,为自己的心灵开一扇窗户,快乐永远伴随在身边,生活中充满阳光。

廉勤感悟

"从严治校"给我们一片"自由天地"

　　也许大家都知道,美国前总统布什的女儿詹纳·布什这个名字,但是你是否知道詹纳·布什在得克萨斯州的一家饭店,试图用别人的证件买酒喝时被警察查获,并接受调查。因该州法律规定 21 岁以上的成年人才能喝酒,而当时詹纳只有19 岁。此前,詹纳曾在另一酒吧喝酒时被便衣警察抓住,并受到了处罚。有人也许会说,不看僧面看佛面,堂堂总统的女儿买点酒喝前后两次被盘查,甚至给予处罚,未免有点"小题大做"。但有什么办法,美国人就是认这个死理,依法办事。总统的女儿丢了面子,也就是总统丢了面子。人们一定关心总统先生会有什么反应,可以告诉你,布什只给女儿打了个电话"表示遗憾",算是关照,再没有其他任何"关爱"的举动。所有这些,铁面无私也好,不近人情也好,六亲不认也罢,其实正是关心、爱护未成年人的体现。

　　从美国法律中禁止青少年喝酒,联想到我们中国校园的纪律和法制教育。如果大家认为美国警察查处布什总统的女儿喝酒太英明了,那么,我也要为我们学校办学方针中"从严治校"这一条大声喝彩。

　　走进咸宁财校,你看到的第一道风景——宣传墙上醒目地写有《学生十不准》。哟,好严的要求:"不准打架斗殴,不准抽烟酗酒,不准私自下河,不准翻越围墙,不准不假外宿,不准损坏公物,不准谈情说爱,不准乱丢纸屑,不准沉湎网吧,不准乱停乱放。"这不是明摆着要把我们关在校园这个"笼子"里,限制我们的人身自由吗? 连丢纸屑都有限制,这是不是严得过分了一点。校领导给我们讲了中央电视台《正大综艺》节目里播出的一个故事:在新加坡,一只上架销售的手提包,因未明码标价而被罚款 5200 元(相当于近 3 万元人民币)。这种巨额罚款,严厉得没有半点人情味,但正因此有力地抑制了各种违法犯罪活动和不文明现象,使得新加坡不仅以富裕著称,更以治安有序、文明礼貌、美丽卫生令人惊叹。《学生十不准》虽然要求十分严格,但事实证明每一条都是中专生应该做的,也是能够做到的。

走进咸宁财校，你看到的第二道风景——每位同学都端端正正地挂着胸牌。有黄色的、有绿色的、有红色的，红色是学生会和学校团委的干部。不是为了五彩缤纷，也不是为了区分学生官和学生兵，而是为了明确各自的职责，以便互相监督。同学们的胸牌上都贴着自己的照片、写着自己的名字。在这所几千人的学校，你可以准确地喊出每个人，即使入学不久的新同学，这对加强学校管理带来的好处真是不言而喻。不仅同学们戴有胸牌，而且老师和校领导都无一例外。当初不少人对戴胸牌不大了解，尤其是学校还经常检查，认为这是搞形式、添麻烦。后来，当看到戴胸牌有利于加强管理的好处后，这些人在认识上有了改变。特别是当看到某位校领导有一次市委开会回来，进校门忘了戴胸牌，他除了主动在考勤栏公示外，还到校财务科交了罚款。其身正，不令而行。学校师生哪有不紧紧跟随，为学校争光之理？

环视咸宁财校，你看到的第三道风景——校园四周高筑围墙。学校实行封闭式管理，同学们进出校园要凭出入证，这给学生的第一印象是很不自由。你想学校位于闹市之中，如果进出自由，那该有多方便，上书店、逛商店、买小吃、进网吧，可饱眼福、饱口福、饱耳福，真是要玩有玩的，要吃有吃的，要乐有乐的。虽然，封闭式校园管理没有了上面这些"自由"，但是学生却获得了真正的自由、得到了许多好处：不爱学习而沉湎网吧的同学越来越少；极大地减少了同学们随意外出带来的不安全因素；校外闲散人员不得随意进出校园，同学们的财产安全得到了极大保障，打架斗殴现象明显减少；外地车辆不得随意出入校园，保证了校园安静的教学环境……受益最多的还是学生。

徜徉于咸宁财校校园，你会感到这里有一道实实在在的风景——是校园也是花园。这里樟竹松柏季季长青，兰榴桂梅月月争艳，人行道佳木繁荫，小花圃馨香袭人，青草地生机盎然……眼前这一切是学校对校园建设严谨规划，对校园环境严格管理的结果。单说校园的清洁卫生这宗小事，要保证晴天和雨天、上课和假日都清清爽爽、不见纸屑落叶，一周两周或许容易做到，但要做到经年累月如此就有相当大的难度。它需要每一个班级、每一位同学持之以恒、自觉负责。通过努力，我们做到了，而且做得很不错。同学们用自己的汗水换来了校园环境的洁净，而洁净的校园环境又洁净了同学们的心灵，陶冶了同学们美好的情操。

从严治校的核心和目的是加强教学管理，提高同学们的思想素质和文化素质。学校抓教育教学的措施丰富扎实：有开学伊始的军事训练和入学教育，有课程设置中的职业道德和法制教育，有优秀班级、先进团支部等文明创建活动，有教师教案和学生作业大检查,有师生共同参与的评教评学活动,有严格的计算机、英语、普通话、会计、统计等职业证书考试,有定期举办的业余党校和业余团校,有课余的青年志愿者活动,有时警醒同学们的操行分考核等。做到了课堂和课余一起抓,校内与校外同时抓,入学到毕业始终抓。同学们的精神面貌昂扬风发,思想素质明显提高,并创造了良好的学习佳绩,校英语代表队在全市职业学校英语竞赛中捧回了桂冠,校计算机代表队和体育代表队在全省中专学校竞赛中均获得团体总分第二的好成绩。在全国首届青少年作文大赛中张亚丽同学获一等奖,周瑞兰同学获二等奖,孟星梅、曾庆君、陈涛同学获三等奖……

"从严治校"使咸宁职业技术学校发生了日新月异的变化:严出了井然有序的教学秩序,严出了安定安全的教育环境,严出了鸟语花香的校园景色,严出了高质优质的教学质量……"从严治校,质量立校"让我们获得了在遵纪守法下的最大、最广泛的自由,获得了遨游知识海洋的本领,赢得了在这个充满竞争的时代生存和发展的自由天空,赢得了我们充满希望、光辉灿烂的未来!

从蔡锷的廉政说起

说到蔡锷不仅因为他是近代著名的将军,在反对袁世凯的斗争中声名卓著;而且蔡锷将军倡导清正廉洁之风,从自我做起、从自家做起,着实令人钦佩。

1915 年秋,蔡锷起兵讨袁,袁世凯恨得要命,下令查封蔡锷家产。邵阳县令陈良查复袁世凯的文书中是这样写的:"查蔡锷本籍无一椽之屋,无立锥之地,其母尚寄食其乡人何氏家,实无财产之可查封。"讨袁胜利,再造共和,蔡将军要求自己和其亲属更严格,自动将薪银由 600 两减为 120 两,再减为大洋 60 元。当他得知其弟当上湖南造币厂厂长时,坐立不安,当即去电于当时的省政府主席谭延闿:"请将吾弟解职,以保持寒素之家风。"

蔡锷任将军多年,在家乡竟然"无一椽之屋,无立锥之地",并且在讨袁胜利后还将自己的薪银由 600 两减为 120 两,再减为大洋 60 元。这与那些占据国家资财为己有,贪得无厌的陈希同、胡长清、成克杰之流有着天壤之别。这些人,身为党和国家的高级干部,却滥用职权,大肆收受贿赂,腐化堕落,成为人民的敌人,遗臭万年。

蔡锷将军不仅对自身要求严格,而且对家人和亲属概莫例外。当他得知其弟当上湖南造币厂厂长时,当即去电当时湖南省政府主席将其弟解职,以保持寒素之家风。这使我想起令人崇拜的周恩来总理,周总理对自己的亲属要求十分严格。1960 年,在北京钢铁学院工作的侄儿要求把他爱人从家乡淮安调到北京,周总理对他们说:"照顾夫妻关系,为什么只能调到北京,不能调到外地呢?"后来这对夫妇愉快地回到了淮安。1969 年,另一侄儿在延安枣园插队落户,当地送他参了军,周总理得知后,又把他从部队里叫回去当农民。现实中,一些地方和单位党组织和领导者治党不严,导致自身腐败;领导干部没有制约好自己的配偶和子女,封建社会那种"封妻荫子""一人得道,鸡犬升天"的腐败之风仍然盛行。

中国的反腐倡廉虽然取得了明显的成效,但与人民的期望还有很大差距,反腐败的任务仍相当繁重。必须采取更加有力的措施,坚持不懈地开展廉政建设和反腐败斗争。领导干部要廉洁自律,并管好自己的亲属和身边的工作人员。要严格执行领导干部不准利用职权和职务上的影响,为配偶和子女谋取非法利益的规定。人们真诚盼望着有更多像周恩来总理与蔡锷将军这样廉洁自律的好官。

对美存敬畏之心

"人皆有爱美之心",我不知道这话是谁最先说的,但我知道说这话的一定是位哲人。只要你有正常人的思维,有基本的鉴别能力,在美与丑之间,你就会有一个选择的标准。上帝创造了万物,世间有了美景、美食、美物,人类有了可目、可口、可用。人们享受着上帝赐予的大自然之美,享受着自身创造的文明之美,芸芸众生皆有爱美之心,这似乎是古今常理,中外定律。

《菜根谭》云:"大人不可不畏,畏大人则无放逸之心;小民亦不可不畏,畏小民则无豪横之名。"中央组织部部长李源潮在讲话中说,当干部要有敬畏之心,一要敬畏历史,使自己的工作能经得起实践和历史的检验;二要敬畏百姓,让自己做的事情对得起养育我们的人民;三要敬畏人生,将来回首往事的时候不会感到后悔。敝人之见,还要加上一条:对美存敬畏之心。

世上美物、美食处处皆是,如满天星斗。贪食之,则消化不良;贪占之,则为物所累。如"丝竹尽当时之精,庖膳穷水陆之珍",似斗富的石崇、王恺那样贪得无厌、肆无忌惮,则既违人道,亦违天道。

人间秀色、美女时时可见,如雨后春笋。占山之秀色为己居,则民抱怨;霸人之美妻为己妾,则法不容。若身在地球心在琼楼玉宇,有人伦之乐却兽心常发,则必为天外之物所失眠,为心外之人所累心。天下名山秀水将为之哭泣,天下淑女俊男将破帽遮颜。

对美无敬畏之心,就会胡作非为,胆大包天;对美无敬畏之心,就会见利忘义,利令智昏;对美无敬畏之心,就会厚颜无耻,祸国殃民……《荷马史诗》描写了特洛伊和斯巴达两个部落为了争夺美女海伦而发动战争,特洛伊王子帕里斯将海伦带回特洛伊城,希腊人在海伦哥哥的率领下组织 10 万人的船队攻打特洛伊城,整个特洛伊城沦入希腊人的劫杀掳掠之中。中国历史上"三代"亡国均有红颜祸水效应,夏桀裸身嬉戏以宠幸妹喜,导致妹喜帮助汤商灭夏;商纣建酒池肉林以讨好妲己,最终导致商王朝灭亡;周幽王"烽火戏诸侯"以博褒姒一笑,褒姒一笑倾城、再笑倾国,结果褒姒勾结了犬戎攻打周幽王。又如吴三桂"恸哭三军俱缟素,冲冠一怒为红颜",引清兵入山海关,导致李自成败北……

对美存敬畏之心,才会见利思义,舍生取义。有敬畏才有尊重,有尊重才有感恩,有感恩才能善待人民;有敬畏才懂规章,懂规章才能自我约束,自我约束才能善待名利。"头顶三尺有神明,不畏人知畏己知",要堂堂正正为人,干干净净做事,以党纪法纪为镜,看清正廉洁作风实不实;以群众利益为镜,看为人民服务宗旨牢不牢。多一分敬畏,去一分贪婪;多一分小心,少一些欲望;在利益面前不贪心,在诱惑面前不动心,在分化面前不变心。且以苏东坡的那句话来结束这则短文:"且夫天地之间,物各有主,苟非吾之所有,虽一毫而莫取。"

干在实处洒芬芳

习近平总书记语重心长地告诫全党"空谈误国,实干兴邦";视察湖北时,激情洋溢地勉励湖北"建成支点、走在前列"! 下面谈谈要干在实处,走在前列的七点理由。

一是时代机遇呼唤我们干在实处,走在前列。咸宁是湖北跨越式发展的重要板块,是"两型社会"建设的重要节点、是长江中游城市群的重要成员,是全国首批旅游示范城市。时代机遇呼唤咸宁:勇于担当、奋发有为,名必有实、事必有功,干在实处、走在前列。

二是区位优势给力我们干在实处,走在前列。咸宁与咸安城区一体,是"六城三区"——"生态旅游新城、生态工业新城、职教新城、贺胜梓山湖生态科技新城、咸嘉临港新城、咸安新城和金桂湖低碳经济示范区、向阳湖现代农业示范区、河背生态湿地保护区"的所在地,近水楼台先得月,咸宁首先享受了城镇化建设的机遇与红利,理应投之以桃报之以李。区位优势给力我们:积跬步至千里、积小流成江海,步步为营、百尺竿头,干在实处、走在前列。

三是政府重托激励我们干在实处,走在前列。咸安在全国主体功能区建设中,是咸宁市唯一享受国家级重点开发的区域,是全国第一批科技创新示范区,国家知识产权工程试点区……政府重托激励我们:工业强市、科技兴市,乘势而上、顺风扬帆,干在实处、走在前列。

四是文化底蕴激荡我们干在实处,走在前列。咸宁是中华桂花之乡,桂花、桂树作为咸宁市的市花、市树,一方水土养育一方人民,一方文化陶冶一方精神。桂花是圣洁的花、文化的花:不像桃花、李花,不待绿叶而出便将鲜丽姿色展示于世;不像牡丹花、霸王花昭示着富贵,炫耀着艳丽;不像玫瑰花、荷花,把芬芳藏入刺与水中……它花小而芳香十里,朴实而藏于叶底,奉献了英姿与馨香、奉献了血肉与灵魂。桂花文化激荡我们,干出实绩、功成不居,踏石留印、抓铁有痕,干在实处、走在前列。

五是辉煌历史鞭策我们干在实处,走在前列。咸宁是北伐战争汀泗桥大捷所在地,是当代全国乡镇机构改革典型,不辱使命,敢于担当、善于担当的"铁军精神",不甘落后,勇于创新、善于创新的改革精神名垂史册。辉煌历史鞭策我们:与时俱进、传承创新,逢山开路、遇河架桥,干在实处、走在前列。

六是宏伟规划引领我们干在实处,走在前列。我们谨记"实力咸宁、活力咸宁、宜居咸宁、文化咸宁、幸福咸宁"的宏图,"大工业、大统筹、大流通、大旅游、大服务"之战略,"首善之区"之咸宁梦。宏伟规划引领我们:竞上台阶、抢收幸福,东风浩荡、亮点纷呈,干在实处、走在前列。

七是光荣职责推动我们干在实处,走在前列。我们是公务员,是党培育的优秀干部,人民称赞我们素质优良,历史赋予我们使命重大。干部就是实干加巧干,"干"是两个人的事一个人干,两天的事一天完成;"部"是耳朵要闻风而行,讲话要言而有信,行动要立竿见影。光荣职责推动我们:燕子垒窝、老牛爬坡,善始善终、善做善成,干在实处、走在前列。

干在实处,走在前列。不达目标誓不罢休、不获全胜绝不收兵!

和谐的断章

说和谐、道和谐,和谐关系你和我,和谐连着古与今。

"和"是"禾"与"口"的结合。"禾"代表庄稼,"口"代表嘴巴,民以食为天,"和"就是要仓满囤足、民无饥荒。"和"又是团结,数与数相加的结果谓之和,将相和的故事传为千古美谈。"和"又是圆满,又是成功,连麻将游戏中也借助"和"(读为 hú)表示胜利。

"谐"是"言"与"皆"的结合。人人都能讲话,个个畅所欲言。"谐"就是言论自由、公平正义,有理有处说,有冤有处申,有心里话可以交谈,有建议可以随时反映。"谐"又是两情相悦,琴瑟和谐、荣谐伉俪,岂不美哉!

温和的风、明媚的阳光,叫和风日丽;态度温和、和蔼可亲,叫和颜悦色;家庭团结、生活美好,叫和睦美满;同心协力、共克时艰,叫和衷共济;地理适中、人心归向,叫地利人和;心里平和、不急不躁,叫心平气和……

商人说"和气生财",老百姓说"家和万事兴",孟子说"天时不如地利,地利不如人和",我们说"自然和则美丽,身体和则健康,社会和则安定,国家和则富强"。

风和日丽是和谐,山清水秀是和谐,鸟语花香是和谐,政通人和是和谐,国富民强是和谐,物阜民丰是和谐。

德智体美劳全面发展是和谐人才;

尊老爱幼、男女平等、夫妻和睦、邻里团结是和谐家庭;

体现民主法制、公平正义、诚信友爱、充满活力、安定有序、人与自然和谐相处的社会叫和谐社会。

玉在椟中求善价，钗于奁内待时飞

　　"玉在匮中求善价，钗于奁内待时飞"，这是《红楼梦》里贾雨村口中说出的两句话。贾雨村者，望文生义为"假语村"也，看似不足信之；但他是《红楼梦》中提纲挈领式的人物，其所言暗含小说人物的命运、故事的情节，实则为曹雪芹笔下所写、心中所思的"文学发言人"。信其言、懂其言，才能读懂《红楼梦》。这里的"玉"指林黛玉，"钗"指薛宝钗；这里的"匮"（guì）、指柜子，又通"簣"，指运装土的筐子；"奁"（lián）指女子梳妆用的镜匣，泛指精巧的小匣子。林黛玉如一块放在土箕里的玉，这种可悲的环境是其不得志的原因；薛宝钗是一支放在精巧匣子里的钗，那种美好的环境是其得宠的原因。同是"玉"放在不同的环境中，其价值就大相径庭。

　　在这里，"玉"和"钗"是实在的内容，"匮"和"奁"是外在的形式，可见形式与内容有必然的联系。这使我想到群众路线教育实践活动中主要任务聚焦到作风建设上，集中解决形式主义、官僚主义、享乐主义和奢靡之风这"四风"问题，借题发挥谈谈形式与内容的关系。

我们需要好马配好鞍的形式

　　"人看衣裳马看鞍""三分人才七分打扮""好马配好鞍，好车需路宽"这些耳熟能详的俗语，告诉我们一个道理：精彩的内容需要完美的形式，没有适合内容的形式或形式极其一般，会使内容黯然失色，像一朵鲜花插在牛粪上。

　　奥运赛马项目中"盛装舞步"这一项目甚得观众喜爱。骑手头戴黑色阔檐礼帽，身着燕尾服，脚登高筒马靴，伴着悠扬舒缓的旋律，驾驭马匹在规定的时间内表演各种步伐，完成各种连贯、规格化的动作。在整个骑乘过程中，人着盛装，马走舞步，骑手与马融为一体，同时展现力与美、张力与韵律、协调与奔放，具有很强的观赏性。无论动作多么复杂多变，人和马都显得气定神闲、风度翩翩，表现出骑乘艺术的最高境界。如果这位骑手农夫打扮,这匹赛马毛色肮脏,还有这样的力与美吗?还有这等艺术性、观赏性吗?

形式服从内容,内容需要适合的形式,任何内容都需有一定形式来包装。"传道、授业、解惑"是教书育人的内容,窗明几净、环境安静、设备先进是教书育人必需的形式,想必没有教师和学生反对这样的形式吧。从好酒不怕巷子深到好酒也怕巷子深的转变,说明必要的形式是不可少的。

我们更需要蓬荜生辉的内容

苏轼《谢宣召入学士院状》:"圣旨召臣入院充学士,承旨使,星下独生蓬荜之光华。"通常我们把尊贵客人到访或张挂别人给自己题赠的字画,而使自己非常光荣称为蓬荜生辉。许多时候,某些形式是需要的,也并无不妥,但就是效果不好。究其原因,是内容不到位,内容不精彩,我们需要蓬荜生辉的内容。任何形式都必须有内容方成实体,空洞或低劣的内容,形式再好也无意义,也不会引人入胜,内容让形式丰满,是金子才会闪闪发光。

潘长江的成功不在他的外表高大英俊,而在他精巧的表演技巧;草帽姐的受欢迎不在她的花容月貌,而在她真诚淳朴的声音,让她蓬荜生辉的不是头上的那顶帽子。窗明几净了、环境安静了、设备先进了,不等于教书育人的质量就自然而然地提升了,关键在于人,在于教师与学生教与学的积极性和方法。高职院校的教学系部改为学院了,这只是形式上的改变,或者是形式上十分必要的改变。但能否蓬荜生辉,提升教育质量,增加教学效益,关键还要看管理的机制、管理的内容。学校每年举办的毕业生招聘会形式不谓不好,但内容上缺少吸引力,往往流于形式。内容是重要的,是核心,形式服从于内容。

唾弃买椟还珠的形式主义

有一个楚国商人在郑国卖珍珠,做了一个木兰的匣子,这匣子用桂花、花椒熏过,用珠子和红色的美玉装饰,用翠鸟的羽毛连缀。郑国人买了他的匣子却还给他珍珠。这个楚国人是善于搞形式主义的人,可以说是善于卖匣子,不能说是善于卖珍珠啊。至于那个郑国人,可以说是形式主义的受害者了。

内容与形式的关系不仅是对立统一的关系,而且是相互作用的关系,两者相互联系,相互补充,相互依赖而存在。

生产力和生产关系、经济基础和上层建筑的关系是内容与形式的关系。内容决定形式,这就要求生产关系、上层建筑的具体形式必须符合生产力的发展状况。

我国进行的经济体制改革和政治体制改革就是改革与生产力发展状况不适应的生产关系和上层建筑的部分。

适合内容的形式会推动内容的发展，不适合内容的形式对内容的发展有阻碍作用。我国的经济体制和政治体制改革就是为了使生产关系和上层建筑的形式更加适合生产力发展内容的改革。改革实践表明，这种改革可以推动社会主义生产力的发展。

群众路线教育实践活动，如果只是大会小会讲其重要，忙于写文章、忙于做宣传，不触及管理者的灵魂，不查找工作的差距，这就是形式主义；如果差距找了一堆，问题摆了一摞，不见责任人是谁，不见整改措施是何，这也是形式主义；如果责任人已明确，整改措施也具体，但是打的雷大下的雨小，久旱逢甘霖一滴，隔叶黄鹂空好音，这也是形式主义……

望文思义"反腐败",追根溯源"倡廉洁"

现实生活中,大腐小腐的现象很多,据说文人从政者腐败的现象相对较少,尤其是诗人从政后出现腐败的更少。什么法理、生理、心理上的依据我一时讲不清,此文从语言文化上来个望文思义"反腐败",追根溯源"倡廉洁",或许有些启迪。

先说腐败的"腐"字。拆开来看,是屋里(广)面有个人(亻),他的一只手(寸)去抢下面的"肉",要将肉据为己有。谁可成为肉食者?《礼记·王制》云:"诸侯无故不杀牛,大夫无故不杀羊,士无故不杀犬豕,庶人无故不食珍。"所谓"食肉者""劳心者""人上人"等都是对官员这一阶层的称呼。古代老百姓要想吃上肉那可难了。孟子有云:"鸡豚狗彘之畜,无失其时,七十者可以食肉矣。"不到当爷爷的年龄,老百姓吃肉想都不要想。难怪现在的这些大小官员都喜欢吃肉,吃得理直气壮。岂止是牛羊猪狗,天上地下能吃的通吃,不吃白不吃。吃出个将军肚,吃坏了肝胆肾。这些官员也实在是冥顽不化,知其一不知其二,时势变了,现代物资相对丰富了,老百姓吃肉是拉动消费、奔向小康;你没见那"肉"字内有两个人,一个"人"代表官,另一个"人"代表百姓,大家都吃肉,与民同乐多好。所以说,专吃"肉"、贪吃"肉",不许他人吃"肉"者,必"腐"!

再说腐败的"败"字。拆开来看,左边是"贝",右边是"攵"(一个人的外形)。这个人也是来抢贝,与那个抢肉者性质一样,其下场当然也是一样。不同的是,"肉"代表具体的物质财富,"贝"代表抽象的物质财富;"贝"者,易存易放,可以不伤肝胆肾,可以不怕贝腐烂。所以官员抢"贝"的更多,金银珠宝、文物古董,只要有贝之功能的能抢则抢,不抢白不抢。君不见,这个贝字造字很有讲究,贝虽好,但物极必反,这个"贝"已三面(冂)包住了人,如果再贪多,必为贝所困,必为贝所围,成为阶下"囚"。所以说,专抢"贝"、贪得"贝",不许百姓有"贝"者,必"败"!

有腐败必反,现在说那个"反"字。拆开来看,半包围的"厂"代表悬崖峭壁,"又"实际上是一只手的形状,代表一个人。这个人的前面是悬崖峭壁、万丈深渊,万万不可再前行了,咋办? 唯一的方法是悬崖勒马,进一步身败名裂,退一步天高地阔。这个"反"字敲响了警钟,还是当年陈毅元帅的诗说得形象而到位:"手莫伸,伸手必被捉。党和人民在监督,万目睽睽难逃脱"。所以说,这只抢"肉"抢"贝"的手,如果不及时缩回、早早缩回,必"腐"必"败"。

新媒体对公权力的监督作用

新媒体(new media)是一个相对的概念,是继报刊、广播、电视等传统媒体以后发展起来的新的媒体形态,包括网络媒体、手机媒体、数字电视等。新媒体亦是一个宽泛的概念,即利用数字技术、网络技术,通过互联网、宽带局域网、无线通信网、卫星等渠道,以及电脑、手机、数字电视机等终端,向用户提供信息和娱乐服务的传播形态。

严格地说,新媒体应该称为数字化新媒体。它具有交互性与即时性,海量性与共享性,多媒体与超文本,个性化与社群化等基本特征;较之传统媒体具有传播与更新速度快,成本低;信息量大,内容丰富,全球传播;检索便捷,多媒体形象传播,超文本与互动性等优势。

新媒体与传统媒体的比较:就权威性比较,传统媒体是主体,新媒体是重要补充(线索更多);就时间方面比较,传统媒体具有及时性,新媒体具有即时性;就程序方面而言,传统媒体规范,新媒体简便、低成本;就传播内容看,传统媒体是双公开(被监督者与监督者),新媒体可以是半保密,或是全保密;就参与者而言,传统媒体相对较少,新媒体相对较多。其相对不足表现在:新媒体内容的真实性、准确性没有传统媒体高,有些情况下,眼见不一定为实;新媒体采用的传播方式,其科学性没有传统媒体高,表现为不公开的公开了,该公开的没有公开。

提高新媒体对公权力的监督作用:一是在法规党章上明确,群众对权力的监督,是权利、是义务。这种权利权力方不能阻止,这种义务拥有方不能放弃。二是在监督的内容上要力争最大限度地真实、准确,注重调查取证,前因后果分析。三是在监督方式上要力争得当科学,要正确判断事件的性质,是工作失误、一般违法,还是重大违法、特别重大违法。不能打草惊蛇,避免销毁证据、畏罪潜逃。四是被监督方对监督方只要不是故意诽谤,应允许人家犯错误,有则改之,无则加勉。这一点很重要,要像对待改革创新者一样宽容他们。五是发挥新媒体互动性优势,开展跟踪性调查研究,取得更为全面、真实的材料。

以史为鉴　推进廉政建设

防微杜渐，把腐败丑恶现象消灭在萌芽状态

"水滴石穿"的意思不用赘述，但发生在鄂南的这则水滴石穿故事值得一议。宋朝时，有个叫张乖崖的人，在崇阳县担任县令。当时，崇阳县社会风气很差，盗窃成风，甚至连县衙的钱库也经常发生钱、物失窃的事件。张乖崖决心好好刹一刹这股歪风。有一天，他终于找到了一个机会。这天，他在衙门周围巡行，看到一个管理县行钱库的小吏慌慌张张地从钱库中走出来，张乖崖急忙把库吏喊住："你这么慌慌张张干什么？""没什么。"那库吏回答说。张乖崖联想到钱库经常失窃，判断库吏可能监守自盗，便让随从对库吏进行搜查。结果，在库吏的头巾里搜到一枚铜钱。张乖崖把库吏押回大堂审讯，库吏不服，怒冲冲地道："偷了一枚铜钱有什么了不起，难道你还能杀了我？"张乖崖看到库吏拒不认错，十分愤怒，他拿起朱笔，宣判说："一日一钱，千日千钱，绳锯木断，水滴石穿……"判决完毕，张乖崖吩咐衙役把库吏押到刑场，斩首示众。从此以后，崇阳县的偷盗风被刹住，社会风气也大大地好转。张乖崖这一判决虽无法律依据，但得民心、顺民意，被传为美谈。

2012 年 12 月 4 日，中共中央政治局审议通过了关于改进工作作风、密切联系群众的八项规定，八项规定直面时弊、掷地有声，体现了从严从政、从严治党之要求，顺应时代发展、满足群众期盼。一分决策，九分落实。思想是行动的先导，解决认识问题是落实的前提。有人认为，经济发展了，生活条件好了，吃点喝点不算大问题；领导来调研考察，接待规格高一点是出于热情、尊重；搞活动场面大一些，是为了营造氛围……殊不知，"千里之堤，溃于蚁穴"。"小问题"上听之任之，好比"温水煮青蛙"，等感到危险来临，悔之莫及。八项规定内容实、执行严，正是为了规避"一日一钱，千日千钱"的后果，我们必须牢记不良作风的极大危害性，自觉约束、自我规范，使规定成为常态、习惯。

实事求是，把党的优良作风传承发扬光大

"黑脸包公"是人们心中理想的传奇人物，而出生于鄂南的新中国第一任监察部部长钱瑛却是一个活生生的"女包公"。1962 年，她到西北某省农村视察，看到浮夸风、购过头粮，造成农民闹饥荒，立即报告中央给予救济。根据中央指示，她率领中监委干部到安徽省，大胆为被错划为右派分子的省委书记李世农和被错划为反党、反社会主义的阶级异己分子省委常委张凯甄平反；对处理正确的案件，她始终坚持原则，不准翻案。这里还有另一则小故事，钱瑛在参加革命后唯一一次回故乡咸宁时，听人讲当地有位年轻的副区长因与"四类分子"家的闺女结了婚，被组织上撤了职。钱瑛要求应做具体细致的调查，只要思想上划清界限，不要因婚姻之事误了年轻人前程。后通过调查研究恢复了这位副区长的职务。

有关钱瑛的这些故事告诫我们后来人，实事求是，一切从实际出发是我党的优良作风，而形式主义、官僚主义坑害人民群众，也害了我们的同志和朋友。

形式主义是一种重形式、忽视内容，图虚名、不求实效的坏风气；官僚主义是脱离实际、当官"做老爷"的坏风气。我们常见到，有的干部摆官架子，高高在上，动不动对群众吃五喝六，造成极坏的影响；有的领导干部拍脑袋决策，给国家和人民造成众多后患；有的干部沉湎于会海文山，满足于迎来送往，根本无心思为群众办好事、干实事；有的干部钻营于升迁学，大搞政绩项目、"路边"工程……反对形式主义、官僚主义，要求领导干部始终牢固树立为人民服务的宗旨，保持同群众的血肉联系。情况变了服务宗旨不变，任务变了群众路线不变，抛弃官老爷的架子，树立人民公仆的形象。反对形式主义、官僚主义，要求领导干部调查研究，掌握实情；体察民情，集中民智；长期把群众的安危冷暖放在心上，想群众所想，急群众所难，从群众最迫切需要解决的问题入手，视人民群众如父母。要有"衙斋卧听萧萧竹，疑似民间疾苦声。些小吾曹州县吏，一枝一叶总关情"的胸怀。

唇齿相依，在人民的呵护下立于不败之地

"均田免赋"是李自成率领的农民起义军由小到大、由弱到强的主要原因。故民歌曰"迎闯王，不纳粮"。毛泽东讲过"当时陕北大饥，自成乘机而起，至山西、张家口、南口、土木堡等处，后至北京，卒为清兵所败……后被三桂引清兵入关，迫至无路可走。这可见李自成是代表农民利益的"。郭沫若讲："李自成是农民革命史中一位伟大的人物。他从陕北发动革命，以抗粮均田为号召，转战十余年，卒以一六四四年三月推翻了明朝的统治。但是，可惜他的战友们，特别是丞相牛金星，为胜利所陶醉，忽视了关外的大敌，终于为满洲人所乘，遭受了失败。"李自成成于群

众拥护,败于失去群众拥护。他最终遇难于湖北咸宁九宫山,其死因尚无定论,但无论是被当作贼寇被村民杀死,还是被村民当作窃贼而误杀,均为群众不知其身份,不被群众所了解。有关史料所载,李自成称帝以后,起义军的很多将官经不起都市豪华生活的诱惑,日趋骄奢淫逸,士卒也各身怀重货,无有斗志。军心涣散,纪律松弛,这为他的失败埋下了祸根。

李自成提出的"均田免赋",中国历史上绝无仅有,理所当然受到老百姓的拥护,其起义军一时间拥兵百万,摧枯拉朽般攻占北京城,推翻强大的明朝。然而他创立的大顺王朝昙花一现般仅存在了 42 天。李自成能打下江山,却守不住江山,如一颗流星,瞬间消失在夜空。来自群众,却不能很好地依靠群众;甚至损害群众的利益,得不到群众的理解与支持,惜哉! 痛哉! 这段历史的教训值得我们永远铭记。

有则写李自成、毛泽东的对联:

> 出塞上、战神州,灭明兴大顺,楚天遗恨;
>
> 诞湘潭、转陕北,驱日创共和,华夏留芳!

品味此联,希望我们能从两位伟人的成败中悟出点什么。

生肖文化

鼠年说鼠

记牧豕听经,学透知识无发愤岂可成才;

忌鼯鼠技穷,夯实基础有特色方能立足。

在十二生肖中鼠排于第一,表达先民在茹毛饮血的年代忍辱偷生的状况。老鼠天性贪婪、怯懦、狡猾,又总是鬼鬼祟祟地行动,它们是疫病的载体,亦是灾难和厄运的化身。于是便有老鼠过街人人喊打,一粒老鼠屎坏了一锅汤,等等。汉语中许多讥讽人的词语也由老鼠派生而来。讥人眼光短浅,就说"鼠目寸光";斥人器量狭小,则说"鼠肚鸡肠";惊慌逃跑,可以用"抱头鼠窜"来形容;犹豫不定,常被说成是"首鼠两端";小偷小摸,是"鼠窃狗盗";相貌猥琐的,谓之"獐头鼠目";面带邪气的,状之为"贼眉鼠眼";等等。褒义的没有,贬义的一箩筐,字里行间充满对鼠的蔑视与仇恨,从某一方面说明了鼠在人们心目中有着怎样的地位和形象。

鼠类遭此待遇,是因为它们毁田偷粮,是农业民族的大敌;它们传播疾疫,是人类生命的杀手;它们咬物坏墙,是名副其实的败家子。

如果一定要说人类也有天敌,那么一定非老鼠莫属了。人和老鼠的斗争一直延续至今。早在2000多年前,人们就发出了愤怒的呐喊:"硕鼠硕鼠,无食我黍! ……硕鼠硕鼠,无食我麦! ……硕鼠硕鼠,无食我苗!"(《诗经·魏风》),是对不劳而获却衣食无忧的达官贵人的指责和讽刺,又何尝不是对严重危害人类生活、直接侵犯人类生活空间的真实老鼠的痛斥和控诉?

对于老鼠害人的一面,我们可用两个字来概括——可恶!

但是,老鼠也有让人快乐的时候。

婚姻嫁娶本是人类所特有的文化行为,可是民间却让老鼠也嫁女娶亲。鼠婚在我国是普遍流行的民俗,只是不同的地方鼠女出嫁的婚期并不一样,但大致集中于旧年腊月二十三到新年的二月二之间。也许我们小时候或多或少都听过老鼠嫁女的歌谣或故事,在这些歌谣或故事中,出嫁的鼠姑娘总是难逃葬身猫腹的"噩运",其中最滑稽的当属鼠姑娘的糊涂爹娘为女儿挑选花猫做女婿的事了。鼠姑娘的爹娘要找世界上最神气的人选做女婿,结果,鼠姑娘找了太阳找乌云,找了乌云找围墙,最后发现还是猫咪最神气,便与猫咪定下了婚期,结果可想而知,"新娘刚到猫咪家,猫咪一口就吞下",一天好日子没过成,鼠新娘眨眼间命丧黄泉,成了猫新郎的腹中食。

在西方,老鼠成了快乐的小精灵而极富审美价值。捷克斯洛伐克动画片《鼹鼠的故事》里的主人公,是一只可爱的鼹鼠;美国动画片《猫和老鼠》里那只总能胜猫汤姆一筹的老鼠杰瑞,也是一个讨人喜欢的小精灵。迪斯尼公司创造的米老鼠形象更是光彩夺目,几十年来,米老鼠和唐老鸭走遍了全世界,声名显赫的程度超过了历届美国总统。不同国度、不同信仰的大人和孩子们,谁能不喜欢那憨态可掬、机智而富有幽默感的米老鼠呢?

无独有偶,中国画家黄永玉曾画过一只侧目而视的小老鼠,画面上的题词是:"我丑,我妈喜欢!"极富童趣,每当鼠年到来之际让人总想重读此画。当年也有歌星爱上老鼠,"老鼠爱大米"流行一时。有的小姑娘也就养了老鼠做宠物,成了掌上明珠。

老鼠也有被人崇拜的时候。

中国人把老鼠定为十二生肖之首,绝不会是无缘无故的。古人有"阴阳说",一天分 12 个时辰,一天自零点开始计时。零点包含在第一个时辰子时里,即前一天 23 时至当天凌晨 1 时中,也就是说,子时连接着昨日与今日。十二生肖动物的足趾或为单数,或为双数,只有鼠的前爪为四趾,后爪为五趾。古人以奇数为阳,偶数为阴,鼠阴阳齐备,前爪体现"昨日之阴",后爪象征"今日之阳"。鼠与子时密不可分,况且夜半时分正是老鼠最活跃的时候。于是鼠就占了十二生肖动物的第一个位置。

老鼠定为十二生肖之首另有多种传说,诸如轩辕黄帝以赛跑定顺序说,鼠为人类带来光明和谷种说,鼠"开天辟地说"等。清代《广阳杂记》说,上古时候,天地混沌一片,是鼠于子时咬破混沌,使天地分开,又有牛辟地于丑时,建此创世奇功,于是鼠名列十二生肖之首,自然当之无愧。种种传说,都难以为凭,但故事中机警、狡诈而又运气好的老鼠形象,却丰富了民俗文化。

鼠被称为"老鼠",如此称呼,兽类除"兽中之王"虎外,谁能享此待遇?

当然,鼠类对人类社会也实实在在地有着特殊贡献:老鼠肉多为瘦肉,无异味、肉质细嫩,富含优质蛋白,易为人体所吸收,脂肪含量低,并含有铁、钙等元素,实为一种营养佳品。河狸鼠(也称海狸鼠)、麝鼠颇有经济价值;鼢鼠是草原、农田里的一害,但近年来人们发现其骨可以代替虎骨入药,治疗风湿病。这样既可保护濒危的老虎,又可变害为利。鼠类捐躯,代替人类供科学家作为医药实验材料,特别是利用鼠类的基因组以及通过将人类某种基因移植到鼠的身上,培育某种人类可以接受的器官移植具有不可估量的前景。

对于老鼠利人的一面,我们可用两个字来概括——可爱!

据说鼠类比人类早两三千万年就诞生了,基因也比猿猴更接近人类。现代遗传学家研究竟然发现鼠的遗传密码有 25 亿碱基对,只比人类 29 亿少一点。人与鼠各约有 3 万个基因,其中 80% 是完全相似,哪怕是灵长类的猴也达不到这样的相似度。

鼠,是啮齿目哺乳类动物,种类甚多,分布极广,无论繁华闹市,还是荒漠高原,几乎都可以发现它们的踪迹。鼠类生命力极强,繁殖速度惊人,一只雌家鼠一年中可以生产 50 只幼鼠,6 周后幼鼠性成熟也开始繁殖,俗话说,一公一母,一年三百五,而且当人类灭鼠时,它们还会进入应激状态,加倍繁育。尽管有人类的捕杀、药毒、蛇、猫的捕食,鼠类仍是哺乳类动物中最大的种群。

相比之下,老虎的威风恐不及小小的老鼠,特别是现在,已沦为"濒危物种"的老虎,如果没有人类的庇护,很可能在 21 世纪绝迹! 如果鼠类的智商再高一些,也许会和老虎讨论讨论:谁是兽中之王? 科学家说:老鼠是未来世界的霸主,他们至少提出了以下几点理由。

其一,老鼠能听懂人类语言。有位灭鼠专家说,你在现场投放鼠药时千万不要议论,否则没有一只老鼠会上钩。这一点许多负责灭鼠的居委会工作人员都有相同的体会。所以现在有一条不成文的规定,凡是有关灭鼠动员,宣传和技术培训,不得在灭鼠现场进行。

其二,老鼠有高智商。科学家说,老鼠的智商至少相当于 8 岁儿童。苏东坡在其《灭鼠赋》中讲了这样一个故事:一只被关在笼子里的老鼠吱吱乱叫,然后双眼紧闭,四肢朝天,人们以为它死了。便把它倒了出来,可一着地,它便马上翻转身子,逃之夭夭。这说明老鼠还能玩弄诈术,这样的脱身之计,8 岁的儿童可能是想不出来的。

其三,老鼠能够总结经验教训,并具有相互沟通交流信息的特殊能力。法国科学家做了这样一个实验,把一种剧毒的鼠药放入巴黎一个下水道,一只老鼠吃过之后当场毙命,其他老鼠立即离开现场。这一信息迅速传遍全城,从此无论你把鼠药放在何处,再也没有一只老鼠去接触它。

老鼠处于食物链的底端,它有许多天敌,蛇、黄鼠狼、猫头鹰,随时都能置它于死地。它的种群之所以能在这弱肉强食的竞争中顽强地生存,一是除了它有较高的智商外,它还能适应任何恶劣的环境。从酷热的赤道,到严寒的极地,到处有它的踪影。1954年美国在比基尼岛上试爆了全世界第一颗氢弹,岛上所有生命,包括海面下的珊瑚全部灭绝。可是仅仅过了一年,老鼠又出现在这个岛上,而且基因也发生了变异,已经具有了抗辐射能力。二是它的食物非常多样,五谷、肉食、蔬菜、树叶,甚至橡胶塑料也能充饥,所以你别想能饿死它。三是它有极强的免疫力,即使吞食蛇蝎也不致中毒。它会游泳,能爬树,钻地打洞、翻墙越脊无所不能。它全面的生存本领和超强的适应能力,没有一个动物能及得上它。当然包括人类,人鼠之战旷持已久,可人类从来没有占过上风。

衡量一个物种的进化是否完美,不是它的强大,而是能否保持种群的繁衍兴旺,能否继续在这个星球上生存下去。东北虎威猛美丽,大熊猫憨厚可爱,可它们自己已没有能力保护自己,也许过不了多久,我们就只能从影像资料中欣赏到它们的美丽了。

对于老鼠的这些特性,人类是否应受更多的启迪、做更深的思考呢?

牛年说牛

偃鼠饮河浅尝辄止,难建经天纬地之大业;

汗牛充栋深研不辍,定成安国治邦中栋梁。

十二生肖中牛排于第二,表现人们经过勤苦劳作而壮大。中国的牛是勤劳的牛。耕田、运输、推磨……任劳任怨。"但愿众生皆得饱,不辞羸病卧残阳。"(李纲《病牛》)是对中国牛的生动写照。不像印度的神牛,负着神圣之名,摇着尾巴在大街上闲荡;不像日本的肉牛,终日无所事事,悠闲得只等一死;不像西班牙的斗牛,全身精力,都尽付狂暴斗争中。

中国牛是善良的牛。虽力大为六畜之首,角硬令虎狼胆怯,但对童叟百依百顺,与动物和睦相处。"牛上唱歌牛下坐,夜归还向牛边卧。"(高启的《牧牛词》)"荒陂断堑无端入,背上时时孤鸟立。"(陆龟蒙《放牛》)是中国牛善良温顺的逼真画面。"牛衣夜泣"以及"牛郎织女"等传说中,老牛更成了通灵性之物。

中国的牛是奉献的牛。吃的是草,挤的是奶;挨的是鞭,出的是力。"破领耕不休,何暇顾羸犊。夜归喘明月,朝出穿深谷。力虽穷田畴,肠未饱刍粟。稼收风雪时,又向寒坡收。"(梅尧臣《和孙端叟寺丞农具十五首其十耕牛》)是中国牛奉献的赞歌。牛理所当然得到人们的赞美,牛发自肺腑得到人们的尊敬。鲁迅先生"俯首甘为孺子牛",郭沫若甘当牛尾巴,茅盾甘当牛尾巴的毛。

中国牛的品性在某种意义上最能体现中华民族的优良品德。不仅如此,古代诸侯歃血为盟,盛牛耳于珠盘,由主盟者执盘,故称主盟者为"执牛耳"。以后,人们便把"执牛耳"引申为在某一方面居领导地位。牛,不仅指名词的牛,也可指有资本、有实力,可骄傲、可自豪的"牛"。

中国"牛"。2008年,中国战胜了五十年一遇的大冰雪,实现了大灾之年的丰衣足食;战胜了百年一遇的汶川大地震,唱响了一支响彻全球的爱的赞歌;圆了百年奥运梦想,办了一届历史上最成功的奥运;圆了千年飞天之梦,实现了宇航员太空出舱行走;在世界经济危机面前,展示了中国人的杰出智慧、强劲实力、坚定信心。

鼠去粮满囤,牛来地生金。2009 年,我们虽然面临着新世纪以来最艰难的一年,但是我们中华民族素有牛的品格和秉性,有敢于开拓创新的"拓荒牛",有吃苦耐劳的"老黄牛",有认准真理敢拼搏的"老犟牛",有年轻不畏困难艰险的"初生牛犊"……有中国特色社会主义理论的正确指引,有"不待扬鞭自奋蹄"的亿万群众,什么人间奇迹都可以创造出来。我们一定可以树立"气冲牛斗"的雄心壮志,描绘"风吹草低见牛羊"的丰收美景;建设"牧儿唱歌牛载归"的和谐社会,掌握"庖丁解牛"的规律,创造"木牛流马"的智慧,收获"以羊易牛""亡羊得牛"的果实……

让世界经济危机在中国"牛"面前发抖吧！让世界对中国刮目相看,心悦诚服地喊一声:

中国——"牛"！

虎年说虎

老牛奋蹄脚踏实地,拼搏人生能几度;

乳虎出林气冲霄汉,成功道路有千条。

虎在十二生肖中排于第三,表达人们勇当生活强者的心愿。虎是十二生肖中,人类最为敬畏的真实动物,龙另当别论。

人们敬虎,虎颇似人间之王者。其毛色斑斓,气质高雅。爪锋齿利,尾刚肢强;临山而陟,如履平地;遇水横渡,不逊游龙。静若处子,动如脱兔;长啸则百兽战栗,稳踞而鸦雀无声。因而备受尊崇,膜拜有加。传说汉字中的"王"字,便是依虎额头三横一竖纹理而来,足以表明虎在先民心目中之重要地位。

虎英勇无比、所向披靡,雄踞于食物链之巅,为先民羡慕敬佩。《周礼·夏官》载,夏朝官制中有虎贲氏,乃王之侍从。贲与奔通,取义"其勇如虎之奔走逐兽"。夏王有虎贲八百人,平时守王宫,王出行则拥之前后。至汉代,有虎贲中郎将、虎贲郎等官,历代沿用,直到唐朝才被废止。而将中之杰,称虎将。罗贯中《三国演义》中,刘备麾下五员猛将关羽、张飞、赵云、马超、黄忠,被封为"五虎大将",陈寿《三国志》将关、张、马、黄、赵五将军列为一传,推崇有加。

虎享四神之位。道教以青龙、白虎、朱雀、玄武为天神护卫,并被应用于军容军列,成为行军打仗的保护神。《礼记·曲礼上》载:"行,前朱鸟(雀)而后玄武,左青龙而右白虎,招摇在上。"并将四像分别画在旌旗上,用来表明前后左右之军阵,鼓舞士气,期望达到战无不胜。虎曾充当信物。古人对虎的形象十分崇拜,用青铜、黄金等为料,将其形象雕刻或铸造成兵符,称为虎符。劈为两半。一半交予将帅,另一半由朝廷保存。只有两个虎符合一,才能调兵遣将。

虎既为官方接纳,也受民间宠爱。以服装为例,明清官服中文官绣禽,以示文明;武官绣兽,以示威猛。故有"衣冠禽兽"之诮。其中一品武官绣麒麟,四品绣虎,六品绣彪(小虎);在民间,有借以安眠的虎头枕,有儿童喜穿的虎头鞋。以虎为名者历代常见,尤其是乳名,男孩称虎娃、虎仔,女孩称虎妞、虎妮,等等,不胜枚举。"虎"与"福"字音相近,吉祥图案中有"虎鹿"图,寓意"福禄双至"。一则虎年春节短信写道:"一二三四五,上山逗老虎。摇摇老虎头,吃穿不用愁;摸摸老虎腿,月月加薪水;拍拍老虎背,存款翻十倍……"充满了吉祥喜庆。

虎自强不息。西伯利亚为其原始栖息地,虎御寒能力极强。其生息繁衍,足迹几乎遍布欧亚大陆,直至南亚次大陆南端,甚至跨过南海进入印尼群岛。白雪皑皑的极地荒野上,有虎艰难跋涉之足迹,气浪蒸腾的热带雨林中,有虎从容优雅之身影。无论极寒或极热,均能从容应对,显示虎顽强的生命力和极高的适应力,是自强不息的典型。

虎为百兽之王,人乃万物灵长;人畏虎之凛凛声威,虎惧人之高超智慧。赤手空拳,以一对一,虎强于人,而博弈智慧,以多制少,虎则无奈。古往今来,虎食人之事件不胜枚举,且越往远古追溯事例就越多。而单人徒手胜虎之事,仅于文学作品中出现数例。最为著名者无过于《水浒传》之武松打虎。用当今语言诠释为,突发事件,特例孤证,是人类个体难以再现的辉煌。若提出"哪位不服,可单独摆擂",我辈必应者寥寥。

在漫长的争夺生存空间的博弈中,人类大体经历了畏虎、拜虎—杀虎、降虎—爱虎、护虎的过程。时过境迁,今非昔比。科技长足进步,人类密切协作,早已将靠个体蛮力称雄的虎辈推下神坛,而居于地球食物链最高端。人类所向披靡,心想事成;而野生虎难觅踪迹,成凤毛麟角。野生虎种群数量可反映出生态系统是否平衡与健全,这个生态系统是大自然历经千百万年孕育而成的精心杰作,而一个完备的生态系统对于人类的生存具有十分重要的意义。保护老虎,敬畏自然,也就是保护人类自身。

殷商甲骨文中已出现"虎"字,虎的形象已深深植根于中华文化体系之内。汉语词汇中,有虎虎生威、英雄虎胆等多个成语,另有"老虎屁股摸不得""山中无老虎,猴子称大王"等多个习语,亦庄亦谐,闻之常令人忍俊不禁。

虎踞龙盘形容地势险要;虎跃龙腾形容威武雄壮,十分活跃;虎背熊腰形容人身体魁梧健壮;虎头虎脑形容壮健憨厚的样子;虎头蛇尾比喻开始声势很大,往后劲头减小,有始无终;虎视眈眈形容心怀不善,伺机攫取;虎口拔牙比喻做十分危险的事情;虎口余生比喻经历大难而侥幸保全生命;虎尾春冰比喻踩着老虎尾巴,走在春天将解冻的冰上,处境非常危险;虎落平川比喻有势者失势。调虎离山比喻用计使对方离开原来的地方,以便乘机行事;放虎归山比喻把坏人放回老巢,留下祸根;饿虎扑食比喻动作猛烈而迅速;画虎类犬比喻模仿得不到家,反而弄得不伦不类;骑虎难下比喻事情中途遇到困难,又难以中止;谈虎色变比喻一提到可怕的事物连脸色都变了;暴虎冯河比喻有勇无谋,鲁莽冒险;如虎添翼比喻强大的得到援助后更加强大;为虎添翼比喻帮助恶人,增加恶人的势力;为虎作伥比喻做恶人的帮凶,帮助恶人做坏事;与虎谋皮比喻所商量的事跟对方利害冲突,绝对办不到。

将门虎子比喻父辈有才能,子孙也身手不凡;打马虎眼比喻故意装糊涂蒙骗人;狐假虎威比喻依仗别人的势力欺压人;狼吞虎咽形容吃东西又猛又急;照猫画虎比喻照着样子模仿;坐山观虎斗比喻对双方的斗争采取旁观的态度,等到两败俱伤时再从中取利;九牛二虎之力比喻很大的力气,常用于很费力才做成一件事;苛政猛于虎指残酷压迫剥削人民的政治比老虎还要可怕;拉大旗作虎皮比喻打着革命的旗号来吓唬人、蒙骗人;一山不容二虎形容成年老虎独往独来,不屑合作,唯我独尊的习性;"不入虎穴,焉得虎子"比喻不亲历险境就不能获得成功;初生牛犊不怕虎比喻年轻人思想上很少顾虑,敢作敢为。

虎年说虎,爱虎学虎;学其之长,戒己过失。多些龙腾虎跃、虎虎生威、英雄虎胆;少些暴虎冯河、虎头蛇尾、画虎类犬;做到如虎添翼、虎啸龙吟、初生牛犊不怕虎;改革创新,与时俱进。

兔年说兔

云龙风虎机为吾来,世纪之交不坠腾飞志;

金乌玉兔时不我待,信息时代更添奋发心。

十二生肖中兔排于第四,表达人类对弱者同情的心愿。目前,兔科拥有 9 属 43 种,我国有草兔、东北兔、东北黑兔、华南兔、灰尾兔、云南兔、塔里木兔、海南兔、雪兔 9 种。其中分布最广者为草兔,亦称蒙古兔。兔身长 10 厘米~50 厘米,上唇纵裂,耳大且长;其尾短呈簇状,其毛浓密粗硬,有白、灰、棕、黑诸颜色;其前肢明显短于后肢,适于跳跃。

兔子的身体特征

"兔子的耳朵——听得远"。大耳朵可说是兔子的标志性特征,兔子耳朵的面积占其身体表面积比例之大,在动物中罕见。鹰和狼是兔子的天敌,如何防卫?刺猬缩成一团,浑身是刺,让你无处下嘴;乌龟也可以缩进硬壳;兔子没有这些"硬件",只能逃逸。兔子的长耳朵就是监听鹰、狼和猎犬的"雷达"和"声呐",周围的风吹草动,全能被它捕捉到。其耳朵可以向着它感兴趣的方向随意地灵活转动。当它来到一个新的环境时或者碰到一个没有见过的物体时,就会警惕地竖起双耳来仔细探听动静。如果处在它认为安全的环境中,耳朵就会向下垂。兔的耳朵布满着无数的毛细血管,成为兔子的体温调节器,竖立时可以散热,紧贴在脊背上时则可以保温。

"兔子的眼睛——看得宽"。兔的眼睛很大,置于头的两侧,为其提供了大范围的视野,可以同时前视、后视、侧视和上视,可谓眼观六路。唯一的缺欠是眼睛间的距离太大,要靠左右移动头部才能看清物体,在快速奔跑时,往往来不及移动头部,所以时有撞墙、撞树之举,古代宋国的那位农夫"守株待兔",虽说事出有因,但其心存侥幸,这一点便远不及兔子的聪明了。家兔的身体中含有不同色素,眼睛也有各种不同颜色,如红色、天蓝色、茶褐色、炭色、黑色等,眼睛的颜色一般与皮毛的颜色一致。白兔是不含色素的品种,它的眼球本身也是无色的,因为眼睛里的血管清晰而透明,所以看起来总是红红的。

"兔子的嘴——三片儿"。兔子嘴的上唇正中裂开成两片,歇后语有"兔儿吹笛子——嘴不严"指的就是这。兔子分叉的上嘴唇增强了嘴唇的灵活性,便于把地面上的草搂进嘴里。事实上,大多数食草动物的嘴唇都特别灵活,能起到类似手指的作用。兔子有着发达的门齿,如果上嘴唇不分开,低头吃草时,门齿正好挡住口腔,而分开的上唇,则可以把草夹住后再朝嘴里送,因此它们吃草时,上唇必然会习惯性地动起来。

"兔子的腿——跑得快"。兔子四肢强劲,腿肌发达有力。前腿较短,后腿较长,肌肉、筋腱发达强大,适于跳跃、奔跑。兔子的前脚可以用来挖洞穴居。当发现有不喜欢的动物走近时,它会用前脚做出挖洞的动作,好像挖个洞逃离似的。它的后腿脚下的毛多而蓬松,比前脚长也结实得多,显得强劲有力,适于一窜一跳地前进。在打斗的时候,还有跳起来用后脚踢两下的防卫本领。遇到危险或不高兴时,它也会用后腿蹬对方。

"兔子的尾巴——长不了"。很多哺乳动物都有长长的尾巴,对于它们来说,尾巴是重要的运动器官,用来保持身体平衡、推动身体前进,并在前进中起到舵的作用。尾巴还具有攻击与摄食、自卫与示警、联络同伴与吸引异性等许多奇妙用途。虽然动物尾巴的功能如此繁多,仍有大量物种的尾巴退化或消失。兔子作为其中的代表,留下了"兔子的尾巴长不了"的名声。兔子在自然界是弱小的动物,或许遇到敌害,必须迅速逃离,长长的尾巴显然成了累赘。兔子的短尾巴也完全是为生存而进化的结果。

兔子的智慧行为

"静如处子,动如脱兔"。雪兔平时活动多为缓慢跳跃,受惊时能一跃而起,如离弦之箭般飞驰而去,顷刻间消失得无影无踪。它在快跑时一跃可达 3 米多远,时速为 50 千米左右,是世界上跑得最快的野生动物之一。跑动之中常常腾空而起,高达 1 米以上,以便观察周围的动静,再确定逃跑的方向。在奔跑时,它还能突然止步,急转弯或跑回头路以摆脱天敌的追击。野兔平素谨慎隐蔽、性情温和,但到了春天交配季节,却一反常态变得异常活跃,整天东奔西窜寻找配偶。为了获得雌兔的青睐,雄兔常常欢蹦乱跳、嬉戏狂欢,跳跃时做出各种怪诞的动作。在这段时间里,每只雌兔的后边都会跟随着几只雄兔,为了争夺一只雌兔而相互角逐。它们后腿站立,像拳击运动员那样,用前爪猛击对方,或扭打撕咬,最后取得胜利的雄兔才能与雌兔交配。

"兔子蹬鹰,急时咬人"。老鹰抓兔子,并非十拿九稳,那些身体强壮的野兔不会让老鹰轻易得手。当鹰即将抓住它的瞬间,野兔以迅雷不及掩耳之势将两只有力的后腿弹了出去,不偏不倚蹬在了鹰的喙上,有时甚至能使鹰惨叫一声,扑腾几下毙了命。这虽然只是个别现象,但多数情况下,有经验的野兔不会蹲在那儿等死,而是在鹰爪快抓到它的刹那猛地打一个滚,使鹰的双爪抓空,巨大的俯冲力会使鹰在地上打个趔趄。野兔则趁机纵身跃起,朝树林里疾跑,它左突右窜,一直在做曲线运动,常常能够死里逃生。"兔子急了也咬人",兔的牙齿特点是上颌有两对前后重叠的门齿,前一对较大、后一对极小;前方有明显的纵沟,后对隐于前对的后方,呈圆柱状。下颌具有门齿一对,无犬齿,在门齿与前白齿之间有很长的齿隙。如此牙齿结构决定了兔子一般不会主动进攻人或其他动物,但在危急时,用门齿来反抗也是可能的。

"狡兔三窟,双重消化"。野兔一般单独活动,它们白天隐藏在灌丛、凹地和倒木下的简单洞穴中,里面铺垫有枯枝落叶和自己脱落的毛,清晨、黄昏及夜里出来活动。兔子的巢穴并不固定,故有"狡兔三窟"的说法。杜甫诗曰"鹏碍九天须却避,兔藏三穴莫深忧"。兔子为自己准备好多个藏身之所,以躲避灾祸,可谓未雨而绸缪。它从不沿自己的足迹活动,总是迂回绕道进窝,接近窝边时,先绕着圈子走,观察细听,然后再慢慢地退着进窝。兔子是典型的食草动物,但窝边草它却不吃。窝边草是用来藏身的,吃了,岂不是把自己暴露在敌人眼里自取灭亡?可见,兔子懂得保护好生存环境就是保护自己。

兔子具有奇特的"双重消化"的功能,以抵抗恶劣的自然环境和避免天敌的侵袭。它的粪便有两种:一种是圆形的硬粪便,是一边吃草一边排出的;另一种是由盲肠富集了大量维生素和蛋白质,由胶膜裹着的软粪便,常常在休息时排出,这时它就将嘴伸到尾下接住,再重新吃掉,这样就可以充分利用其中比普通粪便中多4~5倍的维生素和蛋白质等营养物质。

兔子的传奇文化

兔子登月成仙。一本神话画本上边说:太白金星下凡,装成快要饿死的老人,遇到狼、狐狸、白兔,恳求它们救救自己,日后必定重谢。狼二话不说,跑到村子里偷来一只羊,狐狸二蹿三蹦偷来一只鸡,它们在树林里架起木柴,要烧羊和鸡。善良的白兔跑了一圈回来对老人说:"老大爷,我一不会偷,二不会抢,我以身救你,请求狼和狐狸放回老乡的鸡和羊吧。"说罢,白兔纵身跳进熊熊燃烧的木柴堆里。太白金星忽地坐起,长袖一甩,扑灭了火焰,将白兔救起,对狼和狐狸说:"你们俩本性恶劣,又偷又抢,凶猛狡猾,只配在人间让人类追杀你们,只有善良的小白兔才有资格到月宫为仙。"说罢化作一阵清风将白兔带到了天上。仙人之语,不可不信啊!

玉兔陪伴佳人。在《嫦娥奔月》的神话故事中,人们想象出一个凡人不可企及的"广寒宫",让玉兔伴着嫦娥,在桂树下抱杵捣药,降福人间。嫦娥乃我国古代神话中的资深美女,猪八戒为一句戏言而被逐出天界,下凡而投猪胎,代价惨痛却仍难以忘怀,可见嫦娥魅力之大。而玉兔则可与之长相伴随,见拥入怀,可谓福祚不浅。更有幸的是,玉兔亦由此成了月亮的代称。

儿歌代代相传。"小白兔白又白,两只耳朵竖起来,爱吃萝卜爱吃菜,蹦蹦跳跳真可爱。"这首儿歌广为传唱,兔子乖巧可爱的外形和机灵敏捷的秉性令人喜爱。而那"小兔子乖乖,把门开开。快点开开,我要进来"的儿歌,也是极好的安全教育,让小孩子们懂得了不要随便为陌生人开门的道理。还有那"小兔子拔萝卜"的系列故事,对于孩子们来说是多么生动形象、益智培德的教材啊!

明诗中有《白兔》一首:"夜月丝千缕,秋风雪一团。神游苍玉阙,身在烂银盘。露下仙芝湿,香生月桂寒。姮娥如可问,欲乞万年丹。"让我们留下对玉兔更多的喜爱、赞美和神往……

龙年说龙

玉兔旋苍穹,亿星拱照满天星移斗转,

祥龙行瑞水,万物滋润遍地燕语莺歌。

十二生肖中龙排于第五,表达人们征服自然、洒脱而为的愿望。龙是十二生肖中唯一带有神性的动物。神圣而又神秘的龙,给我们留下了无穷的疑问与思考。

龙是汉民族最古老的氏族图腾之一。民以食为天,人与谷物都离不开水,远古时期,人们敬畏自然、崇拜神力,创造了一个主宰海洋、呼风唤雨的龙。原始的龙原是一种身长如蛇的鱼类动物,后来龙混合了游鱼、飞禽、走兽、爬虫的体态特征,是集众多动物形象于一体的神奇动物,演变为蛇身、熊头、虎掌、鹰爪、鹿角、马鬃、鬣尾、鲤须、鱼鳞的形象。不管龙的形象如何演变,人们始终把龙看作鳞虫之长,龙身有鳞,龙背有鱼鳍的特征始终没有泯灭;而龙王自古是诸水的主宰,行雨也是龙的主要职能。

龙是神灵。它忽隐忽现,忽大忽小,下可潜伏深渊,上可飞腾云间;它会让江河泛滥,却又能普降甘霖;它会喷吐烈焰,却又会驾起祥云。人们爱龙敬龙,却又谈龙色变……龙,成为中华儿女心中萦绕不息的情结。

龙又成了中华民族的"祖先",中华儿女都是龙的传人。龙帝,亦即玉皇大帝,传说就是华夏民族的始祖——黄帝的化身。在《史记·封禅书》载,黄帝和百姓在首山采掘铜矿,把开采出来的铜铸成一只很大的铜鼎,放在荆山脚下。铜鼎铸成时,有龙垂胡髯下迎黄帝升天。黄帝就骑到龙背上去,他手下的群臣还有妻儿也都纷纷往上爬,一共上了七十多人。黄帝升了天后便成了玉皇大帝。《史记·天官书》中亦说:"轩辕(黄帝名轩辕),黄龙体。"简单点说,黄帝就是黄龙的化身。

龙之精神是中华民族精神的精髓。中国是世界四大文明古国之一,龙文化是中华民族的一份璀璨遗产。7000多年前的新石器时代,先民们就有了对原始龙的图腾崇拜。几千年来龙成为中华民族一种文化的凝练,龙成了中国的象征、中华民族的象征、中国文化的象征。"龙的传人"这个称谓,它传承着中华民族的精神,寄托着中华儿女的文化情感。不论朝代如何更替,历史如何变迁,龙文化始终是人们乐意接受的,在中华民族团结奋斗勇往直前的进程中,发挥着巨大的精神纽带作用。

人们把各种美德和优秀的品质都集中到龙的身上。龙的精神就是自强不息,就是勤劳、谦虚、勇敢、善良。许多故事和传说中写道:龙是英勇善战的,它什么强暴也不怕;龙是聪明多智的,它甚至能预见未来;龙的本领高强,它兴云布雨,鸣雷闪电,开河移山,法力无边;龙是富裕的,龙宫成了宝藏的集中地;龙又是正直的,能为人民着想的,为了解救人间干旱之苦,它甚至不惜冒犯天条。在龙的身上集中了人们美好的愿望,也常把世间的杰出人物称为人中之龙,诸葛亮号称卧龙先生就是大家熟知的事例。

有关龙的成语特别多,也格外令人深思。

龙与凤是两性的最佳结合,有关龙与凤的成语激荡人心:龙凤呈祥泛喻喜庆之事,专指两性比翼双飞;龙飞凤翔比喻仕途得意,飞黄腾达;龙飞凤舞形容书法笔势飘逸多姿;龙盘凤舞比喻山川雄踞蜿蜒,有王者气象;龙蟠凤逸比喻怀才不遇;龙潜凤采比喻英俊之士才能未展现;龙翔凤翥或比喻瀑布飞泻,或比喻神采飞扬;龙眉凤目形容人物英俊,气度不凡;龙驹凤雏比喻英俊秀颖的少年;龙翰凤翼比喻杰出的人才;龙跃凤鸣比喻才华出众;龙章凤姿比喻风采出众;龙肝凤髓比喻极难得的珍贵食品;龙兴凤举比喻王者兴起;龙腾凤集比喻王业兴盛,英雄会合;龙姿凤采形容不凡的仪表风采;龙言凤语比喻轻松悠扬的音乐之声;龙雕凤咀比喻辞藻之美;龙兴云属比喻王者兴起则必遇贤臣良将;凤翥龙骧形容奋发有为;凤子龙孙指帝王或贵族的后代;凤翥龙蟠比喻体势的飞扬劲健;凤楼龙阙形容华美的宫阙楼台;凤骨龙姿形容超凡的体格和仪态;凤臆龙鬐比喻骏马的雄奇健美;凤毛龙甲比喻珍贵之物;伏龙凤雏指隐而未现的有较高学问和能耐的人;攀龙附凤比喻依附有声望的人获取名利;描龙绣凤指精美的手工刺绣;骑龙弄凤比喻成仙,或比喻飞黄腾达;乘龙跨凤比喻结成夫妻或成仙;乘龙配凤比喻得佳偶、结良缘;烹龙煮凤比喻烹调珍奇菜肴;舞凤飞龙形容气势奔放雄壮;打凤捞龙比喻搜索、物色难得的人才;麟凤龟龙比喻稀有珍贵的事物,也比喻品格高尚。

龙与虎是最亲兄弟,有关龙与虎的成语也很多:龙飞虎跳比喻笔势遒劲奔放;龙吟虎啸形容响声洪大、气势盛大;龙精虎猛比喻精力旺盛、斗志昂扬;龙腾虎跃比喻勇猛冲击,势不可当;龙骧虎视形容气概威武或雄才大略;虎略龙韬泛指兵书兵法或兵家权谋;虎变龙蒸指乘时变化而飞黄腾达;虎超龙骧比喻群雄奋起、互相角逐;虎窟龙潭比喻极其凶险的地方;藏龙卧虎指藏而不露之高人;生龙活虎形容活泼矫健、富有生气;酒虎诗龙比喻嗜酒善饮才高能诗之人;绣虎雕龙比喻文章辞藻华丽。

　　龙的传说故事给人启迪、令人益智,"毛毛虫变龙"的传说教诲我们"自古仁善者为尊",做善事学本领要坚持不懈、尽力而为。"叶公好龙"比喻表面上似乎喜爱某种事物,实际上并非真正爱好它。泛指日常表象上给人一种美好的形象,关键时刻显示出内心上的虚伪。"画龙点睛"比喻艺术的创作在紧要之处,着上关键的一笔,内容更加生动传神。泛指办事情抓住了关键、点明了要旨,事物发生了质变,展示一片可望而难求的新天地。"小白龙降雨"说的是龙能兴云致雨的故事,赞美的是为民解难,不惜自身受难的上善美德。"鲤鱼跃龙门"激励着古人悬梁刺股、十载寒窗勤学苦读成就大业。"张生煮海"赞美了小龙女追求幸福的爱情,与张生协力不懈抗争,迫使龙王应允婚事,终于结为美满夫妻的感人故事。"桃花女龙"留下了一首诗:"东海有个桃花岛,桃花岛上有龙洞。龙洞深通东海洋,桃花女龙住洞中。千呼万唤难出来,但见年年桃花红。""女龙"的俏丽、勤劳、善良令人赞叹。

蛇年说蛇

跨世纪上台阶金龙放歌,从严治校添秀色,

越千年创高职银蛇起舞,质量立校争春晖。

十二生肖中蛇排于第六,表达人们敬畏自然、追求洒脱。蛇紧随龙后,民间楹联中有"龙去神威在,蛇来灵气生"。

蛇与龙的关系

在传说中,蛇与龙是同类同属,蛇又称小龙。从身上长有鳞片和形状上看,十二生肖中蛇是与龙最相像的。蛇喜欢生活在近水处,而下雨时的雷电以及雨后彩虹的形状与蛇类似,因此,蛇也被远古人当作雨神、水神来崇拜;原始的龙原是一种身长如蛇的鱼类动物,后来演变为主宰海洋、呼风唤雨的龙。远古时期,各种野兽给人们带来频繁的灾害,蛇是最难防范的动物,现代熟人见面问"吃了没?"古人则说"有蛇乎?"毒蛇更令人望而生畏、畏而生敬,终成崇拜对象,反映在蛇图腾在我国原始社会的存在;这与人们敬畏自然、崇拜神力,创造了虚幻的龙蛇殊途同归。蛇既能在陆地爬行,又能在水中游泳,还可以上树,甚至从这棵树跃到另一棵树上,与龙的水、陆、空三栖颇为相似,只是略逊一筹而已,可以说古人由崇蛇发展为崇龙。

蛇的常识

蛇是爬行类动物,蛇的生活方式有树栖,半水栖,水栖,陆栖,穴居等。蛇类体型的大小,相差悬殊。最大的蟒蛇长可达 10 米,直径可达 25 厘米,体重可达 200余公斤;最小的盲蛇,体长只有十几厘米,体重只有几克,简直和蚯蚓差不多。蛇的眼睛上没有活动的眼睑,只有一层固定的透明薄膜,看起来永远是睁开的,又圆又亮,但视力并不强,只能辨别物体的移动。蛇类是动物当中已知进行红外线成像的唯一群类,这得益于蛇的特殊感觉器官:颊窝或唇窝;蛇有一对鼻孔,它的嗅觉十分灵敏;蛇还有两个在口腔前方开口的弯曲小管,这是它的化学感受器,兼有嗅觉和味觉的作用。这些器官对蛇类寻找食物和跟踪动物很有用处。蛇的种类繁多,有毒蛇和无毒蛇之分。目前世界上约有 3000 种蛇,其中毒蛇有 650 多种。中国蛇类 216 种,毒蛇 65 种,其中的白唇竹叶青、白眉蝮、眼镜王蛇、灰蓝扁尾海蛇、尖吻蝮(五步蛇)、金环蛇、银环蛇、原矛头蝮、圆斑蝰、舟山眼镜蛇是已知的十大毒蛇。

蛇的象征意义

蛇的象征意义,人们首先想到的是它的狠毒。最典型的故事莫过于《农夫和蛇》了。人们用蛇来形容人的狠毒,成语有“蛇蝎心肠”。在以男子为中心的封建社会,妇女在很多时候被误认作祸害之源,有“女人是毒蛇”之偏见。蛇的第二象征意义是阴险、冷漠。这应与蛇是“冷血动物”有关,因此阴冷也成了蛇的象征。再加上蛇没有声带,不能发出声音,更加深其阴冷之印象,那些外表美丽、内心阴险狠毒的女人被称为“美女蛇”。蛇的第三象征意义是莫测。蛇没有脚却可以爬行,在草丛中来无影、去无踪,显得很神秘。神秘导致人们对蛇的崇拜。蛇的第四象征意义是狡猾。《圣经》中说,蛇是上帝耶和华所造的万物之中最狡猾的一种,由于它的引诱才使在伊甸园中的夏娃和亚当偷食了智慧之果,被赶出了伊甸园,从此人类有了“原罪”。

蛇的第一个正面象征意义是幸运、吉祥和神圣。人们把蛇分为家蛇和野蛇,有些地方认为家里有了家蛇是吉兆。在国外,古埃及人认为蛇是君主的保护神。法老用黄金和宝石塑造了眼镜蛇的形象,并饰进皇冠,作为皇权的徽记。公元前的欧洲国家使节把两条蛇的形象雕刻在拐杖上,代表使节权,是国际交往中使节专用的权杖,蛇又成为国家和权威的象征。第二个正面象征意义是追求爱情和幸福。主要体现在民间传统故事《白蛇传》中,《白蛇传》在清代成熟盛行,描述的是一个修炼成人形的蛇精与人的曲折爱情故事。故事包括篷船借伞,白娘子盗灵芝仙草,水漫金山,断桥,雷峰塔,许仙之子士林祭塔,法海遂遁身蟹腹以逃死等情节。表达了人民对男女自由恋爱的赞美向往和对封建势力无理束缚的憎恨。第三个正面象征意义是长寿、生殖和财富。在中国文化中,蛇和龟是长寿的象征。练习瑜伽功的人认为蛇可以活 500 年,人体内有一种像蛇一样盘绕着的力,称为“蛇力”,只要修炼得法,就可以把这种力释放出来。蛇还是财富的象征,蛇有自己的地下王国,里面有无数宝藏,想发财致富的人必须到蛇庙中去虔诚祈祷。蛇还可象征医药和医业。中国民间有蛇能识别药草的能力。《异苑》记载,有一农夫发现一蛇含一草为自己敷伤,后来这种草成了有名的药材,名曰"蛇含"。蛇蜕亦可入药,蛇蜕又名"蛇符""龙子衣"。

蛇的生肖诗

蛇的生肖诗中写道:

六六大顺是巳蛇,身圆体长势婀娜,

小龙无足行千里,为求发展把皮脱。

"六六大顺是巳蛇","六"指蛇在十二生肖中排序的位置,按郭沫若先生在《释支干》一文中的排列,中国、印度、希腊、埃及这四大文明古国十二属相全有蛇,而且全列为第六位。六六大顺的本意是:顺从自然规律,抓住最佳时刻,一往直前,利用天时、地利、人和之机,立业创业。"巳蛇"中的"巳"指上午9点到11点,一天中的黄金时间,是万物精力最旺盛的时刻,也是蛇最温顺的时刻。佛教寺庙的金刚殿,四大金刚掌管风调雨顺之职。其中持国天王手持龙蛇寓意顺,所以把"蛇"叫"顺"了。只能顺行向前,不能逆伐退行,这种蛇行特点与人们求"顺"愿望相合。

"身圆体长势婀娜",指的是蛇的形状与特性。身圆,寓意圆满;体长,寓意长寿;势婀娜,可以变化不同形状以适应不同环境。龙蛇可变幻十几种姿势:"行似云、窜似闪、卷似风、展似松、奔似马、飞似鹰、蹲似犬、卧似熊、爬似鳄、游似鱼、盘似螺、走似虎。"在古代神话传说中,有蛇与鱼,鱼与龙相变化的说法。北京北海公园团城内的"大玉瓮"、雍和宫内的乾隆皇帝"洗三盆"上的图案,都是鱼龙变化图。在民间传说中,黄海的鲤鱼要想变化成龙,必须在逆流而上经过九九八十一磨难后,才能跃过龙门而变成龙。古人认为不经磨炼难成才,即使你是龙子也不例外。民间乐曲《金蛇狂舞》狂烈、火爆,旋律流畅、节奏跌宕,使人感受到一种难以言传的蛇的精神。人们用"大泽龙蛇""笔走龙蛇"形容书法形态婀娜。"蛇入竹筒,曲性犹在"讲蛇的执着。蛇可以通人性,也可以变成人。蛇衔来夜明珠报答随侯救命之恩;《搜神记》里有女子生蛇,偷偷放生于野外。女子死亡出殡时,蛇回来"委地俯仰,以头击棺"表达哀思。这些蛇都还保留了蛇的形状,而《白蛇传》与《聊斋志异》中的"蛇人"则与人已形神合一了。

"小龙无足行千里"。汉语中成语"画蛇添足",后人以"画蛇添足"比喻做了多余之事,有害而无益。蛇无足而走,速度很快,是其特色。蛇和龙之区别,也在于有足和无足。《庄子·秋水》中有"蚿谓蛇曰:'吾以众足行,而不及子之无足,何也?'蛇曰:'夫天机之所动,何可易邪? 吾安用足哉!'"意思是说,蚿有许多脚,却没有蛇走得快,问蛇:"这是为何?"蛇说:"这是天赋的本能,怎么可能改变呢? 我哪里用得上脚啊!"《荀子·劝学篇》中说"腾蛇无足而飞,梧鼠五技而穷"。荀子将腾蛇与梧鼠进行比较,腾蛇无足,貌不出众,但能飞升于天;梧鼠能跑能跳,技能虽多却无一精者。肯定了蛇的执着,用心专一。

"为求发展把皮脱"。蛇有蜕皮的生理现象,一般几个月便要蜕一次皮。蛇皮肤最外边一层角质层是鳞片,不能随着身体一起长大。所以每隔数月,蛇长大了一些,就需要把原来的表皮性角质鳞脱落,蜕皮后的新鳞比原来的鳞皮大,蛇得以继续长大。为蜕掉身上的旧皮,蛇要不怕疼痛在树皮或粗糙的土地上摩擦,然后显出新的鳞片,宛若再生。古人对蛇蜕皮很感兴趣,认为这是长寿和青春永驻的表现,民间故事讲鱼龙变化过程中,每向龙门靠近一步需蜕一层皮,是历经磨难的必需过程。认为人与蛇均有经过蜕皮而取得长寿的机会,蛇忍受住脱皮之痛,而人没有忍受住,故蛇的寿命比人长。

属蛇的历史文化名人有不少,如汉高祖刘邦、东晋书法家王羲之、南朝科学家祖冲之、南宋大诗人陆游、清代文学家朱彝尊、小说家吴敬梓、政治家林则徐、革命家章炳麟等。

马年说马

蛇行龙步,喜世纪元年万象更新,风景这边独好;

马到功成,看征程万里一路顺风,机遇钟情唯我。

十二生肖中马排于第七位,表现人们驾驭自身命运的意愿。

马是一种食草性家畜,广泛分布于世界各地。中国的马,北有蒙古马,西有藏马、新疆马,南有川马、西南小马等。我国的马,来源不一,情况复杂,但资格最老、名气最大、出身本土的马,毫无疑问是蒙古马。蒙古马不是蒙元朝代才有的马,而是蒙古草原的马,最能代表东北亚的马。

从"天马"到家马

传说古时的马有双翅,叫天马。它地上会跑,水中能游,天上能飞,是一种极具神力的动物,后来它在玉帝殿前做了一匹御马。天马因玉帝宠爱,渐渐骄横起来,时常胡作非为。一日,天马出天宫,直奔东海要硬闯龙宫,守宫门的神龟带领虾兵蟹将阻挡,天马恼羞成怒,飞腿踢死了神龟。东海龙王告到天宫,玉帝便下令削去天马双翅,压在昆仑山下,下令300年不许翻身。后来,人类始祖要从昆仑山经过,天宫御马园的神仙便给天马透了信,并告诉天马如何才能从山下出来。当人祖经过时,天马大喊道:"善良的人祖,快来救我,我愿同您去人世间,终生为您效力。"人祖听了,生出同情之心,便依天马所言,砍去了山顶上的桃树,只听一声巨响,天马从昆仑山底一跃而出。天马为了答谢人祖救命之恩,同人祖来到人世间,终生终世为人类效劳。

马的战争角色

历史上,游牧民族与农耕民族是共生关系,就像虎狼和马牛羊是共生关系。游牧民族的生存线是一条以沙漠、绿洲、戈壁、荒山和草原串联的干旱带。世界上

229

的古老文明多半都是傍着这条线发展。草原有如大海,航海都是顺边溜,游牧也是。草原帝国的前沿总是贴近农耕定居点。这些财富集中、人口集中、天下最富庶的地区,好像天意安排,专等他们抢。他们每次发起攻击,都像弃舟登岸。

马是战争之神器,在冷兵器时代的战场上,马是主要战争交通工具,骑兵部队是最具威慑力的军事力量,有云"旗开得胜,马到成功",几千年的刀光剑影中,无数骏马和人一起创造了历史。汉武帝刘彻为获取西域的名马,甚至不惜发动一场战争,他派李广利将军率众远征击大宛,所得的战利品只是十几匹名贵的"汗血马",命名为"汗血宝马",也称"天马"。成吉思汗的铁骑横扫欧亚两大洲,大清帝国也是跨马争天下,历史让人们更深刻地认识到,没有任何动物像马这样影响着人类历史。人对马的依赖胜过一切动物,甚至有时超过人本身。唐朝的太宗皇帝李世民在驰骋疆场之际,曾与六匹战马结下不解之缘。这六匹有战功的宝马是卷毛驹、飒露紫、白蹄乌、特勒骠、青骓、什伐赤,号称"六骏",太宗逝后刻为石雕陈列在昭陵。清代康熙皇帝是中国历史上在位最长的皇帝,他属马,又爱马,曾亲自跃马扬鞭驰骋在保卫祖国边疆的沙场上,号称"马上皇帝"。

成语招兵买马、秣马厉兵、金戈铁马、快马加鞭、一马当先、单枪匹马、千军万马、鞍前马后、戎马倥偬、马革裹尸、汗马功劳、兵荒马乱、人仰马翻、人困马乏、回马枪、马后炮等都与战事有关。1937年12月5日,日寇偷袭浙江嘉兴,中日两军在焦山门桥一带激战,因众寡悬殊,装备简陋,中国守军官兵誓死抵抗,全部壮烈牺牲,留下28匹战马在桥南徘徊,悲怆嘶鸣。日寇看到后,欲作为战利品。但这些"义马",任凭鞭打脚踢也牵不动,还伺机怒踢日寇。鬼子恼羞成怒就用机枪扫射,片刻间战马全倒在血泊中,为国英勇捐躯。证实了"路遥知马力,危难见忠诚"。

马与社会发展

马是有灵性的物种,它在人类文明社会发展中立下了"汗马功劳"。

马的主要作用即骑乘。最好的乘马莫过于传说中的"八骏",周穆王因有八骏而周游天下。八骏以毛色不同而命名,《穆天子传》云:"天子之骏,赤骥、盗骊、白义、逾轮、山子、渠黄、华骝、绿耳。"晋代王嘉在《拾遗记》中记载了它们神奇的功能,"王驭八龙之骏:一名绝地,足不践土;二名翻羽,行越飞禽;三名奔霄,夜行万里;四名超影,逐日而行;五名逾辉,毛色炳耀;六名超光,一形十影;七名腾雾,乘云而奔;八名挟翼,身有肉翅。"当然,这只是令人神往的神话。中国古代驿传制度始于殷商,兴于汉盛于唐,一般30里设一驿站,直到民国初年才废除驿站。朝廷圣旨、官府公文都要靠乘马传送,一般日行 300 里,特急日行 500 里。唐玄宗为了使杨贵妃能吃到新鲜荔枝,博得爱妃一笑,便运用了特急驿传。

马是生产力的象征。在游牧文明和农耕文明中,马都是不可缺少的帮手。俗语道"午马年,好种田"。马是农耕生产的多面手,拉车犁地、山地驮物、陆路运输都是行家里手,这才有了"茶马古道",城乡道路才命名为"马路"。古代把骑射民族所穿之衣称"胡服",这才有了清代以来华服男装的"马褂"。马是文化舞台上的演员,自古就有"马戏团",马球、马戏、马术和赛马等均为高雅的游艺活动,至今仍颇受欢迎。"天马"还是我国与中亚地区友谊的象征。2000 年,时任国家主席的江泽民在访问土库曼斯坦时讲到"许多世纪以前,我们的先辈通过古老的丝绸之路把中国盛产的茶叶、丝绸和瓷器运到土库曼斯坦,买回了驰名天下的'天马',留下了千古传颂的佳话"。听到此话,土库曼斯坦的尼亚佐夫总统很感动,他将一匹汗血宝马作为国礼送给了江泽民。

进入高科技战争时代,昔日的战马只好"马放南山"了;农业机械化的普及,农耕马匹也只能在休闲观光时"下车观马"了;尽管如此,辽阔的草原上牧羊人还是骑马放牧,喝着马奶子酒和茶,拉着马头琴,享受着大自然的惠泽;闭塞的深山老林里,马匹还是原始的交通工具;竞技运动场上、马戏团舞台上、影视剧拍摄镜头前,英姿飒爽的马儿还是不可替代的"角儿"。马在社会这个大舞台上频频出现。以"马"为部件的汉字在《说文解字》中约有 120 个、《康熙字典》中有 500 多个、当代《汉语大字典》收有 620 多个。看到这些以马为部首的字,你会感到一匹匹骏马奔腾而来,在政治、经济、文化、教育诸方面,均有它们为人服役的印迹。

马的艺术价值

马还是文化艺术的瑰宝,堪称中国的一绝。从秦始皇陵出土的挽车陶马、汉代简洁质朴的黑漆木马,到造型优美的唐三彩马;从西汉骠骑将军霍去病墓上那浑厚粗犷的马踏匈奴石雕,到唐太宗李世民昭陵祭坛区的六匹石刻骏马;从唐代曹霸画马到现代美术大师徐悲鸿创作的《奔马图》,无论是雕塑还是绘画,也不论是青铜,还是陶瓷,马的形象都栩栩如生,马的神情和风貌表现得淋漓尽致。

铜车马是秦始皇的陪葬品之一,是秦始皇銮驾的一部分。两千多年前的秦人在铜马车上采用了世界上最早的防锈技术、拔丝工艺、焊接工艺、镶嵌工艺、浇灌成型工艺、铸锻结合的工艺、空心铸造工艺、子母扣连接工艺、子母扣加销钉连接工艺和纽环连接工艺等。而这些工艺在秦都咸阳遗址也曾出土过多件,说明秦代的青铜器加工工艺已经较为普遍地用于现实生活。而铜车马上的那把伞,看似简单的伞柄竟创造了四个世界奇迹：历史上最早的暗锁装置、最早的沙滩式遮阳伞、第一把字母加双销钉扣、世界上最早的齿轮装置。

"马踏飞燕"又名"马超龙雀""铜奔马"，为东汉青铜器，1969 年出土于甘肃省武威市雷台墓。"马踏飞燕"高 34.5 厘米、长 45 厘米、宽 13 厘米，按古代相马经所述的良马标准尺度来衡量，几乎无一处不合尺度，故有人认为它不仅是杰出的艺术品，而且是相马的法式。"马踏飞燕"头顶花缨微扬，昂首扬尾，尾打飘结，三足腾空，右后足蹄踏一飞燕，飞燕展翅，惊愕回首。表现了骏马凌空飞腾、奔跑疾速的雄姿。自出土以来一直被视为中国古代高超铸造业的象征。1985 年，铜奔马以"马超龙雀"这个名称被文化和旅游部确定为中国旅游业的图形标志，一直沿用至今。

马与人才建设

现实生活中以马比喻的话题比比皆是。"伯乐相马"比喻的是如何发现人才，"田忌赛马"比喻的是科学使用人才，"路遥知马力，日久见人心"说的是考察人的将才、文才需要实践与时间，"九州生气恃风雷，万马齐暗究可哀。我劝天公重抖擞，不拘一格降人才。"是对社会变革、人才辈出的强烈呼唤。

"千金买骨"的典故是招贤纳才的生动案例。战国时期，各国的君王竞相争夺招揽人才，以求邦国的稳固长久。燕昭王也不例外，表示以谦恭虚心的姿态和优厚的报酬来招聘贤将良才。这时，燕国有个叫郭隗的臣子向昭王讲了一则关于千里马的寓言：

从前有个君王渴望花千金买匹千里马，三年过去了，一直未能如愿。有位门人便主动请战，表示可以寻到千里良马。国君便派他去，三个月内他果然找到千里马的下落，但是马已经死了。门人拿出 500 金买下了马的骨头，回来交差。国君生气地说："我要的是活马，你怎么花 500 金去买回一堆枯骨？"门人答道："是啊，今天我替大王花 500 金买下千里马的骨头，那一匹活生生的千里马就不知多昂贵了。天下人由此知道大王这样看重千里马，还愁别的千里马不纷至沓来吗？"果然，不到一年，"千里马"纷纷慕名而来。讲到这里，郭隗话题猛然一转说，今天，大王要是真心求贤招才，那就先重用我郭隗吧。连我这样不杰出的人才都受到了重视，那些比我强的真正贤才呢？千里马一旦打算投奔谁，再远也会自动来。

这则出自《战国策》的故事，向我们展示了求贤若渴的可贵，招贤纳才需要真诚的道理。

马,"怒行追疾风,忽忽跨九州""奔电无以追其踪,逸羽不能企其足"。

马,"向前敲瘦骨,犹自带铜声""五花散作云满身,万里方看汗流血"。

马,"人枥闻秋风,悲鸣思长道""垂头自惜千金骨,伏枥仍存万里心"……

马只争朝夕、奋斗不止,吃苦耐劳、自强不息,聪明灵敏、勇敢忠诚的"龙马精神",是中华儿女战天斗地、征服自然的生动写照,是中华儿女攻难克艰、永远前行的形象比喻,看东方神马,追月逐日,披星跨斗,乘风御雨,不舍昼夜。

羊年说羊

弘扬奥运精神,不减奋蹄本色;

开拓教育事业,须有跪乳襟怀。

羊在十二生肖中排在第八位,表现出人们对食品的倚赖。羊,不像龙有万人景仰的动听传说,不像虎有百兽之王的尊称,不像马有一日千里的英姿……羊属牛科动物,但没有牛的高大魁伟,也没有牛的勤劳能干。羊为何能挤进十二生肖,得到人们的青睐?

羊之为人称颂,其善良驯服是重要原因之一,十二生肖中的动物无有与之伦比者。古人造"善"字,就是以羊为象征代表的。"兽中刀枪多怒吼,鸟遭罗弋总哀鸣。羔羊口在缘何事,暗死屠门无一声。"白居易在诗中以羊之被屠宰而默不作声,比喻那些受迫害而不知反抗的人,撇开这层意思不说,我们由此看出羊之善良驯服的确达到天下之极致。

羊之为人称颂,又因其有极强的群体意识。古人造"群"字,也是以羊为象征代表的。羊能永远和睦相处,聚众之力量胜强悍之敌,所谓"一虎难胜群羊",生动地说明了这个道理。

羊之为人称颂,更在于它的实用价值。撇开羊毛、羊皮的价值不论,单就羊肉之"鲜美"就值得一说,"鲜"和"美"都离不开"羊"。"羊羹美酒""玉盘珍馐",由此可知羊肉风味的别具一格。"羞",本为美好的食品,古人也以羊作为象征。有此一说:羊大而肥壮,羊肥壮而肉鲜美,故古人造了一个"美"字。

说到羊的肥壮,我们自然会联想到著名的北朝民歌:"天苍苍,野茫茫,风吹草低见牛羊。"这是一幅多么壮丽的天高野旷、草嫩风和、牛壮羊肥的画面啊!元人萨都剌又有诗赞曰:"牛羊散漫落日下,野草生香乳酪甜。"诗中我们看到的是这样一幅画面:晚霞绚烂,牧民欣然归来,牛羊摇着圆鼓的肚子撒欢地奔向圈栏,晚风送来阵阵野花馨香,牧人的晚餐已煮好了清甜的乳酪。

与羊有关的故事,最为感人的当属"苏武牧羊"了。西汉使者苏武出使匈奴被扣押 19 年,流放到荒无人烟的北海牧羊,高官厚禄诱降无效,家破人亡逼降无果,饥饿孤寂折磨也无法消减苏武的炽热爱国之心……19 年后,苏武被救回汉朝时,头发已完全雪白,当年出使时的旄节上的旄铃早已落光。

与羊有关的传说,最为美好的当属"五羊赐福"了。广州简称穗,别名羊城,广州人对羊有着特别敬重的感情。传说周夷王八年,楚国国君熊渠派人来广州设置"楚庭",有五位仙人,骑着不同毛色的羊,各拿一茎谷穗,送给这里的居民,并祝福:"愿此市镇永无饥荒。"说完即腾空而去,五羊化为岩石。因此,人们便把广州称作羊城。

与羊有关的成语能给我们许多启迪。让我们树立良好的职业道德,不可养成"顺手牵羊"的不良习惯;工作应实事求是,不可"羊头狗肉""羊质虎皮",表里不一;立党为公、执政为民,不可"十羊九牧",令出多门,朝令夕改;把握客观事物规律,不可"驱羊攻虎""使羊将狼";在失败或受挫之后,切记"亡羊补牢",力争"亡羊得牛";在处理复杂事物时,记住"多歧亡羊"的教训,努力做到"问羊知马"……

猴年说猴

问羊知马步步深入,树雄心打开知识宝库;

飞猴绝顶足足踏实,立壮志攀登科学高峰。

猴在十二生肖中排于第九,表现人类对同类的尊重。"有脚又有手,能爬又能走;走时像个人,爬时像条狗。"这则谜语的谜底就是猴子。

猴子是人们熟知的动物,有许多关于猴子的寓言或成语。

很多人小学时都学过一篇课文——《小猴子下山》。说的是一只下山的小猴子看见许多喜欢的东西,扔了这个去抓那个,结果什么也没得到,忙碌奔波了一整天,只好饿着肚子空着双手拖着疲惫的身子上山回家。故事虽是讲给小朋友听的,但干事创业要目的明确、专心致志、有始有终,这可是我们受用一生的智慧。

有则《猴子捞月》的寓言说:一群猕猴在林中游走。大树下有口井,井中有月影映现。猕猴的首领见此月影,对众猴说:"月亮今日要淹死了,应当捞出它,不要让世间的长夜变得黑暗。"众猴七嘴八舌议论有什么办法捞出月亮,这时猕猴首领说:"我知道捞出它的法子。我抓住树枝,你抓住我尾巴。经过许多手脚相连接,就可以捞出它。"小猴子体轻,挂在最下边,它将手伸到井水中,可是除了抓住几滴水珠外,怎么也抓不到月亮。倒挂了半天的猴们觉得很累,都有点儿支持不住了。猕猴的首领猛一抬头,发现月亮依然在天上,于是它大声说:"不用捞了,不用捞了,月亮还在天上呢!"这则故事取笑众猴不了解井中月亮的真相,以假当真,空忙一气,又愚蠢又可笑。但众猴见危相助的美好品德、通力协作的团队精神值得我们人类学习。

成语"朝三暮四"出自《列子》,也与猴子有关。说的是宋国有个喜爱猴子的老人,能够懂得它们的心意。他养了一群猴子,因为粮食匮乏,想限制口粮,就故意对猴子们说:"给你们吃橡实,早晨三颗晚上四颗,够吗?"众猴子听了都很愤怒。他又改口说:"那就早晨四颗晚上三颗吧,够了吗?"众猴子都很高兴。我们不能说猴子愚蠢,而实在是人太狡猾。成语"沐猴而冠",指猕猴穿衣戴帽,究竟不是真人,比喻虚有其表,常用来讽刺投靠恶势力窃据权位的人。"轩鹤冠猴"指乘轩之鹤,戴帽之猴。比喻滥厕禄位、虚有其表的人。这实在是人让猴子背了许多恶名。

在中国人的十二生肖中,猴子算得上是最聪明伶俐的一个。它是人类的同祖近亲,因此,格外地受到人们的喜欢。猴子从古代起就被人们蒙上了神秘而通灵的色彩。西藏的壁画中,至今仍保留着猴神与罗刹女的故事。就连古代帝王拜将封侯的"侯"字也是取其吉祥之义和谐音而定的。大凡猴群中,都有一只体魄强壮、威信较高的领头猴,俗称猴王。猴子们皆听从其指挥,丝毫不敢有半点违抗。猴王也尽心尽责地爱护着它的子民。猴群嬉戏、玩耍时,它总是独自登高观望;发现有新的安乐之处,振臂一呼,大家共同前往;发现有外敌侵袭,则挺身抵御,并高啸报警,让猴群尽快转移,自己绝不弃众不顾,逃之夭夭。由于猴王有如此般的美德,故它被中国的文人神化了,写入了神话小说《西游记》。《西游记》中唐僧迂拘软弱、不明事理、易受愚弄;猪八戒好吃懒做、贪恋女色、喜进谗言;沙僧性格深沉、老实本分、沉默寡言。唯有天产石猴孙悟空,天造地化、聪明伶俐、好学上进,从师不悔;它不畏强权,敢闹天宫;它火眼金睛,斩妖除魔;它历尽艰难,终成正果……毛泽东一生都对《西游记》抱有极高的热情,并将中国人民比作大闹天宫的孙悟空,推翻了蒋介石和帝国主义的专制;说做人既要有老虎的虎劲,又要有猴子的灵性。

当孩子问妈妈"人是什么变的?"的时候,许多妈妈都会随口而出说人是猴子变的。其实人不是由猴子而是由猿变来的。准确地说,是类人猿变的。不过猴常有,而猿不常有,也只能这样回答。不然,对从未见过猿的孩子说人是猿变的,说了等于白说。猴子属灵长类动物,与人有较密切的关系。唐·于鹄的《买山吟》云:"买得幽山属汉阳,槿篱疏处种桄榔。唯有猕猴来往熟,弄人抛果满书堂。"唐·卢仝《出山作》中云:"出山忘掩山门路,钓竿插在枯桑树。当时只有鸟窥窬,更亦无人得知处。家童若失钓鱼竿,定是猿猴把将去。"可见猴与人的来往密切及顽灵可爱。

我国很早就懂得驯养猴子用以表演节目,到晋、南北朝时已非常盛行,晋人傅玄的《猿猴赋》里有过生动的描写。当时,演员可以很娴熟地指挥猴子穿衣、脱衣、翻筋斗、骑羊、骑狗、骑马。唐代的驯猴技艺,更是引人注目。唐诗人的作品中常有反映,如皮日休的"狙公闹猴戏",姚合的"映竹窥猿剧"等,留下"猕猴尚教得,人何不奋发"的佳句。到了清代,驯猴表演有了很大的发展,不仅是简单的翻筋斗、倒立等动作,而是让猴子戴着面具模仿戏剧人物,表演观众所熟悉的《李三娘磨坊受苦》《虎牢关三英战吕布》等。还让猴子与其他动物合作同台献技,比如猴子表演扶犁,狗则代替牛拉犁,配合十分默契,甚至远涉重洋到国外去演出。武林中人没有不知道猴拳鹰爪的,历届全国性武术表演比赛都有猴拳项目。少林内功五形拳、六合拳、广东南拳、形意拳等也都吸收猴的动作,一招一式中也带有猴的名目。

猴子是我们的近亲,在生理上与人类有许多相近之处,一直是最主要的医学实验动物。"非典"肆虐全球时,为研制抗病毒疫苗,猴兄弟们不得不为了人类健康而献身,中国医学科学院实验动物研究所专门立了一块慰灵碑来纪念它们。艾滋病研究也离不开猴子。为对付这两种可怕的疾病,猴子正在为我们人类做出牺牲、再立新功。我们真的应该好好爱惜这些可爱的生灵,善待它们。爱猴子和其他所有的动物,就是爱我们人类自己。

在峨眉山风景区,生活着一群群的猴子,当游人经过时,它们拦路索要食物,站立如人,十分可爱。但因长期的"好逸恶劳",有关专家指出它们的体质已迅速减弱,生命中野性的活力也大大地下降了。猴子不自知,人岂可视而不见? 钱钟书在小说《围城》中,对猴子的尾巴有一段精妙的比喻:"一个人的缺点正像猴子的尾巴,猴子蹲在地面的时候,尾巴是看不见的,直到它向树上爬,就把后部供大众瞻仰,可是这红臀长尾巴本来就有,并非地位爬高了的新标识。"

猴子就是一部书,值得人类细细品读。

鸡年说鸡

金猴举棒驱陋习,教育改革日日深入;

雄鸡报晓树新风,人才造就处处落实。

十二生肖中鸡排于第十,表现人们展翅翱翔的理想,鸡是一种不会飞的鸟类,是人类最为贴近的禽鸟,属于十二生肖中唯一的鸟属,是鸟类的代表。其留存于生肖系列,乃鸟崇拜的浓缩,是鸟类曾拥有的辉煌过去的记录与升华。为什么独把鸡编入生肖属相呢?传说玉帝册封生肖只考虑对人类有功劳的畜兽,家禽类的鸡根本排不上号。有一天,鸡正看到已被封为生肖的马受人宠爱,披挂着金鞍银镫,心中十分羡慕。马就开导鸡说:"要得到人们的爱戴并不难,只要你能发挥自己的长处,给人们实实在在地办点事情就行了。你天生一副好嗓子,若用到恰当之处,说不定会对人类有所贡献呢。"鸡王回到家中苦思冥想,终于想到了用自己的金嗓子在黎明时分唤醒沉睡的人们。于是,每天拂晓鸡王就早早起床,放开嗓子歌唱,把人们从睡梦中唤醒,人们对鸡王十分感激。鸡王还飞上天宫去见玉帝,玉帝摘下身边的一朵红花戴在鸡王头上,以示安慰和嘉奖,鸡才有了竞争生肖的机遇。

鸡的种类

鸡有野鸡与家鸡之分,常说的鸡指的是家鸡。鸡是世界上喂养最多的一种家禽,鸡形目动物有 94 个属 276 种 554 个亚种。我国鸡有 56 种 74 亚种。鸡按用途可分为肉用鸡、蛋用鸡、蛋肉兼用鸡和专用鸡等。鸡的发展历史体现出开放合作的宝贵传统,浙江萧山的九斤黄鸡,1845 年传往英国,1947 年传入美国。江苏南通的狼山鸡,重 2.5 千克~4 千克,年产蛋 100 个~150 个,1872 年输往美国。英美两国不少良种鸡都含有我国九斤黄鸡和狼山鸡的血统,英国奥品顿鸡,又称"脚上无毛的狼山鸡"。原产意大利的来杭鸡,每年能产蛋 200 个~300 个。原产大洋洲的澳洲黑鸡,由英国奥品顿鸡与来杭鸡杂交而成,年产蛋 200 个左右,1945 年传入我国。

专用鸡又可分斗鸡、观赏鸡、药用鸡。漳州斗鸡、中原斗鸡、吐鲁番斗鸡、西双版纳斗鸡,并称为"中国四大斗鸡"。九斤黄鸡,最初便是养于越王宫内供观赏用的观赏鸡(流入民间后培育成肉美蛋多的良种鸡)。浙江江山乌骨鸡,紫冠、绿耳、白羽、乌骨,有特殊的药用价值,是中成药"乌鸡白凤丸"主料。

从鸡的形态上看,种类也各异。九斤黄鸡与狼山鸡可谓是巨型鸡,重达八九斤。我国有人曾养出微型鸡,可以站在手指头上。美国有人把小鸡放进玻璃瓶内,养成了宠物瓶中鸡。江南有一种矮鸡,脚才二寸长。日本有种长尾鸡,尾羽长达一丈多。

鸡的功效

司晨报雨。先民驯化原鸡最初是用来司晨报晓,故因稽(计)时而得名,雅称"司晨""报时鸟"。东汉时有一种奇特的"五更鸡",从夜至晓,随鼓节而鸣,一更为一声,五更为五声,故而得名。晋代有种"长鸣鸡",司晨即鸣,下漏验之,晷刻无差。这两种鸡司晨好像自鸣钟一样准确。雄鸡具有与生俱来的报时本领,它呼唤着黎明,渴望着阳光。在洪荒满目的上古时代,当时尚无钟表滴漏等计时工具,日晷则需有阳光相助方可大展其用,雄鸡便成为主要报时工具。凌晨时分,一鸡先鸣,众鸡和之,农人起而犁田、渔夫醒而结网……不仅如此,鸡还是气象预报员。《本草纲目》说鸡:"其鸣也知时刻,其栖也知阴晴。"非洲索马里有一种黑羽花纹的长脚鸡会报雨。因下雨前,空气中水分增多,长脚鸡排出的汗水不易蒸发,就形成了细小的水珠弄湿鸡羽,感到不舒服就"咯!咯!咯!"地叫个不停,故称为"报雨鸡"。我国古籍中说,置雉于舟中候阴晴,天将晴则雉尾直竖,将雨则雉尾下垂。还有"鸡飞上树",是地震的预兆。

兴业致富。孟子说过,"鸡豚(tún)狗彘(zhì)之畜,无失其时,七十者可以食肉矣。"秦汉时,我国养鸡业已很发达,颇具规模。据《列仙传》载:"祝鸡翁者,洛人也。居尸乡北山下,养鸡百余年。鸡有千余头,皆立名字。暮栖树上,昼放散之。欲引呼名,即依呼而至。卖鸡及子,得千余万。"这位祝鸡翁可算是古代著名的养鸡专业户了。鸡,殷实着农家的生活。那些年月,有了鸡鸣狗叫,就有欢乐。鸡成了农家的"小银行",手头紧了,用鸡蛋换点油盐酱醋、针头线脑;谁家生孩子"坐月子",送一篮鸡蛋"下奶";谁家人生病了,杀一只老母鸡补补虚弱的身体……现在,生活好了,隔三岔五,煎鸡蛋、小鸡炖蘑菇成了家常菜。几百万只的养鸡场亦不鲜见,鸡已成了农民致富的一大产业。

食用药补。古语有"无鸡不成宴,无鸡不成欢"。鸡鸭鱼肉,鸡居首位;鸡味之美,可想而知。它可煮、炸、炒、焖,无一不能,烹饪之法林林总总,鸡的菜谱不下几百种,什么烧鸡、烤鸡、香酥鸡、鱼香鸡球、香草炸鸡、咖啡鸡、栗子酥鸡、蜜汁鸡脑……为鸡写一本菜谱,可成洋洋大观。鸡肉可药用,其性平味甘,功能益五脏、补虚损、健脾胃、强筋骨、活血、调经、止带。鸡肫皮(鸡内金)功能健脾胃、消食滞、止遗尿、化结石。此外,鸡的冠、脑、心、肝、肾、胆、肠、血、油、骨甚至屎都能药用。鸡蛋性平味甘,功能养阴益血,补脾和胃。蛋白功能清热、解毒、消炎。蛋黄功能养阴、宁心、润肺、补脾。鸡蛋膜(凤凰衣)功能养阴、润肺、止咳。蛋壳也可药用。

鸡与老百姓的生活密切相关,关于鸡的成语也就很多:鸡毛蒜皮,鸡飞蛋打,鸡犬相闻,鸡犬升天,鸡犬不惊,鸡鸣旦戒,呆若木鸡,杀鸡取卵,杀鸡焉用牛刀,宁为鸡口、不为牛后,等等。从日常小事到社会大事,鸡的成语可谓应有尽有。

鸡的诗艺

鸡作为中国百姓最熟悉最喜爱的动物之一,曾被无数诗人写入诗篇之中。从《诗经》中的"风雨潇潇,鸡鸣胶胶""风雨如晦,鸡鸣不已",到"鸡声茅店月,人迹板桥霜""狗吠深巷中,鸡鸣桑树颠""诗成一夜月中题,便卧松风到曙鸡""三更灯火五更鸡,正是男儿读书时"……直至毛泽东的"一唱雄鸡天下白",关于鸡的描述不绝于书。一部《全唐诗》,标题中带有"鸡"字的就有48首,至于内容中含有"鸡"字的则多达992首。这些诗里,既有清新淡雅的田园之咏,如白居易的"小宅里间接,疏篱鸡犬通";也有反映战时夫妻离别的悲凉之歌,如李廓的"长恨鸡鸣别时苦,不遣鸡栖近窗户"。

有意思的是,不但普通诗人的诗中带"鸡",贵为皇帝者也念"鸡"不忘。唐太宗李世民、唐玄宗李隆基存世诗中,分别有2首和3首诗内容中带有"鸡"字。其中诗书画俱佳的李隆基在《傀儡吟》中写道:"刻木牵丝作老翁,鸡皮鹤发与真同,须臾弄罢寂无事,还似人生一梦中。"全诗生动传神,含义深刻。明洪武十四年辛酉岁大年初一,朱元璋到翰林院文化堂与大学士们宴庆新岁。席间一翰林大学士提议:辛酉是鸡年,大家以"金鸡报晓"为题,各吟诗一首为庆。学士公推"万岁爷"开个头,朱元璋不好谦让,沉吟片刻,便款款吟道:"鸡叫一声撅一撅,鸡叫两声撅两撅。"粗俗无味,众学士听了心中暗自好笑,又为他急了一身冷汗。谁知朱元璋却不慌不忙,继续吟道:"三声唤出扶桑日,扫败残星与晓月。"话音刚落,众学士无不拍案叫绝。

鸡象征吉祥在我国民间最为流行,常见的是悬挂或张贴有关鸡的画。齐白石、徐悲鸿、陈大羽等著名的大画家都喜欢画大公鸡!昂扬的姿态,再配上红红的大冠子、高高翘起的大尾巴、雄健有力的鸡爪,让人看着喜庆、吉利,且有大丈夫气概。大公鸡站在石头上寓意:室上大吉;突出的大红冠子寓意:嘉官(加冠);配上一株牡丹叫作富贵有期(酉鸡);带上五只小鸡就成了教子图。北宋徽宗赵佶当皇帝管理国家可以说是昏庸腐败,可诗、书、画均有极高造诣,画有许多精美的花鸟画。现藏于北京故宫博物院的《芙蓉锦鸡图》绢本,用笔工细而不腻,设色艳丽而不俗,画面上锦鸡背向观众,回首仰望飞舞的双蝶,静中有动,展现了锦鸡的斑斓色彩,再配上象征富贵的芙蓉,象征风雅的秋菊,构图立意极为完美。

鸡的风俗

古代汉族有"杀鸡"的岁时风俗,流行浙江金华、武义等地。每年七月初七,当地民间必杀雄鸡,因为当夜牛郎、织女鹊桥相会,若无雄鸡报晓,便能永不分开。这是一种多么善良美好的愿望啊。

土家族称踢毽子为"踢鸡"。春节时,男女青年一起踢"鸡",一人将"鸡"踢起,众人都去争接,接到"鸡"的人,就可以用草去追打任何人。而男女青年往往用草追打自己的意中人。以后"踢鸡"就成了谈情说爱的媒介。

农历十月一日,河南一些地方要杀鸡吓鬼。传说是阎王爷放鬼,至来年清明节收鬼。民间以为鬼怕鸡血,鸡血避邪,故于十月一日杀鸡吓鬼,以使小鬼不敢出来。鸡可驱鬼逐邪,雄鸡报晓是黎明将至之吉兆,《聊斋志异》中各种狐仙鬼魅最怕鸡鸣,闻见鸡声,便慌不择路,溜之大吉。

山东一些地区有"抱鸡"的婚俗。娶亲时,女家选一男孩抱只母鸡,随花轿出发,前往送亲。因鸡与"吉"谐音,抱鸡图的是吉利。在古时有一种留"长命鸡"的习俗,娶亲时,男方要准备大红公鸡一只,女方准备一只肥母鸡,以双鸡图"双吉",这两只鸡不得杀掉,故称长命鸡。

旧时汉族和一些少数民族流行饮鸡血酒的交际风俗。在结拜兄弟时,为了表示亲如手足,有福同享,有难同当,人们宰一只雄鸡,在每碗酒里滴几滴鸡血,对天发誓,然后将血酒一饮而尽。

鸡的象征

鸡具有良好的美德。《韩诗外传》说,"鸡有五德:首带冠,文也;足搏距,武也;敌敢斗,勇也;见食相呼,仁也;守夜不失,信也。"的确几近君子风范。从老子《道德经》中"鸡犬之声相闻,老死不相往来"的小国寡民理想,到陶渊明"狗吠深巷中,鸡鸣桑树颠"的田园意境,不难看出鸡在生民中的影响。

鸡可催人奋进。《晋书·祖逖传》记述:传说东晋时期将领祖逖年轻时就很有抱负,每次和好友刘琨谈论时局,总是慷慨激昂,满怀义愤,为了报效国家,他们在半夜一听到鸡鸣,就披衣起床,拔剑练武,刻苦锻炼。遂有"闻鸡起舞"之典,形容一种积极向上的精神状态,后来比喻有志报国的人即时奋起。

鸡曾力助贤达。据《史记·孟尝君列传》,战国时,齐公子孟尝君,性豪爽,喜交游。自养门客三千,待遇优厚,而不急求其用。后孟尝君涉险于虎狼之秦,逃至函谷关。时值夜半,前有关门紧闭,后有秦兵追赶,势甚危急。"关法,鸡鸣而出客。"孟尝君门客有能为鸡鸣,守关将士以鸡鸣而启关,从而留下千古佳话。古今中外,都有出"鸡"制胜的趣闻。古埃及人驱鸡"纵火",大排"火鸡阵"。古罗马远征军"放鸡乱敌阵",大获全胜。鸡对有害气体比人及其他动物敏感得多,在海湾战争中,多国部队还招募了大量活鸡"充军",担任"防化兵"。

鸡富斗争精神。雄鸡喜斗,与同类竞争时不甘沉沦,必拼死相较。届时只见二位"勇士"身着锦袍,足蹬金靴;冠盖皇皇,霞帔猎猎;杏眼怒张,眈眈相向;此进彼退,虎步龙骧。忽感阵风乍起,乃翅翼之翻动;再闻人声鼎沸,则看客之喧嚣。直杀得两喙见赤,一地鸡毛;胜者雄踞高台,不可一世;败者铩羽而逃,甚是凄惨。汉代已有斗鸡习俗,唐玄宗更酷爱此道,因而大行于华夏。后渐传至东亚及欧美各国,给人类带来无尽快乐。

鸡有奉献品格。这种品格是遗传的,没有半点贪名图利的成分。公鸡带着一群母鸡、小鸡觅食,当它发现一处有食物决不独吞,而是咯咯咯地叫,把其他鸡叫到这里来一同享用。同是发现一处有食物,多数动物表现出据为己有,甚至相互争抢,弄得两败俱伤。鸡的无私品德足以使其他动物相形见绌。鸡的高风亮节可圈可点。

狗年说狗

闻鸡起舞修德益智，莫忘学而勿厌；

见兔顾犬教书育人，须记诲人不倦。

十二生肖中狗排于十一位，表现人们对忠诚的肯定。狗是与人类关系最为密切的动物。狗，又称犬，属于哺乳动物，是人类最早驯化的家畜，早在15 000年前人类穴居的图画中，就已经能够看到狗的身影。狗的种类很多，目前生活在地球上的家养狗有近300个品种，中国狗约130种。有关史料记载，狗中的"巨人"高达1米，狗中的侏儒矮仅数寸；最重的达200余斤，最轻的可以两计重。各类动物中数狗的鼻子最灵，所以，有人说狗是一种靠鼻子过日子的动物。狗鼻子能分辨大约200万种不同的气味。

忠诚的朋友

狗嗅觉灵敏、忠实勇敢，具有追踪、防御、善战、助猎等能力，人类通过有意识、有目的地驯养，带领它们外出狩猎，利用它们看家，训练它们当"检验员"和表演……随着社会进步和生产发展，狗的品种越来越多，狗的用途越来越广泛。它始终是主人身边无言的跟随者，默默无闻，在主人最需要它的时候挺身而出。对于人类，它以忠诚甚至奴相来回报。

在探险家跨越南北极地的壮举中，有它负重运输的身影；在缉私查毒、破案追踪中，它的功绩不胜枚举；在马戏舞台上，它以机智俏皮的表演给人们带来无穷的欢乐；在家庭生活中，它日以一日、年以一年地担负着看家护院的重任；在战争中让狗发挥作用也屡见不鲜，《五代史·张敬达传》记载："契丹兵围晋将张敬达，四面有犬掩伏，晋军有夜出者，犬鸣报警，终无突围者，为契丹所败，晋将张敬达被杀。"在人类探索地球外层空间之初，也由它率先升空，帮助人类拉开宇宙航行之序幕；以狗对人类的贡献而言，足以竖起成千上万的丰碑。

它是地地道道的"忠臣",绝不背叛主子,自古就有忠诚的美名。古代对于狗的评价,以"义犬说"影响最大,义犬救主、义犬申冤、义犬报恩等故事流传至今。三国时,襄阳人李信纯家养一犬名黑龙。一日,李于城外饮酒大醉,归家不及卧于草中。时遇太守出猎见草深派人纵火烧之。信纯卧处北有一溪,相去三五十步,黑龙就奔往水中,湿身返回把主人周边弄湿,李幸免于难,狗却因奔波困乏而死。唐人《集异记》亦云:有个叫柳超的朝官,因犯了王法,被贬到江水,随从只有二奴一狗。两个奴才图谋不轨,想谋害主人,窃资逃走。狗得知内情,便咬死了两个奴才,保全了主人。在满族的传说中,狗是少年努尔哈赤的救命恩人:明军追杀努尔哈赤,努尔哈赤又饥又渴,昏倒在草野。明军放火想烧死他,而狗却蘸水灭了火,救了努尔哈赤。

宋朝李至的《桃花犬歌呈修史钱侍郎》说得很明白:"宫中有犬桃花名,绛缯围颈悬金铃。先皇为爱驯且异,指顾之间知上意……"在皇帝眼里,这条皇家花犬简直比大忠臣还要忠诚。萧伯纳说他的爱犬:"如果友谊的重要之点在于遵从朋友的举动嗜好的话,那么它完全具备这一点。我落座时它卧下,我散步时它随着走。这是许多挚友装都装不出来的。"中国著名画家韩美林逃过十年劫难,重新拿起画笔创作的第一幅画,就是《患难小友》,纪念在苦难中和自己相依为命,为保护自己而惨死的小狗。画面上那只通灵性的小动物身上,凝聚着画家十年的辛酸和悲愤,也折射出人与动物间真挚情感的光辉。

聪明的动物

狗被公认是聪明的动物,有人认为具备两三岁幼儿的智力。经过训练的狗常有惊人之举,如马戏团小狗算算术,警犬在破案追踪中立功。狗,是一个通达人情世故的动物,它聪明伶俐、立场坚定、忠于职守,众人皆睡它独醒;它,理解主人的意图,为逗主人欢心,或打滚,或作揖。《论衡》云:"亡猎犬于山林,大呼犬名,其犬鸣号而应其主。人犬异类,闻呼而应者,识其主也。"英国有一个叫奥德修斯的人,在外漂泊了19年。当他化装成乞丐回家时,唯一认出他来的就是他那只年迈的狗。最有人情味的当属清代李勉笔下的狗:"谁家庭院自成春,窗有霉苔案有尘,偏是关心邻舍犬,隔墙犹吠折花人。"人去室空,庭院荒芜了,无人去管,只有邻院的犬在看护,见着折花人还负责地叫几声。多么有情有义的狗。

西晋文学家陆机有一犬名黄耳,黠慧能解人语。陆机在京城洛阳做官带走了黄耳,陆机因久无家信,就戏问黄耳能否传信,狗摇尾允肯,便写信放入竹筒,系于狗颈,遣狗返家。狗沿驿道奔驰,饥时自己捕食猎物,遇水则向行人摇尾乞怜,搭船而渡,终于返回吴县陆家(今上海松江区一带),以竹筒示家人。家人看过信后,狗又作声似有所求,家人作答书放入竹筒,狗又奔返洛阳。古时交通不便,自洛至吴,人需50余天,而狗往返才半个月。此后,陆家对黄耳更加宠爱。

狗有时也喜欢恶作剧,如小孩淘气,博人一笑。风流天子唐明皇与兄弟下棋,杨贵妃在一旁观战。一看皇上要输,就把康国猧子(西域进贡来的小狗)放在皇上座侧,狗子立即跳上棋盘搅局,帮皇上赖棋。皇上当然是龙颜大悦,亲王也无可奈何。谁能跟这个小生灵生气呢?

不同的文化

中国古人养狗,过于实用。《三才图会》曰:"犬有三种,一者田犬(猎犬),二者吠犬(看家护院犬),三者食犬。食犬若今菜牛也。"除了打猎、看家,狗的用途就剩下被宰食了。可见古人没有多少宠犬的雅兴。当然,中国各地、各民族对狗的态度也不尽一致。拉祜族就坚决不吃狗肉,他们坚信狗曾救过本民族的祖先,因此世世代代不食狗肉。畲族、瑶族更把狗奉为图腾,严禁杀狗。古代北方游牧民族,因牧,猎生活的需要,对马、犬有着特殊感情。故契丹——辽的墓葬中,除可见到殉葬马外,还可见到殉葬狗。以至这成为考古界断代的一条重要依据,凡有狗殉葬的古墓,必辽墓无疑。

西方人对狗的态度似乎会好很多,狗被认为是"the best friend of human",人类最好的朋友,而不是最好的奴人。冷幽默的英国人甚至敢用他们万能的上帝来开狗玩笑——上帝倒立,把 God 倒过来写,不就是 dog 狗吗? 若干年前,英文《中国日报》报道中国青年工人技术大赛时,用"Ten top dogs"(十条出色的狗)称赞获胜者。西方读者会认为是极巧妙的比喻。但若直译为汉语的话,那几位技术能手却会不高兴。中国人可以赞美人如龙、如虎、如老牛、如骏马,却不可以如狗,即使出色的狗也不行。中国人常把人性的卑劣"栽"到狗身上,以致汉语体系中凡与狗有关的词语大都含有贬义。

依附坏人的是"走狗""狗腿子";坏人失势则是"落水狗""丧家犬";心肠歹毒谓之"狼心狗肺";恶习难改谓之"狗改不了吃屎";发表了谬论,会被笑骂为"狗嘴里吐不出象牙";越过自己职权范围行事,则被指责为"狗拿耗子——多管闲事";等等。其实,狗没有人类那么多缺点,狗若懂得修辞学,肯定不同意和那些龌龊小人相提并论。

其实"走狗""狗腿子"最初是褒义,至少是个中性词。据《三辅黄图》载:"犬台宫,在上林苑中,去长安西二十八里","犬台宫"外又建筑了"走狗观"。汉代史籍中经常以"鸡鸣犬吠之声"来描述一个地方的社会稳定。你看那狗跑得多快,腿跑得多细,有多么辛苦。汉高祖曾称除了萧何以外的功臣为功狗。成吉思汗手下最勇猛善战的四名将领被称为四狗,包括忽必来、哲别、折里麦、速不台。郑板桥、齐白石却偏爱"走狗",刻闲章自称"青藤门下的走狗"。

再说那"落水狗",狗为什么落水,那不是其主人将被火烧,它"赴水蹈火"吗?"丧家犬"当骂吗?狗不嫌家贫,不见异思迁。没妈的孩子像根草,我们当有恻隐之心。况且狗或护院或逐猎或牧羊或寻物,吃的是剩饭,喝的是残汤,它可是家的功臣啊!

"狼心狗肺",这是对狗的不公平,狗的祖宗虽然可能是狼,但其弃暗投明,在长期的驯化以及与人类共同生活过程中,家狗的野性已消除。狗有狗德,狗是主人的仆人,富贵不淫、贫贱不移、威武不屈;而贪官污吏见财不要命,见富贵动心,见色起淫意,还自称是人民的公仆,骂他们是"狗官",其实他们连做狗都不够格。

"狗改不了吃屎",过去小孩子在炕席上拉了屎泥,又没有纸又不能水冲,怎么办?狗大显身手了,嗖地上炕,伸出大舌头,噼里啪啦就打扫个溜干净,这不是狗的环保功能吗!如今狗在城里已成宠物,生活大大改善,比人吃得还好呢。

"狗嘴里吐不出象牙",说明狗的诚实,实事求是,不像有的人口吐莲花,把无的说成有,把有的说成无,干些吃粥屙硬屎的勾当。

"狗拿耗子——多管闲事",耗子,乃人间之恶,过街老鼠,人人喊打,如果都不咬耗子,甚至猫都成了耗子的朋友,耗子必定酿出灾祸。狗咬耗子,不但不应指责,还要表扬呢。"狗急跳墙",狗不画地为牢,束手待毙,危急时发挥一技之长而逃生,有何可指责的。"狗皮膏药",狗活着为人做贡献,死了做奉献,用自己的皮制成膏药,给患者带来福音,不像卖假药者净坑人。

这样看来,狗应当是忠诚的代表,义气的化身,应当是人类最亲密的伙伴了,应当得到最高的礼遇和奖赏。

还是让我们记住米兰·昆德拉的话吧:"狗是我们与天堂的联结。它们不懂得何为邪恶、嫉妒、不满。在美丽的黄昏,和狗并肩坐在河边,有如重回伊甸园。即使什么事不做也不觉得无聊——只有幸福平和。"

猪年说猪

奔犬扑兔全力以赴,加快步伐赶超欧美;

弑猪教子苦心而为,多出人才振兴中华。

在十二生肖中猪排于末位,表现出人们对未来锦绣生计的寄托,对安闲生计的憧憬。猪在六畜中排在第一位,是最早和人类发生关系的动物之一。

猪与家的关系。"家"的含义就是在房屋内养猪,望文生义,只有住处养得起猪才称得上是有了家。想想看,人类从狩猎到养猪,是一个多长的过程、多大的进步、多大的幸福。在甲骨文中,猪与"豕"的写法均像猪形,猪又称豕,甲骨文中"事"字的写法像双手举长柄网捕捉猪或野猪之状。而人的素质,也有以猪为坐标来恒定的,如"敢"字的甲骨文写法,有徒手捉猪以示勇敢之意。农耕时代的社会活动多以与猪有关的事为中心,在人们的语言里,许多时候都用"猪"字去比喻事物,且流传至今,如人怕出名猪怕壮;狗彘不食其余;死猪不怕滚水烫;猪嘴上插葱——装象;猪向前拱,鸡往后扒——各有各的路;马店买猪——没那市(事);猪八戒吃人参果——全不知滋味;猪八戒照镜子——里外不是人;猪八戒上阵——倒打一耙……

猪的吉祥象征。猪属哺乳动物,体肥肉多,耳大头大,四肢短。因为猪的油水很多,代表了财源富足,民间早有"肥猪拱门"吉祥说法,俨然把肥猪当成了一个传送福气的使者。因为猪不劳而食、"睡享其得",膘肥体壮,是最有福气的家畜,故胖人、耳大之人被称为有福相。想想那圆圆胖胖的身体和快速小跑的模样,猪还是挺富有亲和力的。如果再想象一下猪宝宝的健康成长,一副圆乎乎、胖墩墩的可爱像,让人不能不感受到那周围所洋溢着的福气与喜气。很久以前猪是吉祥的象征。传统的民俗中,猪头是供奉祖先和神灵必不可少的东西。野猪神是北方狩猎民的崇拜对象,说它身比山高,鬃毛如林,山里的沟谷都是它的獠牙所致。满族将之列为大神,作为部落守护神。这种崇敬不仅在中国文化中存在,在国外也不鲜见。苏格兰亚盖公爵的徽章上,猪头像置于图案上方,显示了猪的尊严。

　　文人雅士也不能免俗,据传自从唐代开始,殿试及第的进士们相约,如果他们中间有人今后任了将相,要请同科的书法家用"朱笔题名"于雁塔。因"猪"与"朱"同音,"朱书"即红笔,"蹄"与"题"音谐,所以猪成了青年学子金榜题名的吉祥物。每当有人赶考,亲友们都赠送红烧猪蹄,预祝赶考人"朱笔题名"。后来这种习惯逐渐扩大,人们在新年时互赠火腿寄予美好的祝愿,就是因为火腿也是用猪蹄烤制而成的。据说猪年生人有雅量,外观稳重,内心刚毅,常能得到贵人的支持及帮助,大多诸事顺利。猪男只要在遇到困难时不感到忧虑,就可以在事业上有成;猪女只要关心家中的长者,就可以享受到和谐的家庭生活。只要我们能够与家人、友人及同事保持良好的关系,便可以得到幸运,这应当是没有疑问的。人们对"金猪"的祈盼就反映了一种民心所向。

　　猪的优良品质。家猪是人们心目中最老实的家畜,它温顺老实,安分守己,没有非分之想;憨厚忠诚,不求虚荣,从不夸耀自己的尊贵,一心一意为人类做贡献。家猪与人类的生活十分密切。猪全身是宝,肉供食用,可以说汉民族是吃猪肉长大的,很多时候说吃"肉",指的是猪肉。皮、毛和骨是工业原料,粪与尿是很好的有机肥料。所以俗语说:"猪是家中宝,粪是地里金。"即使在脱贫奔小康的今天,它依然是农民百姓的"聚宝盆"。野猪则善于搏击,因而猪也有"勇往直前"的性格,虽然没有角,却是兽类中最凶悍的动物,獠牙尖锐而强硬,可以轻易刺伤敌人;欧洲的许多纹章以猪为图案,表示勇猛和万夫莫敌。例如英格兰王查理三世的徽章是两头猪拱卫着盾牌。自然学家赫森说:"猪不像马、牛、绵羊那样疑心重重,畏缩顺从;不像山羊那样鲁莽,天不怕地不怕;不像鹅那样满怀敌意,不像猫那样屈尊俯就;也不像狗那样摇尾乞怜。"这些都反映了猪的良好的品质。

　　猪的聪明特性。人们把猪作为傻的代言人,而事实并非如此。海不可斗量,猪不可貌相。"猪八戒喝了磨刀水,心里秀",此话被用来比喻有人秀中愚外,揭示了其内在的智慧。据国外的一项调查:你让狗学一个动作要十次,但是让猪学的话只要一次。这就表明猪的智商并不低于狗。看起来慵懒的猪竟是个达观的智者,随遇而安。若非成年累月被囹圄,家猪一定扮演着幽默流浪者的角色。

　　猪还特别通人性呢!有则新闻说:有位老汉家里养了只猪。某次老汉生了重病,被这头猪发现。猪便在家门口翻滚引来了路人。路人见老汉病得不轻,便把他送往医院。还有个非虚构而加工过的故事:某村民养了只公猪,其邻舍养了只母猪,两家的猪圈相依,一道矮墙相隔,公猪与母猪每日槽食后趴在矮墙上卿卿我我,它们彼此看着对方长大,可谓两小无猜,耳鬓厮磨。某日清早,来了两位老屠夫,把大肥膘的公猪拖出猪圈,准备屠杀。公猪的哀号声惊动了邻舍的那只母猪,母猪听见公猪悲惨的号叫声,不遗余力蹿出猪圈,迅猛地朝两位老屠夫冲去,将他俩拱翻在地,大嘴狠狠地咬在屠夫的臀部。多情的母猪救下了屠刀下奄奄一息的公猪,疯也似的东奔西跑,瞪着猩红的眼珠,见到人就猛冲猛拱。唉!谁说畜生无情?瞧这头母猪的痴情疯狂,足以令天下负心汉汗颜。

猪的有关风俗。黑龙江农村把十冬腊月杀年猪当成很重要的活动,杀猪时口中念念有词"猪羊一道菜,杀你别见怪,早死早投生,下世转人来"。每家杀猪后都要请亲朋好友来吃杀猪菜,猪肉炖粉条、排骨炖豆角是东北菜系四大炖菜中的特色招牌。猫冬的东北人,天天奔波于吃杀猪菜的季节,可谓一年中最幸福的时光。浙江一带在杀猪时讲究"一刀清",即一刀杀死,否则认为不吉利。进刀时屠户要讲一句"出世入身"的话,小孩与妇女不能观看。杀后要将粘有猪血的利市纸压在室角或猪栏内,以示猪已死。刨猪毛时,要在猪头和猪尾各留一块毛,意为"有头有尾"。天津、河北等地有"肥猪拱门"的节日窗花,是用黑色蜡光纸剪成。猪背上驮一聚宝盆,张贴时左右各贴一张,表示招财进宝之意。陕西一带有送猪蹄的婚俗。结婚前一天,男方要送四斤猪肉、一对猪蹄,称"礼吊",女方将"礼吊"留下后,还要将猪前蹄退回。婚后第二天,夫妻要带双份挂面及猪后蹄回娘家,留下挂面,后蹄退回,俗称"蹄来,蹄去",表示今后往来密切。云南西双版纳的布朗族,在婚礼的当天,男女两家要杀猪请客。请客外,还要将猪肉切成小块,用竹竿串起来分送各家,以示"骨肉之亲"之意。

猪的文化变异。如上所述,古代猪的文化意义很少含贬义,大多象征着勇敢、厚道、忠诚、谨慎、宽容。在现实生活中,猪更多时候代表着愚笨、懒惰、贪吃、好色、肮脏。这些缺点实际上大多指的是家猪,究其原因既有人们认识上的片面性,做了不科学的评价,更多的则可用"福兮祸所伏"来解释,家猪自从被圈养后,不经风雨、不晒日头,不劳而食,不仅缺少生存上竞争,而且缺少正常的劳动,何来进化,何来发展?究其责,是人类之过矣。再就是吴承恩的《西游记》起了推波助澜的作用,你说那猪八戒,好好的天蓬元帅不做,偏为美丽的嫦娥动了凡心,给发回到尘世。猪的那些缺点都是通过猪八戒的形象所光大的。

后　记

　　人生一世,草木一春;来如风雨,去如微尘。这话既丧志也砺志,正如"有花堪折直须折,莫待无花空折枝",你可以理解为及时行乐,但更应理解为"劝君须惜少年时""莫等闲白了少年头"。净心而言,笔者更欣赏小草"野火烧不尽,风雨吹不倒""谁言寸草心,报得三春晖"的品行。芸芸众生,正如这绿遍大江南北、天涯海角的小草,矮小而自信、纤柔而坚强、奉献而乐观;默默千种妩媚,悠悠万里绿波。这正暗合《寸草心语》之意旨。

　　《寸草心语》是笔者 21 世纪以来写作的一些文学性短文,是教学、科研外的"小三"形象。因为小学作文曾受过老师的表扬,便天真地有了当作家的梦想;中学时代受"学好数理化,走遍天下都不怕"之影响,也只能"心屋藏娇",把文学梦压缩在心底;上山下乡时,白天流汗水,晚上吃墨水,作家梦没做成,报刊上连篇豆腐块的文章都没寻着;读大学时,选择了汉语言文学专业,构想未来教授、作家两不误;走上职业教育岗位后,才知道文学在这里并不芬芳,我只得重新规划——教学第一、科研第二、文学第三。可不是,"小三"难当,慢慢成了"老三"(文学写作老是在规划中被删除)。《寸草心语》算个难产儿,原没有整体写作规划,没有出版奢望,语言上也难以保持整体的风格,茶余饭后、假日深夜,一时兴起,草成豆腐文章一块。三天打鱼,两天晒网,些小收获,都睡在文件夹里。

　　"老夫聊发少年狂",教授梦圆了,作家梦远了,于心不甘啊!过了花甲稍有闲暇,清洗文件夹时,发现那些豆腐块多成豆腐干了,颇有些愈存愈香不忍割舍之意,疏而理之,做了些归类,根据需要又做了些增删工作,自成一册。有侧重于叙事的,有侧重于议论的,有侧重于抒情的,有侧重于说明的,小到一鸟一花,大到国事民愿,希冀能"从心所欲不逾矩"。香城泉都——湖北咸宁,是作者的躬耕之地,寸草斋是作者的寓居之所。没胆奢望成为《喻世明言》《警世通言》《醒世恒言》,姑且叫《寸草心语》吧。

"世事洞明皆学问，人情练达即文章。"人一生中所见之物有美有丑，所闻之事有多有少，所交之人有诚有伪，所从之业有脑有体，所悟之理有深有浅，但都是成长的经历、生活的经验、人生的收获。本书主要描写作者之所见、所闻、所感：从香城琐事、香城管见中看到香城的变化，更看到社会的进步；从桂文化、竹文化中看到桂竹的风采，更看到做人的品节；从时光隧道、教育絮语中了解作者的见闻，感受园丁的胸怀；从人生感悟、廉勤感悟中把握做人的规则，品味生活的哲理。"文章千古事，得失寸心知。"

与其留着自我咀嚼，不如捧出大家品尝。送与年满十六至年逾六十的朋友，品味生活，才有品位生活。

笔 者

2016 年教师节草于香城泉都寸草斋